白先勇

民國二十六年生，廣西桂林人。臺大外文系畢業，愛荷華大學「作家工作室」（Writer's Workshop）文學創作碩士。白先勇為北伐抗戰名將白崇禧之子，幼年居住於南寧、桂林，民國三十三年逃難至重慶。抗戰勝利後曾移居南京、上海、漢口、廣州。民國三十八年遷居香港，民國四十一年來臺與父母團聚。民國五十二年赴美留學，定居，民國五十四年獲碩士學位，赴加州大學聖芭芭拉分校東亞語言文化系任教中國語言文學，民國八十三年退休。民國八十六年加州大學聖芭芭拉分校圖書館成立「白先勇資料特藏室」，收錄一生作品的各國譯本、相關資料與手稿。白先勇是小說家、散文家、評論家、戲劇家，著作極豐，短篇小說集《寂寞的十七歲》、《臺北人》、《紐約客》，長篇小說《孽子》，散文集《驀然回首》、《明星咖啡館》、《第六隻手指》、《樹猶如此》，舞臺劇劇本《遊園驚夢》、電影劇本《金大班的最後一夜》、《玉卿嫂》、《孤戀花》、《最後的貴族》等。兩岸均已出版《白先勇作品集》。關於白先勇文學創作的研究，兩岸均不斷有學者投入，人數眾多，面向多元，形成白先勇文學經典化現象。從加大退休後，投入愛滋防治的公益活動和崑曲藝術的復興事業，製作青春版《牡丹亭》巡迴兩岸、美國、歐洲，獲得廣大迴響。從「現代文學傳燈人」，成為「傳統戲曲傳教士」。

民國一〇〇年開始致力整理父親白崇禧的傳記，民國一〇一年出版《父親與民國：白崇禧將軍身影集》，在兩岸三地與歐美漢學界，都受到重視，並引起廣大迴響，於民國一〇三年出版《止痛療傷：白崇禧將軍與二二八》，整理白崇禧將軍來臺最新史料與口述採訪紀實。

民國一〇三年在臺灣大學開設《紅樓夢》導讀通識課程三個學期，將畢生對《紅樓夢》的鑽研體會，傾囊相授學子，深受兩岸學生歡迎。課程錄影先置臺大開放式課程網站與趨勢教育基金會網站，供校內外人士點閱，並出版 DVD 及書籍。

攝影・許培鴻

白先勇

細說紅樓夢

【上冊】

目錄

〔依課堂採用的《紅樓夢》庚辰本回目〕

《白先勇細說〈紅樓夢〉》讀後小言

葉嘉瑩

《紅樓夢》是一大奇書，而此書之能得白先勇先生取而說之，則是一大奇遇。天下有奇才者不多，有奇才而能有所成就者更少，有所成就，而能在後世得到真正解人之知賞者，更是千百年難得一見之奇遇，而白氏此書就令我深有此難得之感。

我自少年時代就耽讀《紅樓夢》，往往一經入目，便不能釋手，如今我已是耄耋之年，沒想到白氏此書竟然又喚起了我多年前之耽讀的熱情和樂趣。

《紅樓夢》一書所蘊含的人情世故、妙想哲思，都是體味和述說不盡的，而白氏此書則能對其中多方面之意蘊都做到了深刻細緻的分析與說明。既能有入乎其內之體悟，更能有出乎其外的超妙之評說。所以我在讀白氏此書時，乃常常除了享受之外還更有一種好奇之心理，即使是對紅書之故事早已為我所熟知者，也還亟亟然想看一看白氏對之是如何評說的。因此在閱讀時，遂得到了一種雙重之樂趣。私意以為，紅書與白說之結合，實為作者與讀者之間千古難逢的奇遇。但現在有些年輕人之讀紅書則往往只能讀其故事，而不能知賞其中意蘊之深厚豐美，此真可謂一大憾事。如今乃有白氏取而說之，盡發其中之妙，此誠為中國文化史上極可欣幸之事，因而寫為「小言」以記此難得之奇遇。

二〇一六年歲尾於南開寓所

【序二】大觀紅樓

白先勇

二〇一四年春季，臺大文學院由趨勢教育基金會贊助的「白先勇文學講座」開課，種種因緣巧合，這次輪到我擔任講座教授。自從一九九四年我在加州大學提前退休後，二十年來，雖然曾在多所大學演講，參加講座，但從未全程授課。教書對我來說，責任重大，必須全心投入，全力以赴，所以不敢輕易答應。此次面對臺大「白先勇文學講座」，不免有些躊躇。張淑香教授勸我道：「你應該在臺大教《紅樓夢》。」她說現在大學生很少有耐心看大部頭的經典作品了，這對學生的人文教育有很大的影響。她這番話恰恰觸動了我的心思，「五四」以來，我們的教育政策一向重理工輕人文，尤其偏廢中國傳統文化課程，造成學生文化認同混淆，人文素養低落，後遺症甚大。近年來，我致力推廣崑曲，替北大、香港中大、臺大設立崑曲講座，就是希望這些龍頭大學的青年學子有機會欣賞到崑曲之美，希望他們重新親近我們的傳統文化。我在美國加州大學也曾教過多次《紅樓夢》，但回到母校教授自己的學弟學妹，心情到底不同。至少選我課的同學，有機會跟著我，把這本曠世經典從頭細讀一遍，希望透過這部古典文學傑作，同學們也會對我們的傳統文化，有所感悟，受到啟發。

《紅樓夢》本來就應該是大學人文教育必讀的文學經典：首先，《紅樓夢》是中國文學最偉大的小說，如果說文學是一個民族心靈最深刻的投射，那麼《紅樓夢》在我們民族心靈構成中，應該占有舉足輕重的地位。十九世紀以前，放眼世界各國的小說，似乎還沒有一部能超越《紅樓夢》，即使在二十一世紀，在我閱讀的範圍內，要我選擇五本世界最傑出的小說，我一定會包括《紅樓夢》，可能還列在很前面。

《紅樓夢》是一本天書，有解說不盡的玄機，有探索不完的祕密。自從兩百多年前《紅樓夢》問世以來，關於這本書的研究、批評、考據、索隱，林林總總，汗牛充棟，興起所謂「紅學」、「曹學」，各種理論、學派應運而生，一時風起雲湧，波瀾壯闊，至今方興未艾，大概沒有一本文學作品，會引起這麼多人如此熱切的關注與投入。但《紅樓夢》一書內容何其複雜豐富，其版本、作者又問題多多，任何一家之言，恐怕都難下斷論。我在臺大開設《紅樓夢》導讀課程，正本清源，把這部文學經典完全當作小說來導讀，側重解析《紅樓夢》的小說藝術：神話架構、人物塑造、文字風格、敘事手法、觀點運用、對話技巧、象徵隱喻、平行對比、千里伏筆，檢視《紅樓夢》的作者曹雪芹如何將各種構成小說的元素發揮到極致。曹雪芹是不世出的天才，他成長在十八世紀的乾隆時代，那正是中國文化由盛入衰的關鍵時期，曹雪芹繼承了中國文學詩詞歌賦、小說戲劇的大傳統，但他在《紅樓夢》中卻能樣樣推陳出新，以他藝術家的極度敏感，譜下對大時代的興衰、大傳統的式微，人世無可挽轉的枯榮無常，人生命運無法料測的變幻起伏，一闋史詩式、千古絕唱的輓歌。

十九、二十世紀西方小說的新形式，層出不窮，萬花競艷，但仔細觀察，這些現代小說技巧，在《紅樓夢》中其實大都具體而微。《紅樓夢》在小說藝術的成就上，遠遠超過它的時代，而且是永恆的。例如現代小說非常講究的敘事觀點之運用，曹雪芹在《紅樓夢》中用的是全知觀點，但作者是隱形的，神龍見首不見尾，完全脫離了中國小說的說書傳統，亦沒有十八、十九世紀一些西方小說作者現身干預說教，作者對於敘事觀點的轉換，靈活應用，因時制宜。例如大觀園的呈現：大觀園是《紅樓夢》最主要的場景，如何介紹這些主景？讀者第一次遊大觀園是跟賈政進去的。第十七回大觀園落成，賈政率領眾清客以及寶玉，到園內巡視題詠，因此大觀園的一景一物，一草一木，都是隨著賈政的視角而湧現，賈政是《紅樓夢》中儒家系統宗法社會的代表人物，在他眼中，大觀園是為了元妃省親而建造的園林場所，是皇妃女兒的省親別墅、家庭聚會的地方。功能意義完全合乎儒家倫理的社會性，因此透過賈政視角的大觀園是寫實的、靜態的，讀者這時看到的大觀園就如同一幅中規中矩的工筆畫。我們第二次再遊大觀園的時候，導遊換成了劉姥姥，從劉姥姥的觀點看出去，大觀園立刻完全換了一幅景象。第四十回「史太君兩宴大觀園，金鴛鴦三宣牙牌令」，由於劉姥姥的出現，大觀園似乎突然百花齊放，蜂飛蝶舞，熱鬧起來。劉姥姥是個鄉下老嫗，她眼中看到的大觀園，無一處不新奇，大觀園變成了遊樂園，如同哈哈鏡中折射出來的誇大了數倍的景物。「劉姥姥進大觀園」，我們跟著這位「鄉巴佬」遊覽，也看盡了園中的奇花異草，但劉姥姥這個人物遠不止於一位鄉下老嫗，在某種意義上，她可以說是一個土地神祇——中國民間傳說中的土地婆。她把大地的生機帶進了大觀園，使得大觀園的貴族居民個個喜上眉梢，笑聲不絕。劉姥姥把「省親別墅」的牌坊看成「玉皇寶殿」，事實上大觀園的設計本來就是人間的「太虛幻境」，只是太虛幻境中時間是停頓的，所以草木長春，而人間的「太虛幻境」大觀園中時間不停運轉，春去秋來，大觀園最後終於傾頹，百花凋謝。利用不同的敘事觀點，巧妙的把大觀園多層次的意義，一一展現出來，這是《紅樓夢》的「現代性」之一。

《紅樓夢》的中心主題是賈府的興衰，也就是大觀園的枯榮，最後指向人世的滄桑、無常，「浮生若夢」的佛道思想。大觀園鼎盛的一刻在第四十回，賈太君兩宴大觀園的家宴上，劉姥姥這位土地神仙把人間歡樂帶進了賈府，她在宴會上把賈府上下逗得歡天喜地，樂得人仰馬翻，那一段描寫各人的笑態，是《紅樓夢》最精采的片段，整個大觀園都充滿了太平盛世的笑聲。第一百零八回：「強歡笑蘅蕪慶生辰，死纏綿瀟湘聞鬼哭」，此時賈府已被抄家，黛玉淚盡人亡，賈府人丁死的死，散的散。賈母為了補償寶釵倉促成婚所受的委屈，替寶釵舉行一場生日宴，可是宴上大家各懷心思，強顏歡笑，鼓不起勁來；一場尷尬的宴席，充分暴露了賈府的頹勢敗象，寶玉獨自進到大觀園中，「只見滿目淒涼」，幾個月不到，大觀園已「瞬息荒涼」，寶玉經過瀟湘館，聞有哭聲，是黛玉的鬼魂在哭泣，於是寶玉大慟。荒涼頹廢的大觀園裏，這時只剩下林黛玉的孤魂，夜夜哭泣。曹雪芹以兩場家宴，用強烈的對比手法說盡了賈府及大觀園的繁盛與衰落，一笑一哭，大觀園由人間仙境沉淪為幽魂鬼域。

大觀園走向敗落的關鍵在第七十四回「惑奸讒抄檢大觀園，避嫌隙杜絕寧國府」，賈府自己抄家，因而晴雯被逐冤死，司棋、入畫、四兒等人皆被趕出大觀園，芳官等幾個小伶人也被發放，連寶釵避嫌也搬出大觀園，一夕間，大觀園頃刻蕭條，黯然失色。抄大觀園的起因是在大觀園中，賈母丫鬟傻大姐拾到了一隻繡春囊，一隻繡春囊卻顛覆了賈府儒家系統宗法社會的整個道德秩序，這隻繡春囊不過是司棋及其表兄潘又安兩人互贈的紀念物，一對小情侶互通私情的表記。可是看在賈府長輩王夫人、邢夫人的眼中，就如同「伊甸園中爬進了那條大毒蛇」（夏志清語），危及了大觀園內小姐們的純真。這就牽涉到儒家宋明理學「存天理去人欲」的極端主張，對人的自然天性有多大的斲傷了。這也是曹雪芹藉寶玉之口，經常提出的抗議。可是曹雪芹畢竟是個天才中的天才，他竟然會將這隻繡春囊偏偏交在一個十四歲「心性愚頑，一無知識」的傻大姐手裏，傻大姐沒有任何道德偏見，也無從做任何道德判斷，繡春囊上那對赤條條抱在一起的男女，在這位天真痴傻的女孩眼裏，竟是一幅「妖精打架」圖。這對王夫人、邢夫人這些頑冥不化的衛道者又是多大的諷刺。

多年來一些紅學家四處勘查，尋找《紅樓夢》裏大觀園的原址，有人認定是北京恭王府，也有人斷定是南京江寧織造府的花園，還有點名袁枚的隨園，但很可能大觀園只存在曹雪芹的心中，是他的「心園」，他創造的人間「太虛幻境」。大觀園是一個隱喻，隱喻我們這個紅塵滾滾的人世間，其實我們都在紅塵中的大觀園裏，「亂烘烘你方唱罷我登場，反認他鄉是故鄉。」最後寶玉出家，連他幾曾留連不捨的大觀園，恐怕也只是鏡花水月的一個幻境罷了。

《紅樓夢》的版本問題極其複雜，是門大學問。要之，在眾多版本中，可分兩大類：即帶有脂硯齋、畸笏叟等人評語的手抄本，止於前八十回，簡稱「脂本」，另一大類，一百二十回全本，最先由程偉元與高鶚整理出來印刻成書，世稱「程高本」，第一版成於乾隆五十六年（一七九一），即「程甲本」，翌年（一七九二）又改版重印「程乙本」。「程甲本」一問世，幾十年間廣為流傳，直至一九二七年，胡適用新式標點標注，由上海亞東圖書館印行的「程乙本」出版，才取代「程甲本」，成為《紅樓夢》「標準版」的地位。早年臺灣遠東圖書公司、啟明書局出版的《紅樓夢》都是根據亞東「程乙本」。一九八三年，臺灣桂冠圖書公司出版《紅樓夢》，這個版本也是以「程乙本」為底本，並考照其他眾多主要版本，詳加勘校，改正訛錯，十分講究，並附有校記以作參考。其注解尤其詳盡，是以國學大師啟功的注釋本為底本，由唐敏等人重新整理而成，其中詩詞並有白話翻譯，作為教科書，對學生幫助甚大。我在美國加州大學教《紅樓夢》，一直採用桂冠版。這次在臺大開課教授《紅樓夢》，我用的卻是臺北里仁書局出版，由馮其庸等人校注，以庚辰本為底本的版本，後四十回乃截取「程高本」而成。因為桂冠版《紅樓夢》已經斷版，而里仁書局的庚辰本《紅樓夢》，其注釋十分詳細，有助於初讀《紅樓夢》的學生。這種以庚辰本為主的《紅樓夢》版本，自從一九八二年由人民文學出版社出版以後，漸漸大行其道，近來甚至有壓倒「程乙本」之趨勢。擁護這個版本的紅學家認為，「庚辰本」是諸脂本中比較完整的一個，共七十八回，其年代較早乾隆二十六年（一七六一），他們認為這是最接近曹雪芹原作的本子。這是我第一次採用「庚辰本」做教科書，有機會把里仁版「庚辰本」《紅樓夢》與桂冠版「程乙本」從頭到尾仔細對照比較了一次。我發覺「庚辰本」其實也隱藏了不少問題，有幾處還相當嚴重，我完全從小說藝術、美學觀點來比較兩個版本的得失。

人物塑造是《紅樓夢》小說藝術最成功的地方，無論主要、次要人物，無一不個性鮮明，舉止言談，莫不恰如其分。例如秦鐘，這是一個次要角色，出場甚短，但對寶玉意義非凡。寶玉認為「男人是泥作的骨肉」，「濁臭逼人」，尤其厭惡一心講究文章經濟、追求功名利祿的男人，如賈雨村之流，連與他形貌相似而心性不同的甄寶玉，他也斥之為「祿蠹」。但秦鐘是《紅樓夢》中極少數受寶玉珍惜的男性角色，兩人氣味相投，惺惺相惜，同進同出，關係親密。秦鐘夭折，寶玉奔往探視，「庚辰本」中秦鐘臨終竟留給寶玉這一段話：

以前你我見識自為高過世人，我今日才知誤了。以後還該立志功名，以榮耀顯達為是。

這段臨終懺悔，完全不符秦鐘這個人物的個性口吻，破壞了人物的統一性。秦鐘這番老氣橫秋、立志功名的話，恰恰是寶玉最憎惡的。如果秦鐘真有這番利祿之心，寶玉一定會把他歸為「祿蠹」，不可能對秦鐘還思念不已。再深一層，秦鐘這個人物在《紅樓夢》中又具有象徵意義，秦鐘與「情種」諧音，第五回賈寶玉遊太虛幻境，聽警幻仙姑《紅樓夢》曲子第一支〔紅樓夢引子〕：開闢鴻蒙，誰為情種？「情種」便成為《紅樓夢》的關鍵詞，秦鐘與姐姐秦可卿其實是啟發賈寶玉對男女動情的象徵人物，兩人是「情」的一體兩面。「情」是《紅樓夢》的核心。秦鐘這個人物象徵意義的重要性不言而喻。「庚辰本」中秦鐘臨終那幾句「勵志」遺言，把秦鐘變成了一個庸俗「祿蠹」，對《紅樓夢》有主題性的傷害。「程乙本」沒有這一段，秦鐘並未醒轉留言。「脂本」多為手抄本，抄書的人不一定都有很好的學識見解，「庚辰本」那幾句話很可能是抄書者自己加進去的。作者曹雪芹不可能製造這種矛盾。

比較嚴重的是尤三姐一案。《紅樓夢》次要人物榜上，尤三姐獨樹一幟，最為突出，可以說是曹雪芹在人物刻畫上一大異彩。在描述過十二金釵、眾丫鬟等人後，小說中段，尤氏姐妹二姐、三姐登場，這兩個人物橫空而出，從第六十四回至六十九回，六回間二尤的故事多姿多采，把《紅樓夢》的劇情又推往另一個高潮。尤二姐柔順，尤三姐剛烈，這是作者有意設計出來一對強烈對比的人物。二姐與姐夫賈珍有染，後被賈璉收為二房。三姐「風流標緻」，賈珍亦有垂涎之意，但不似二姐隨和，因而不敢造次。第六十五回，賈珍欲勾引三姐，賈璉在一旁慫恿，未料卻被三姐將兩人指斥痛罵一場。這是《紅樓夢》寫得最精采、最富戲劇性的片段之一，三姐聲容並茂，活躍於紙上。但「庚辰本」這一回卻把尤三姐寫成了一個水性淫蕩之人，早已失足於賈珍，這完全誤解了作者有意把三姐塑造成貞烈女子的企圖。「庚辰本」如此描寫：

> 當下四人一處吃酒。尤二姐知局，便邀他母親說：「我怪怕的，媽同我到那邊走走來。」尤老也會意，便真個同他出來，只剩小丫頭們。賈珍便和三姐挨肩擦臉，百般輕薄起來。小丫頭子們看不過，也都躲了出去，憑他兩個自在取樂，不知作些什麼勾當。

這裏尤二姐支開母親尤老娘，母女二人好像故意設局讓賈珍得逞，與三姐狎暱。而剛烈如尤三姐竟然隨賈珍「百般輕薄」、「挨肩擦臉」，連小丫頭們都看不過，躲了出去。

這一段把三姐糟蹋得夠嗆，而且文字拙劣，態度輕浮，全然不像出自原作者曹雪芹之筆。「程乙本」這一段這樣寫：

當下四人一處吃酒。二姐兒此時恐怕賈璉一時走來，彼此不雅，吃了兩鍾酒便推故往那邊去了。賈珍此時也無可奈何，只得看著二姐兒自去。剩下尤老娘和三姐兒相陪。那三姐兒雖向來也和賈珍偶有戲言，但不似他姐姐那樣隨和兒，所以賈珍雖有垂涎之意，卻也不肯造次了，致討沒趣。況且尤老娘在傍邊陪著，賈珍也不好意思太露輕薄。

尤二姐離桌是有理由的，怕賈璉闖來看見她陪賈珍飲酒，有些尷尬，因為二姐與賈珍有過一段私情。這一段「程乙本」寫得合情合理，三姐與賈珍之間，並無勾當。如果按照「庚辰本」，賈珍百般輕薄，三姐並不在意，而且還有所逢迎，那麼下一段賈璉勸酒，企圖拉攏三姐與賈珍，三姐就沒有理由，也沒有立場，暴怒起身，痛斥二人。《紅樓夢》這一幕最精采的場景也就站不住腳了。後來柳湘蓮因懷疑尤三姐不貞，索回聘禮鴛鴦劍，三姐羞憤用鴛鴦劍刎頸自殺。如果三姐本來就是水性婦人，與姐夫賈珍早有私情，那麼柳湘蓮懷疑她乃「淫奔無恥之流」並不冤枉，三姐就更沒有自殺以示貞節的理由了。那麼尤三姐與柳湘蓮的愛情悲劇也就無法自圓其說。尤三姐是烈女，不是淫婦，她的慘死才博得讀者的同情。「庚辰本」把尤三姐這個人物寫岔了，這絕不是曹雪芹的本意，我懷疑恐怕是抄書的人動了手腳。

第七十七回「俏丫鬟抱屈夭風流」寫晴雯之死，是《紅樓夢》全書最動人的章節之一。晴雯與寶玉的關係非比一般，她在寶玉的心中地位可與襲人分庭抗禮，在第三十一回「撕扇子作千金一笑」、第五十二回「勇晴雯病補雀金裘」中，兩人的感情有細膩的描寫。晴雯貌美自負，「水蛇腰，削肩膀兒」，眉眼像「林妹妹」，可是「心比天高，身為下賤，風流靈巧招人怨」，後來遭讒被逐出大觀園，含冤而死。臨終前寶玉到晴雯姑舅哥哥家探望她，晴雯睡在蘆席土炕上：

幸而被褥還是舊日鋪蓋的，心內不知自己怎麼才好，因上來含淚伸手，輕輕拉他，悄喚兩聲。當下晴雯又因著了風，又受了哥嫂的歹話，病上加病，嗽了一日，才矇矓睡了。忽聞有人喚他，強展雙眸，一見是寶玉，又驚又喜，又悲又痛，一把死攥住他的手，哽咽了半日，方說道：「我只道不得見你了！」接著便嗽個不住。寶玉也只有哽咽之分。晴雯道：「阿彌陀佛！你來得好，且把那茶倒半碗我喝。渴了半日，叫半個人也叫不著。」寶玉聽說，忙拭淚問：「茶在那裡？」晴雯道：「在爐臺上。」寶玉看時，雖有個黑煤烏嘴的吊子，也不像個茶壺。只得桌上去拿一個碗，未到手內，先聞得油羶之氣。寶玉只得拿了來，先拿些水，洗了兩次，復用自己的絹子拭了，聞了聞，還有些氣味，沒奈何，提起壺來斟了半碗，看時，絳紅的，也不大像茶。晴雯扶枕道：「快給我喝一口罷！這就是茶了。那裡比得咱們的茶呢！」寶玉聽說，先自己嘗了一嘗，並無茶味，鹹澀不堪，只得遞給晴雯。只見晴雯如得了甘露一般，一氣都灌下去了。

這一段寶玉目睹晴雯悲慘處境，心生無限憐惜，寫得細緻纏綿，語調哀惋，可是「庚辰本」下面突然接上這麼一段：

寶玉心下暗道：「往常那樣好茶，他尚有不如意之處；今日這樣。看來，可知古人說的『飽飫烹宰，飢饜糟糠』，又道是『飯飽弄粥』，可見都不錯了。」

這段有暗貶晴雯之意，語調十分突兀。此時寶玉心中只有疼憐晴雯，哪裏還捨得暗暗批評她，這幾句話，破壞了整節的氣氛，根本不像寶玉的想法，看來倒像手抄本脂硯齋等人的評語，被抄書的人把這些眉批、夾批抄入正文中去了。「程乙本」沒有這一段，只接到下一段：寶玉看著，眼中淚直流下來，連自己的身子都不知為何物了……

「庚辰本」對襲人、芳官等人的描寫，也有可商榷的地方，我在課堂上都一一指出來討論過了，一些明顯的誤漏，也加以改正。例如第四十六回，鴛鴦罵她的嫂子是「九國販駱駝的」，當然應該是「六國」。第七十四回「惑奸讒抄檢大觀園」，「庚辰本」有一處嚴重錯誤。繡春囊事件引發了抄檢大觀園，鳳姐率眾抄到迎春處，在迎春的丫鬟司棋箱中查出一個「字帖兒」，上面寫道：

「上月你來家後，父母已察覺你我之意。但姑娘未出閣，尚不能完你我之心願。若園內可以相見，你可以托張媽給一信息。若得在園內一見，倒比來家得說話，千萬，千萬。再所賜香袋二個，今已查收外，特寄香珠一串，略表我心。千萬收好。表兄潘又安拜具。」

司棋與潘又安是姑表兄妹，兩人青梅竹馬，長大後二人互相已心有所屬，第七十一回「鴛鴦女無意遇鴛鴦」，司棋與潘又安果然如帖上所說夜間到大觀園中幽會被鴛鴦撞見。繡春囊本是潘又安贈給司棋的定情物，「庚辰本」的字帖上寫反了，寫成是司棋贈給潘又安的，而且變成二個。司棋不可能弄個繡有「妖精打架」春宮圖的香囊給潘又安，必定是潘又安從外面坊間買來贈司棋的。程乙本的帖上如此寫道：

再所賜香珠二串，今已查收。外特寄香袋一個，略表我心。

繡春囊是潘又安給司棋的，司棋贈給潘又安則是兩串香珠。繡春囊事件是整本小說的重大關鍵，引發了抄查大觀園，大觀園由是衰頹崩壞，預示了賈府最後被抄家的命運。像繡春囊如此重要的物件，其來龍去脈，絕對不可以發生錯誤。

「庚辰本」作為研究材料，是非常珍貴重要的版本，因為其時間早，前八十回回數多，而且有「脂評」，但作為普及本，有許多問題，須先解決，以免誤導。

自「程高本」出版以來，爭議未曾斷過，主要是對後四十回的質疑批評。爭論分兩方面，一是質疑後四十回的作者，長期以來，幾個世代的紅學專家都認定後四十回乃高鶚所續，並非曹雪芹的原稿。因此也就引起一連串的爭論：後四十回的一些情節不符合曹雪芹的原意、後四十回的文采風格遠不如前八十回，這樣那樣，後四十回遭到各種攻擊，有的言論走向極端，把後四十回數落得一無是處，高鶚續書變成了千古罪人。我對後四十回一向不是這樣看法。我還是完全以小說創作、小說藝術的觀點來評論後四十回。首先我一直認為後四十回不可能是另一位作者的續作，世界經典小說，還沒有一本是由兩位或兩位以上作者合寫而成的例子。《紅樓夢》人物情節發展千頭萬緒，後四十回如果換一個作者，怎麼可能把這些無數根長長短短的線索一一理清接榫，前後成為一體。例如人物性格語調的統一就是一個大難題。賈母在前八十回和後四十回中絕對是同一個人，她的舉止言行前後並無矛盾。第一百零六回：「賈太君禱天消禍患」，把賈府大家長的風範發揮到極致，老太君跪地求天的一幕，令人動容。後四十回只有拉高賈母的形象，並沒有降低她。

《紅樓夢》是曹雪芹帶有自傳性的小說，是他的《追憶似水年華》，全書充滿了對過去繁華的追念，尤其後半部寫道賈府的衰落，可以感受到作者哀憫之情，躍然紙上，不能自已。高鶚與曹雪芹的家世大不相同，個人遭遇亦迥異，似乎很難由他寫出如此真摯個人的情感來。近年來紅學界已經有越來越多的學者相信高鶚不是後四十回的續書者，後四十回本來就是曹雪芹的原稿，只是經過高鶚與程偉元整理過罷了。其實在「程甲本」程偉元序及「程乙本」程偉元與高鶚引言中早已說得清楚明白，後四十回的稿子是程偉元蒐集得來，與高鶚「細加釐剔，截長補短」修輯而成，引言又說「至其原文，未敢臆改」。在其他鐵證還沒有出現以前，我們就姑且相信程偉元、高鶚說的是真話吧。

至於不少人認為後四十回文字功夫、藝術成就遠不如前八十回，這點我絕不敢苟同。後四十回的文字風采、藝術價值絕對不輸前八十回，有幾處可能還有過之。《紅樓夢》前大半部是寫賈府之盛，文字當然應該華麗，後四十回是寫賈府之衰，文字自然比較蕭疏，這是應情節的需要，而非功力不逮。其實後四十回寫得精采異常的場景真還不少。試舉一兩個例子：寶玉出家、黛玉之死，這兩場是全書的主要關鍵，可以說是《紅樓夢》的兩根柱子，把整本書像一座大廈牢牢撐住。如果兩根柱子折斷，《紅樓夢》就會像座大廈轟然傾頹。

第一百二十回最後寶玉出家，那幾個片段的描寫是中國文學中的一座峨峨高峯。寶玉光頭赤足，身披大紅斗篷，在雪地裏向父親賈政辭別，合十四拜，然後隨著一僧一道飄然而去，一聲禪唱，歸彼大荒，落了片白茫茫大地真乾淨。《紅樓夢》這個畫龍點睛式的結尾，恰恰將整本小說撐了起來，其意境之高、其意象之美，是中國抒情文字的極致。我們似乎聽到禪唱聲充滿了整個宇宙，天地為之久低昂。寶玉出家，並不好寫，而後四十回中的寶玉出家，必然出自大家手筆。

第九十七回「林黛玉焚稿斷痴情」，第九十八回「苦絳珠魂歸離恨天」，這兩回寫黛玉之死又是另一座高峯，是作者精心設計、仔細描寫的一幕摧人心肝的悲劇。黛玉夭壽、淚盡人亡的命運，作者明示暗示，早有鋪排，可是真正寫到苦絳珠臨終一刻，作者須煞費苦心，將前面鋪排累積的能量一古腦兒全部釋放出來，達到震撼人心的效果。作者十分聰明的用黛玉焚稿比喻自焚，林黛玉本來就是「詩魂」，焚詩稿等於毀滅自我，尤其黛玉將寶玉所贈的手帕上面題有黛玉的情詩一併擲入火中，手帕是寶玉用過的舊物，是寶玉的一部分，手帕上斑斑點點還有黛玉的淚痕，這是兩個人最親密的結合，兩人愛情的信物，如今黛玉如此決絕將手帕扔進火裏，霎時間，弱不禁風的林黛玉形象突然暴漲成為一個剛烈如火的殉情女子。手帕的再度出現，是曹雪芹善用草蛇灰線，伏筆千里的高妙手法。

後四十回其實還有其他許多亮點：第八十二回「病瀟湘痴魂驚惡夢」、第八十七回「感秋深撫琴悲往事」，妙玉聽琴。第一百零八回「死纏綿瀟湘聞鬼哭」，寶玉淚灑瀟湘館，第一百十三回，「釋舊憾情婢感痴郎」，寶玉向紫鵑告白。

張愛玲極不喜歡後四十回，她曾說一生中最感遺憾的事就是曹雪芹寫《紅樓夢》只寫到八十回沒有寫完。而我感到我這一生中最幸運的事情之一，就是能夠讀到程偉元和高鶚整理出來的一百二十回全本《紅樓夢》，這部震古鑠今的文學經典鉅作。

【序二】白先勇細說《紅樓夢》出版弁言

柯慶明
臺大新百家學堂執行長

金聖嘆其生也早，當他以《莊子》、《離騷》、《史記》、《杜詩》、《水滸傳》、《西廂記》為六大才子書時，他無緣見到《紅樓夢》面世，否則他不但會將它列為「才子書」，而且會視為「才子書」中的集大成者。自然今天視《紅樓夢》為中國古典文學中的最偉大的著作（至少是其中之一），則早是中外公認的評價。

《紅樓夢》作為才子書之集大成者，其內涵之豐富、文采之斐然，雅俗共賞，所得自是各有深淺。俗曰：「外行的看熱鬧，內行的看門道」，但才子書之所以為才子書，其實不只是熱鬧與門道，重要的是「才子」特有的器識與才情，足以另開一世界，風華此乾坤。是以說：「惟大英雄能本色，是真名士自風流」，才子書的真正解人，往往需要「惺惺惜惺惺」的風流人物。當今之世，白先勇不正是這種才子？他性好《紅樓夢》，熟讀大半生，而且教授近二十年，豈非最為適當的解人？

白先勇在臺大講授《紅樓夢》，事出偶然，又勢有必然。趨勢教育基金會陳怡蓁董事長，在捐贈臺大第二期「白先勇文學講座」時，原本有意成全白先勇，在臺大開授一系列有關「民國史」之講論課程，當時預計一年可以講完。當我受命執行，就預留一年，以安排講座人選。但事與願違，許多歷史學界的國外學者，各有自己的行程，無法前來共襄盛舉。我們正為講座勢必開天窗煩惱之際，張淑香教授靈機一動，建議白先勇何不在臺大講授一學期的「紅樓夢導讀」，以為我們爭取到另請講座人選的緩衝期間，遂開始了白先勇親任講座，在臺大導讀《紅樓夢》的盛事。

課程一上臺大選課網站，初選者千餘人，但臺大最大的教室只能容納四百四十人。因而決定另以「新百家學堂」計畫，加以錄影，先置臺大開放式課程網站與趨勢教育基金會網站，供校內外人士點閱。再經過後製、出版DVD與書面手冊，以供願意詳加研讀、反覆參詳者運用。一學期下來，由於分析深入，論讚綿密，僅及四十回，遂決定以臺大講座課程繼續講授。第二學期亦只接近八十回，最後決定再續講一學期，以完成全書之導讀。DVD與手冊亦將分為上、中、下三集，依白先勇的說法是：「我們不能對不起曹雪芹！」

在開課之初，時報出版公司即已向白先勇請求，要將授課演講的內容整理為書本形式，單行出版，白先勇亦已應允。因而臺大「新百家學堂」與出版中心只向白先勇要求非專屬授權，並且提供錄影與聽打的文稿供時報出版公司編輯應用。因為彼此皆極珍惜白先勇此次的細說詳讀，願意它的豐美成果為廣大的愛讀者所欣賞而流傳廣遠。

在此系列的細讀評析中，除了《紅樓夢》許多潛在義蘊一一浮現，最重要的是意外的見證了「程乙本」以文字表現、人物性格與情節意境，在《紅樓夢》眾多抄本中，脫穎

而出。不但內容最為豐富，而且人物聲口與性情的發展最為一致而近情合理，文字精美，

意境高遠。方見《紅樓夢》為一代，甚至萬世傑作。這是多年來只用「程乙本」教學的白

先勇始料未及，因為在臺大上課時，白先勇發現「程乙本」竟然在市面絕版，只好權用

「庚辰本」代替。講課時一一與「程乙本」參校，發現「庚辰本」頗多混雜纏夾之處。三

個學期細讀詳校下來，方能確信「程乙本」允為《紅樓夢》最佳善本。是以白先勇為文

感激有「程乙本」可以閱讀。

「程乙本」為《紅樓夢》之最佳讀本，此事早經胡適《紅樓夢考證》、林語堂《平心論高鶚》論述，而王國維著名的《紅樓夢評論》，立論的依據，亦是本諸「程乙本」，白先勇與這些前輩，可謂「英雄所見略同」，但不以考證而以文學表現，回歸作品本身，則白先勇尤其與王國維、林語堂合拍。正如王國維強調的面對《紅樓夢》這種絕世鉅著，最重要的是領會其倫理與美學之價值。白先勇的細說詳讀除了體大思精的掌握全書真意，更在一字一句、一段一落中，處處見出其中各別呈露的倫理與美學義涵，真可謂鉅細靡遺，讓我們忍不住中邊俱甜，對於此後《紅樓夢》的欣賞與理解，確是指出了一條康莊大道，讓我們忍不住流連其間，而忍不住要說：「慢慢走，好好欣賞啊！」

因為白先勇在臺大講授《紅樓夢》，多少和我有關，僅略誌數言，以敘其因緣。平生擔任編輯，以激發作者創意，甚至逼稿成篇，為人生快事；但其快意皆未有如此次之歡喜踴躍。真的為白先勇喜！為《紅樓夢》喜！為中國文學喜！

二〇一六年五月三〇日於臺大澄思樓三〇八室

【緒論】
從「紅樓夢導讀」到「細說紅樓夢」

我是一九九四年從美國加州大學聖塔芭芭拉分校退休，至今二十年了。教書是我喜歡的事，《紅樓夢》導讀是我在加大東亞系主要授課之一，分中英文兩種課程，持續二十多年。

退休後推廣崑曲，編寫父親白崇禧將軍的傳記，忙於各種文化及公益活動，當被問起「為何不回臺灣講《紅樓夢》？」一時間還不認為真能做到。但這想法慢慢發酵，覺得回到母校與在美國教書，情感上是不一樣的。《紅樓夢》是影響我一生最重要的偉大小說，透過教與閱的心得，應該可以跟臺大的小學弟小學妹們分享很多事。

這門課最早叫做「紅樓夢導讀」，我想，這個課的目的，就是以我自己的經驗來引導同學們怎麼看《紅樓夢》。因為我自己寫小說，而最重要的是，這是一本小說，這是我們中國最偉大的小說！我想在文學、在小說這方面，它的藝術成就最高，而且它的影響最大。所以我是從這方面切入：《紅樓夢》作為一本了不起的、偉大的小說，而我們怎麼去看這本小說？這門課叫做「紅樓夢導讀」很重要是因為這一點。

二十世紀以來，《紅樓夢》的研究，從「紅學」到「曹學」——曹學就是曹雪芹家世的研究——已經成為大學問。相關的著作說是汗牛充棟也不足以形容。換句話說，讀《紅樓夢》有很多、很多的方式，有各種各樣的說法。《紅樓夢》是一本天書，從各個方面切入，都可以看出多方面的意義，但最重要的，它終究是一本偉大的小說，我們還是必須從這個角度切入。

首先，為什麼要談這本書？我認為，在大學裏頭，要稱得上所謂大學教育，很重要的一點，就是要閱讀一些必讀的經典。所謂經典，就是一部作品在經過世世代代以後，在自己的民族內部也好，或是放在全人類創作的叢林裏也好，若它對於每一個世代都有其特別的意義，這就是經典。也就是說，經典通常即使經過了上千年也還能存在，而持續對我們有意義。這種被視作經典的作品必須要仔細閱讀，深深地閱讀。因為這種作品，對大家會很有啟示。大家現在可能年紀還輕，未必能夠完全了解經典作品的涵義，可是這個時候先閱讀了經典，心裏面有了這些故事，我相信對大家以後的一生都會有影響，而且是很好的影響。我覺得，念過《紅樓夢》，而且念通《紅樓夢》的人，對於中國人的哲學，中國人處世的道理，以及中國人的文字藝術，和完全沒有念過《紅樓夢》的人相比，是會有所差距的。以我自己的經驗來說，我是年紀很小就開始念《紅樓夢》，那時候雖然不很懂，可是慢慢地，我發現自己非常受益於這本書。

那麼《紅樓夢》有幾個面向要先談。第一，這當然是最偉大的一本小說。同時大家注意成書的時間是十八世紀清乾隆時代，可說是中國的文化到了最成熟、最極致的巔峯，而要往下走的時候。很快地，乾隆以後，中國的文化走下坡路了。因而可以說，這是一本在頂點的書。作為一個像曹雪芹那麼樣敏感的作者，我想他雖然是在寫小說《紅樓夢》，寫賈府的興衰史，但是在無意中、在潛意識中，他同時感覺到整個文化將要傾頹、崩潰的那種感受，一如他寫到的：「忽喇喇如大廈傾，昏慘慘似燈將盡。」我想藝術家有一種獨特的靈感，特別能夠感受到國事、乃至於民族的文化狀況。或許類似於所謂的「第六感」，我覺得曹雪芹就顯示出這種感受能力。所以他寫的不光是賈府的興衰，可能在無意間，他也替中國的文化寫下了「天鵝之歌」。從這個角度看這本書，它的意義更大。

我們隨便舉個例子，我剛剛說文學家或藝術家的感受與靈感，尤其是中國的傳統，對於時代的興衰特別敏感，因為中國的歷史是繼續下來的。其他像歐洲的話，它們的文化中心一下子遷到這邊，一下子又遷到那邊，所以歐洲的歷史比較是分期的；但中國的歷史是從古到今，一直沿續下來的。而這種各個時代的興衰刺激了很多文學作品的產生；舉個例子，像是李商隱，大家都知道他的〈登樂遊原〉那首詩：「向晚意不適，驅車登古原。夕陽無限好，只是近黃昏。」一首詩講了晚唐，講完了唐朝的興衰。這種的感受在曹雪芹而言，可能更加的深刻。雖然乾隆時代表面看起來很繁華，但我們從歷史的後見之明來看，在乾隆晚年已經開始衰微，已經有很多瀕臨崩潰的跡象了。

另外，我雖然不是文化史家，但我對繪畫和陶瓷也很喜歡，也涉獵了一些。所以我想曹雪芹的《紅樓夢》成書的時候，很可能也是我們民族創作的巔峯，而《紅樓夢》是在這個巔峯上完成的集大成的作品——無論在文學、哲學、宗教、或文風、文體各方面，《紅樓夢》都有很了不得的成就，這本書作為中國文化集大成的一部作品是當之無愧的。而事實上，在《紅樓夢》以後，也再沒有一本文學作品可以達到它的那個高度。無論是文學、繪畫，或是陶瓷，各方面都沒有。突然間，我們的創造力，creativity，都在往下降。所以我說曹雪芹他感受到的，是中華文明即將要衰退的「夕陽無限好，只是近黃昏」的感受，這在《紅樓夢》中特別、特別地強烈。對於這麼一本著作，我們說它在文化上有特殊的意義。

至於在小說的藝術方面，《紅樓夢》也深有貢獻。中國小說的發展，成熟期不算早，雖然很早就有文言文的小說，成熟的作品要到明清以後才出現。而就小說這個文類而言，我想《紅樓夢》是集大成的一本書。《紅樓夢》不僅僅是剛才說的文化意義上的集大成，在文學的藝術上，它也是集大成。文學的評價，按照文學史來說，文學史就是一些文學天才們的合傳。每個時代都有它的大天才，不論在形式方面、內容方面，或者語言方面，都加以創新，而帶領文學不斷地往上，創造出新的高峯。《紅樓夢》在很多方面，匯集了過去從《三國演義》、《水滸傳》、《西遊記》、《金瓶梅》與《儒林外史》以來的，中國古典小說的大傳統，而就作為小說而言，《紅樓夢》表現得最為成熟。

標誌小說成熟的要件，一是它的形式，等我們講到文本的時候，我會仔細地來分析這一點。簡言之，《紅樓夢》在形式上，使用了神話與寫實兩種手法，而且寫得非常好，在形式上可以說是一部大的鉅作。另外，小說很重要的一點，尤其中國小說很重要的，是人物的創造、人物的刻畫。曹雪芹寫《紅樓夢》，可以說是撒豆成兵，任何一個人物，即使是小人物，只要一開口就活了。這很奇怪，別人花了好多篇幅來寫，曹雪芹用不著，他只要一句話這個人物就出來了，一句話這個人物就活了。不要說別的，曹雪芹自己是貴族，而《紅樓夢》大部分講的也是貴族階級的生活；但是它中間出現一個村婦劉姥姥，劉姥姥一開口，滿紙生輝，馬上就活了。而且奇怪的是，我們現在說寫鄉下人，寫鄉土，講了個半天，中國文學寫鄉下人的，讓人印象最深刻的可能仍然是劉姥姥。這就是所謂的大天才，不光是寫富貴人家的老太太，譬如賈母，寫得那麼好，她的每一句話、一舉一動都合乎其身分；他連寫一個村婦也寫得那麼活！所以曹雪芹是無所不能的。如果大家有興趣要寫小說，仔細看看《紅樓夢》怎麼創造人物的；這是中國小說很重視的一項技藝。

我們看西方文學，偉大的作家，像俄國的杜思妥耶夫斯基，法國的普魯斯特，他們的小說連篇累牘地都是在敘述，都是在分析，常常是長篇大論的。當然他們寫得非常的深刻。然而中國小說不是的，中國小說大部分都是利用對話來推展情節，用對話來刻畫人物。所以中國小說裏面，對話是很重要技巧，什麼人講什麼話，包括語氣、口吻與內容都很重要。對話寫得好不好，幾乎就決定了小說的成敗。《紅樓夢》的對話寫得最好，每個人物說的話都合乎其身分，很少會講錯話的。我們可以做一個實驗，隨便翻開一頁，把人物的名字蓋上，單單看那句話，你一看就知道是誰講的。《紅樓夢》那麼多的人物，每一個都被作者個人化，都 individualized，這一點非常不容易做到。本來金陵十二釵已經寫得很好了，對於十二個女性人物的刻畫，幾乎已經寫盡了。我們拿現代小說來比較，寫十二個女人能寫得那麼活的，很少。光是十二金釵已經不得了了，後面又跑出尤二姐和尤三姐，所謂「紅樓二尤」來，而且又寫得那麼好！所以說《紅樓夢》的人物層出不窮。為什麼？每個人的對話，作者都是恰如其分地描繪。我自己是寫小說的，我看人家的小說一定是先看對話。如果對話寫得不好、不活、不像，我想可能那本小說就不行。對話的確要緊，而《紅樓夢》這本小說的對話非常鮮活。然後是文字，這本書的文字極好。當然曹雪芹的文學修養是很精深的，據說他本身就善於詩詞，對於文字非常敏感，這影響了《紅樓夢》用字之講究。中國文化的美學固然有它簡樸的這一個面向，但同時也有富麗堂皇的另一種美學取向，就像牡丹花一樣，富麗得不得了，《紅樓夢》的文字就是富麗的這一面。曹雪芹的文筆得力於他詩詞歌賦的造詣，樣樣都通。因此《紅樓夢》裏面有詩、有詞，有歌、有賦，各種文體都有；而且曹雪芹對於戲劇和戲曲也非常精通，他是集中國文學各種形式之大成。《紅樓夢》不僅是散文，詩詞也是很重要的元素，小說裏的詩詞不是隨隨便便寫的，不是裝飾性的，而是有機體的一部分，《紅樓夢》常常藉由詩詞來點題。

至於《紅樓夢》最大的成就，一方面是寫實主義到了極點，你看了賈府，會覺得真的有這麼一個賈府，這麼一座大觀園；另外一方面則是它的象徵也達到了最高點。《紅樓夢》裏面，幾乎每一個人名、地名，甚至一道菜、一件衣服，都有它的意義。所以說看

《紅樓夢》不能只看表面，表面的文字當然華麗吸引人，但是另外一方面，它非常有象徵意義。這本書不拘於現實或寫實，而是達到了哲學性的、神話性的層面；它有形而上與形而下的兩層，作者都能照顧得非常周全。曹雪芹使用了那麼華麗的文字，當然有其主題上的需要。《紅樓夢》講的是什麼呢？興和衰——沒有前面的華麗，襯不出後面的衰頽。所以他前面用了這麼繁華絢麗的文字來敘述，強烈對比出七寶樓臺、珠光寶氣的背後，其實是很蒼涼的哲學。就是說明一切都是鏡花水月——佛家的哲理。

我想《紅樓夢》的文字與主題內容是互相配合的，文字有它襯托的功用。從小說藝術來說，當然結構、人物刻畫或是文字，都很重要。那麼《紅樓夢》的主題是什麼？可以說，它一方面講的是賈府的興衰，另外一方面，它其實是在講人生。其中很重要的是佛家的哲學。事實上，《紅樓夢》在哲學思想方面結合了佛、道、儒三家，中國最重要的三種哲學看待人生的態度都在《紅樓夢》裏面了。而佛道的出世哲學與儒家的入世哲學，經常存在一種 tension，所謂的緊張、張力。可以說這本書有多方面的重要性。我們念《紅樓夢》，一方面是看小說的藝術，特別是文字的藝術；另一方面則是看它的哲學思想，《紅樓夢》講哲學與宗教的思想，不論是佛經、或者儒家的經典，都講得很深刻。總而言之，《紅樓夢》將中國人的哲學，儒、佛與道，所涉及的入世與出世的糾結，以最具體、最動人的人生故事呈現出來，這就是《紅樓夢》偉大的地方。此外還有一點，中國人特別重視人情世故，而《紅樓夢》裏面到處都是中國式的人情世故；在極端複雜的宗法社會底下，該怎麼表現禮數，這本書應有盡有。這也是為什麼要看這本書的原因之一。看了之後，一定能學到很多。

曹雪芹這本書其實有幾個不同的名字，分別指出了這部小說內容的幾個層次。最廣為人知的名字是《紅樓夢》。「紅樓」何所指？「紅」在書中占了很大很重要的地位。「紅」指的是紅塵；「紅樓」指賈府這種人世間的貴族家庭；下面這個「夢」字，紅樓一夢，整個是一場夢。中國傳統佛道思想，從很早的《南柯夢》、《邯鄲夢》，一直下來到《紅樓夢》。另外一個名字叫做《石頭記》，更深了一層，講到了內容中的頑石歷劫。賈寶玉前身是一塊石頭，通靈寶玉，後來歷劫下到紅塵，經過了整個的一生，最後又回到原來的地方，回到青埂峯下，一生歷了一劫。這裏講的雖是賈寶玉個人，但某方面來說，也是 **Everyman**，每個人到這個世上來，同樣是歷劫，也是走一趟，也是經歷紅樓一夢。

我們看這本書，第一是看賈府興衰這條線，從開始它的情節發展就指向了賈府的由盛入衰；第二條線是寶玉出家，賈寶玉經過了生離死別，到最後悟道。追尋這兩條線索，看這本書才有了脈絡。也有學者認為，其實這是一部賈寶玉的傳，這部《石頭記》，寫的也就類似釋迦牟尼佛，悉達多太子成道的故事。悉達多太子原本生長在皇室，享盡了富貴榮華，也娶妻生子，後來看到人生的生老病死苦，最後悟道。賈寶玉也是長在富貴榮華之家，也經歷了許多生死離別，最後悟道出家。所以佛家的思想的確對曹雪芹影響相當大。

看這本書，沿著這兩條線，就可以一直看下去了。七十二回以前，賈府怎麼從一開始的最盛漸漸衰落下去，這是一條線。第二條線，賈寶玉跟林黛玉之間的情，黛玉的死，對他攸關重要。當然不光是黛玉，還有好幾個人物，他們的死亡，他們的遭遇，然後賈府的衰落，對寶玉都是一種刺激、一種啟發，最後他出家悟道。我想這兩條線大家抓住的話，看這本書就不會覺得混亂。這本書人物很多，情節很複雜，但是不管怎麼樣，有這兩條大的主軸在這裏頭，大家就能夠看得比較清楚。我希望同學們把這本書從頭到尾細細地看一遍。

《紅樓夢》的版本學是大學問，有好多種版本，我在臺大上課用的是里仁書局出版，馮其庸等人校注以庚辰本為底本的版本，參照了其他的本子一起修訂，並截取程甲本後四十回。庚辰本是《脂硯齋重評石頭記》很老的一個手抄本子，只有七十八回。我在美國教書的時候，用的是桂冠圖書公司出版以程乙本為底本的版本，這個本子最初是在乾隆時代，程偉元用活字排了兩版，第二版是一七九二年，叫做程乙本，後四十回加上去了，桂冠出版的這個本子注得也很好。可是版本學的學者互相攻擊，說他們研究的版本最好，哪個本子就不好，大家最好兩個版本都看，大概有個平衡參考。版本太多了、太繁了，大家有興趣可以看看。

我現在講的是文本之外的一些大家需要知道的常識，最希望大家把《紅樓夢》這部經典好好地看一回。我還準備了《紅樓夢》課程參考書目，參考書太多了，汗牛充棟，我將比較重要的、有不同看法的稍微列了一些。柯慶明老師告訴我臺大圖書館裏有好大的《紅樓夢》資料庫，你們感興趣自己去查。不過比較重要的我稍微講一下，第一個當然是王國維，他是了不得的大學者，寫了《紅樓夢評論》。基本上這些參考書分兩大部分，一部分是考據，一部分是義理。王國維在義理方面講《紅樓夢》的哲學意義在什麼地方，他是第一個用西方哲學比較《紅樓夢》的人，他用德國哲學家叔本華（Schopenhauer），對於人的意志、欲方面的解釋，王國維把「玉」跟「欲」這兩個合在一起來講。因為叔本華是一個悲觀哲學主義者，生就是一種痛苦，我們生下來就要找解脫，我想王國維自己也是，難怪他後來跳昆明湖自殺了。不管怎麼樣，他寫得很深刻，尤其他對於悲劇的解釋——他認為悲劇並不像希臘悲劇是得罪了天神，或者是莎士比亞的悲劇，有個壞人，如Othello，Iago在旁邊作祟，他認為的悲劇是人在最平常的生活裏面醞釀的生、老、病、死這種悲劇；他對悲劇的解釋，提供解釋《紅樓夢》很好、很深刻的看法。

俞平伯是北大很有名的紅學家，他的貢獻在於他的考據，尤其是脂硯齋的評論。脂硯齋是一位對《紅樓夢》做評語的人，《紅樓夢》的八十回手抄本，裏面都有脂硯齋的評論（脂評）。脂硯齋有很多考據，也有說他是曹雪芹的堂兄弟，不管怎麼樣，脂硯齋是對曹雪芹很認識、很親近的一個人，對曹家知道得很清楚的一個人，他的評語對於紅學研究非常重要。有幾派人常爭論《紅樓夢》到底是寫什麼？一派人說是曹雪芹的自傳，因為脂硯齋常常講「當時的確是那樣子」、「當時的確發生」，講得很傷心，好像看到那件事情發生，所以大家覺得這是曹雪芹自己的自傳。胡適就是這麼認為。

胡適對於曹家族譜、曹家的考證是最有貢獻的，在他之前有索隱派講《紅樓夢》寫的是納蘭性德的傳記，《紅樓夢》又是反清的小說，有很多很多說法。胡適考據說這是曹雪芹的自傳。但是有些自傳派又走火入魔了，說大觀園在什麼地方，賈府在什麼地方，一個個去考證這樹、這石頭，那也過分了。不過大致講，胡適認為《紅樓夢》是曹雪芹自傳性的小說可能是對的，《紅樓夢》這一本書，如果作者曹雪芹沒有經歷過那種富貴生活，沒有經歷過那套滿清旗人貴族的禮法，可能寫不出來。

我想一個人寫小說，別忘了小說的英文叫 fiction，虛構，不是虛構就不是小說。可能大觀園是曹雪芹自己心中的花園，當然他家裏一定有很大的花園，但不可能大到像大觀園那麼大，富貴如賈府倒也未必，到底他不是皇室，他是皇家的親戚，還不是親王，我們在北京看恭王府也不過如此，跟大觀園還是差那麼一截，所以大觀園可能是想像出來的。不管怎麼樣，胡適考證是他的自傳。胡適考證了半天，我們以為他一定對《紅樓夢》的評價很高，哪曉得他說《紅樓夢》的藝術價值並不那麼高。我覺得胡適他看走眼了，我想他考證考迷糊掉了，他說《紅樓夢》不如《儒林外史》。我想，這有他時代的原因與關係，《儒林外史》是諷刺官場、諷刺政治，是個政治小說，它寫的是 politics，《紅樓夢》寫的是人生。那時候胡適搞革命，搞五四運動，那時候政治最要緊，所以講諷刺權貴的《儒林外史》寫的好。《儒林外史》當然好，但比起《紅樓夢》，我覺得層次方面有所分別，所以那些大學者的話有時候也不可靠。

夏志清先生有一本非常有名而且影響很大的、用英文寫的《中國古典小說》（*The Classic Chinese Novel*），評論《三國演義》、《水滸傳》、《西遊記》、《金瓶梅》、《儒林外史》然後《紅樓夢》。夏志清先生完全是義理方面的，因為他受了西方文學的批評訓練，所以他用西方批評的理論，尤其是新批評New Criticism，扣近文本來講。所以夏先生有很多創見。我在美國上課用的《紅樓夢》英譯本譯得很好，David Hawkes 跟他女婿 Minford 兩個人合譯的，用了非常漂亮的英文。Hawkes把自己在 Oxford 的教職都辭掉了，專門翻譯這本書，跟曹雪芹一樣「十年辛苦不尋常」。很奇怪，越難的他譯得越好，〈好了歌〉譯得好的不得了！普通的一些最容易的俗語，反而有時一下子摔了跟斗，譯錯掉了。我想《紅樓夢》也滿難的，不光是它那很高的一層，它平常的俗語實在難，我們現在看有時候就不懂了，當時乾隆時代用的俗語到底什麼意思？現在不用了嘛，所以很難。

《紅樓夢》的英譯那麼好，我也教過他的英譯本，可是一般的美國讀者反應不是那麼熱烈，我在想什麼道理？他們喜歡《金瓶梅》、喜歡《西遊記》，容易看、容易懂；《金瓶梅》誰都懂，《西遊記》好玩、有意思，《紅樓夢》的確有文化上的阻隔。我想賈寶玉在西方，拿美國的標準，這麼瘋瘋傻傻的一個男孩子，我聽到一個美國人說他 foolish。我們說他痴傻，中國有另外的意思的，我們的痴傻不是壞事，有時候我們的道呀、佛呀，很多也是痴痴傻傻的。我想賈寶玉的痴傻就是一種佛道中的仙人，一看好像瘋瘋癲癲的。美國人、西方人很難理解這麼一個 hero，他好像不是一個英雄人物。對他們來講，美國式的那種浪漫、好萊塢式的那種浪漫也不對，所以對賈寶玉大概很難抓住這個人到底怎麼回事？怎麼理解他？

夏先生提出一個十九世紀的俄國小說家杜思妥耶夫斯基，他深深地受基督教的影響，尤其是受 Orthodox Church（希臘正教）的影響，所以他寫的小說到最後都是人跟神、人跟上帝。我想《紅樓夢》一樣，到最後也是人跟佛到了更高一層的關係。杜思妥耶夫斯基有一本小說《白痴》（*The Idiot*），寫什麼呢？有個人物叫做 Prince Myshkin，米歇金王子這個人有點像賈寶玉，也痴痴傻傻的，都去幫人家、愛人家，最後真的瘋傻掉了，變成 idiot。杜思妥耶夫斯基寫他的時候，其實有基督 Christ 這個人物在腦筋裏面，他其實是寫一個基督人物，雖然是一個病基督，他救不了世界，救不了人世，他那麼的大悲，救不了這個人世間的 misery，最後他自己變成瘋傻了。這樣非常謙卑的人物，跟賈寶玉很近，了解 Myshkin，就會了解賈寶玉。所以夏先生做了很好的比較，我想有時候一種比較的看法，可能也給我們另外一種 perspective。如果從這個角度看，杜思妥耶夫斯基寫的是一個 Christ，一種基督式的人物，曹雪芹寫賈寶玉是釋迦牟尼的一種大悲，也不是一個普通的人，其實他不像個世間的人，他最後其實是成佛了。所以夏先生這種看法也給我們一種新的視野。

林語堂《平心論高鶚》於我心有戚戚焉。很多人攻擊，說後面四十回是高鶚寫的，寫得文字也不好，這個也不好、那個也不好，我不同意。現在很多紅學家考證曹雪芹其實是寫完了《紅樓夢》的，後四十回已經寫完了，但手抄本不見了。前面八十回手抄本那時很流行，後四十回那時沒有手抄本，認為是高鶚續的。我的看法是曹雪芹寫完了，高鶚刪潤的，程偉元與高鶚在程甲本的序這樣說。有些地方的確有矛盾，好像鳳姐的下場不對，照前面的判詩鳳姐沒有死，是被休掉。還有巧姐的年齡不對，反正找了很多矛盾的地方。其實《紅樓夢》那麼多版本，也有好多的矛盾，但我覺得後四十回的文學成就絕不亞於前八十回。第一百二十回寫寶玉出家，那是整本書的高峯，「落了片白茫茫大地真乾淨」，真是把這句話寫到極點了，寫得真好！

第九十七回寫黛玉之死，「林黛玉焚稿斷痴情」也寫得非常好，還有寫賈府抄家等等，都寫得那麼好。如果後四十回是高鶚寫的，高鶚的才智絕不下於曹雪芹，要續人家的東西更難，若要我改人家的文章，我一定頭大的不得了。還有一點，曹雪芹對賈府興衰的悲劇，寫得真是字字血淚，你會感覺是真的，他的感受那麼深，這些人物不是完全跟他沒有關係的。說高鶚續書也感受那麼深，我覺得幾乎是不可能的一件事情。我的看法是，可能後四十回已經寫成了，高鶚只是刪潤他的書就是了。我覺得林語堂講得很好，他替高鶚平反，高鶚被罵得太厲害了。

張愛玲的《紅樓夢魘》，她也寫《紅樓夢》評論，把後面四十回痛批一頓，我不同意。我覺得後四十回寫得非常高明、非常了不得，大家看了以後我再聽聽人家的意見。前八十回跟後四十回，有的人甚至拿電腦來算用字的頻率，看看前面、後面有沒有矛盾。我想那也不一定呀！後四十回他的 style 改了，的確需要改，因為前面講盛，後面講衰，文字完全不一樣了。前面是慢慢、慢慢經營，後面是「嘩」的一下就崩潰下去，所以他的文字的確要如此。

還有一位紅學專家趙岡，趙岡先生的《紅樓夢新探》相當有名，他做了好多考據工作，他是完全的「自傳派」，他考證了每一個人，尤其考證大觀園在哪裏。但是也引起很多筆戰，他跟余英時就大打筆戰。臺灣還有一個很有名的紅學家潘重規先生，這一派也可能是屬於「索隱派」，講曹雪芹是反滿的、反清的，所以《紅樓夢》裏全是一些政治人物，思考這是誰？那是誰？考據得非常細。蔡元培也是這一派，講曹雪芹反清、反滿。雖然他是漢人，他的高祖以前是明朝的下級軍官，但反清復明思想那倒未必，等一下我講他的身世會講這一點，他對於當時政治不滿是有的，因為被抄家了，過得很潦倒。

余英時寫的《紅樓夢的兩個世界》也很有名，他也是從義理方面講大觀園。余先生反對自傳說、反對完全的考據，不過余先生也承認曹雪芹受到自己家裏的經驗影響。曹家是有過那種繁華富貴的生活，而且跟滿清的皇室很貼近，所以他寫出這種富貴氣象也很正常。你們念這本書可以去看看圖書館對《紅樓夢》研究的收藏，還有大陸好多學者我沒有放進參考書目，像馮其庸、周汝昌在中國大陸紅學界都非常有名，不過他們的觀點各自不同。所以我說《紅樓夢》是本天書，從任何角度都可以研究、發掘。也有一支是曹學，對曹雪芹這一家做了好多考據工作。尤其現在故宮裏那些檔案出來了，康熙跟曹寅之間，他們來往的奏摺、批示，現在對曹家的研究更加詳細也更準確了。

我想既然這本小說帶著自傳性，若對曹雪芹的生平有個概括的了解，對這本書的理解也會有幫助，詳細情形大家去找書來看吧。我自己不是紅學專家，也不是曹學專家，我看這本書，都是當作小說藝術來看的。概括講家族背景，曹雪芹的高祖父曹振彥，是明朝遼東的下級軍官，官位不高。那時清朝開始是後金，在明朝天啟元年，也就是西元一六二一年，努爾哈赤要統一遼東就進攻瀋陽、遼陽。攻下來後，曹振彥被俘虜到清兵的軍營，他被編進很下級的一個正白旗，正白旗是屬於多爾袞的旗下。多爾袞後來是順治皇帝的皇叔，當然現在看好多連續劇講的都是多爾袞跟孝莊皇后的羅曼史。不過多爾袞真的是非常有勢力的一個皇親，曹振彥就在他門下跟著去打仗，立了軍功。後來入關的時候，他就變成文職，滿受重用的，升了個大同知府，也不容易了。

順治皇帝後來登位，據說因為多爾袞跟他的母親孝莊皇后有私，所以他很恨這個皇叔。我想，一個皇帝新登位，一定是把一些舊勢力除掉。多爾袞那時權傾一時，很可能篡位，順治很小又很弱，不知是野史還是正史，就說孝莊皇后以色誘，極力把順治皇帝保住，所以順治登基以後就很恨他，挫骨揚灰，把多爾袞下面的軍隊通通收編。曹振彥這邊就被順治收編了，跟皇室更近了。曹家變成順治內務府的包衣，包衣等於家奴，負責打點宮廷雜務，這樣就有機會親近皇帝了。這個位子很好，後來發跡全靠擔任包衣，曹振彥的兒子曹璽就成了侍衛，升他為二等禁衛侍衛，經常可以跟皇帝接觸。順治大概滿相信他們的。其實那時候禁衛侍衛都是滿人貴族當的，納蘭性德，一個很有名的詞人，就是當侍衛。所以這個位子雖然官不大，可是機會很好，跟皇帝很親近。最要緊的是，他的妻子孫氏剛好當了皇太子玄燁，後來的康熙皇帝的奶媽。這個我不太懂，查資料也不清楚，怎麼會要一個漢人包衣的妻子當奶媽？奶媽何等重要？為什麼孫氏能夠當康熙的奶媽？你想奶媽跟皇太子一定感情很好，康熙一定很喜歡她，可能孫氏很健壯、奶水很足。況且孝莊皇后很厲害的，她指定孫氏當奶媽，可見孫氏一定有她特別的地方。孫氏的 biography 很少，她一定也是非比尋常的女人，身體好，很得皇室的信任。而且她帶康熙一定帶得很好，康熙對她念念不忘，後來最關鍵的是曹寅——曹雪芹的祖父，與他們曹家的就是曹寅。曹寅是康熙的奶哥，他們倆大概小時候玩在一起的，很親近，所以才給個江寧織造的大肥缺，曹家就這樣發達起來。曹寅深得康熙寵幸，康熙南巡六次，四次由曹家接駕。曹寅藏書甚豐，擅長詩文，並撰寫傳奇劇本，曹雪芹受祖父影響甚深。曹雪芹青少年曾目睹江寧織造曹府之繁華，享受過錦衣玉食的生活。雍正六年（西元一七二八年）曹府被抄家，由是衰落，曹雪芹大約十三、四歲，舉家回到北京，晚年窮困潦倒。這位曠世奇才，把他大半生的生命都灌注到《紅樓夢》中，寫出了中國文學史上最偉大的小說。

【第一回】甄士隱夢幻識通靈 賈雨村風塵懷閨秀

剛剛開始讀《紅樓夢》可能有點吃力，原因是人物很複雜，關係一下子沒法弄清楚。它開頭是很緩慢的，我們也要有點耐性，一步一步慢慢來。

首先，曹雪芹架構了一個神話，由超現實引領，進入寫實。這本書最大的特點之一，或說它奇妙之處，就是神話與人間、形而上與形而下，可以來來去去，來去自如，讀者不覺得奇怪，好像太虛幻境、警幻仙姑、茫茫大士、渺渺真人……真有這麼回事，然後一降回到人間，賈母、王熙鳳、寶玉、黛玉……也覺得是真有其人。它的神話架構籠罩全書，具有重要的象徵性，也給與寫作極大的支撐與自由。

神話由女媧煉石補天說起。女媧是中國的地母，大地之母，mother earth，她用泥土造人的。這本書從女性開始，用一種尊敬的態度來寫女性，整本書女性的地位這麼重要，在中國小說裏面是少有的。

從人類學角度，中國古遠前是母系社會，女權很高的，後來母系社會被父系的父權壓下去，曹雪芹寫《紅樓夢》，就讓母系社會重新冒出來。看看賈母，看看王熙鳳，看看書中這一羣女性，在她們身上，多少都有從前母系社會的遺留。所以用女媧這個神話開頭，絕不是巧合。

女媧煉石補天的神話，《淮南子》一類的古書裏面都有記載。水神共工氏跟顓頊爭奪帝位，大戰，共工敗了，撞了不周山，把一根頂著天的柱子撞斷了，天塌了一個大窟窿，地也陷下去了，女媧看來了大災禍，就煉石補天，煉了多少石呢？三萬六千五百零一塊，用了多少石頭呢？三萬六千五百塊，只剩下一塊石頭，就放在大荒山無稽崖青埂峯下。

大荒山、無稽崖，都是曹雪芹造出來的，但那青埂峯的「青埂」兩字很重要，「青埂」即是「情根」，「情」還不夠，還加個「根」字。《紅樓夢》的人名、地名、物名……曹雪芹都有背後用意的，要仔細讀才能體會。

中國人講「情」，跟「愛」又不一樣，「情」好像是宇宙的一種原動力，一切的發生就靠這個「情」字，它比那個「愛」字深廣幽微。我在美國教書，一碰到要解釋這個「情」字最麻煩，用英文講不清，找不到一個 equivalent，找不到一個英文字很精準的對應，英文裏的 love, sentiment, emotion 都不對，都好像沒有中題。

曹雪芹是用一個宇宙性、神話性的東西來說這個「情」字，「情」字還不夠，還有「情根」，情一生根，麻煩了！《牡丹亭》裏面有句話：「情根一點是無生債」，情一生根以後這個債就還不完了。

青埂峯下這塊靈石，後來就變成賈寶玉了。三萬六千五百塊石頭用來補天，剩下的這一塊使命更大，它要去補情天，所以賈寶玉到了太虛幻境，看到「孽海情天」四個字，情天難補，他得墮入紅塵，經過許許多多情的考驗。

這塊靈石靜置久了，一天聽見兩個神仙閒談紅塵異事，一下子動了凡心。這兩個神仙，一個是茫茫大士，一個是渺渺真人，一佛一道，雖然出場不多，就開頭、中間、結尾出來幾下子，但貫串全書，也占了很重要的地位。他們每次出現都好似醍醐灌頂，很重要的點一下，對這塊靈石——賈寶玉有一種指引作用。他們其實代表了兩種哲學：佛跟道，寶玉這塊靈石在紅塵中翻滾，一下子失去真心，他們就來導航一下，這兩個神仙人物，可說是一種 conceptual 概念性的，做為出世跟入世之間的轉換。

一個佛，一個道，一個和尚，一個真人，放在一起，也有意思。明清時候常常佛道不分，道觀裏供了佛，佛教裏面也有道家神祇。《紅樓夢》元妃省親那一回，因為要做法事，賈家去買了一羣尼姑，還請道士來誦經。賈家自己的廟叫水月庵，裏頭就有尼姑、女道士。

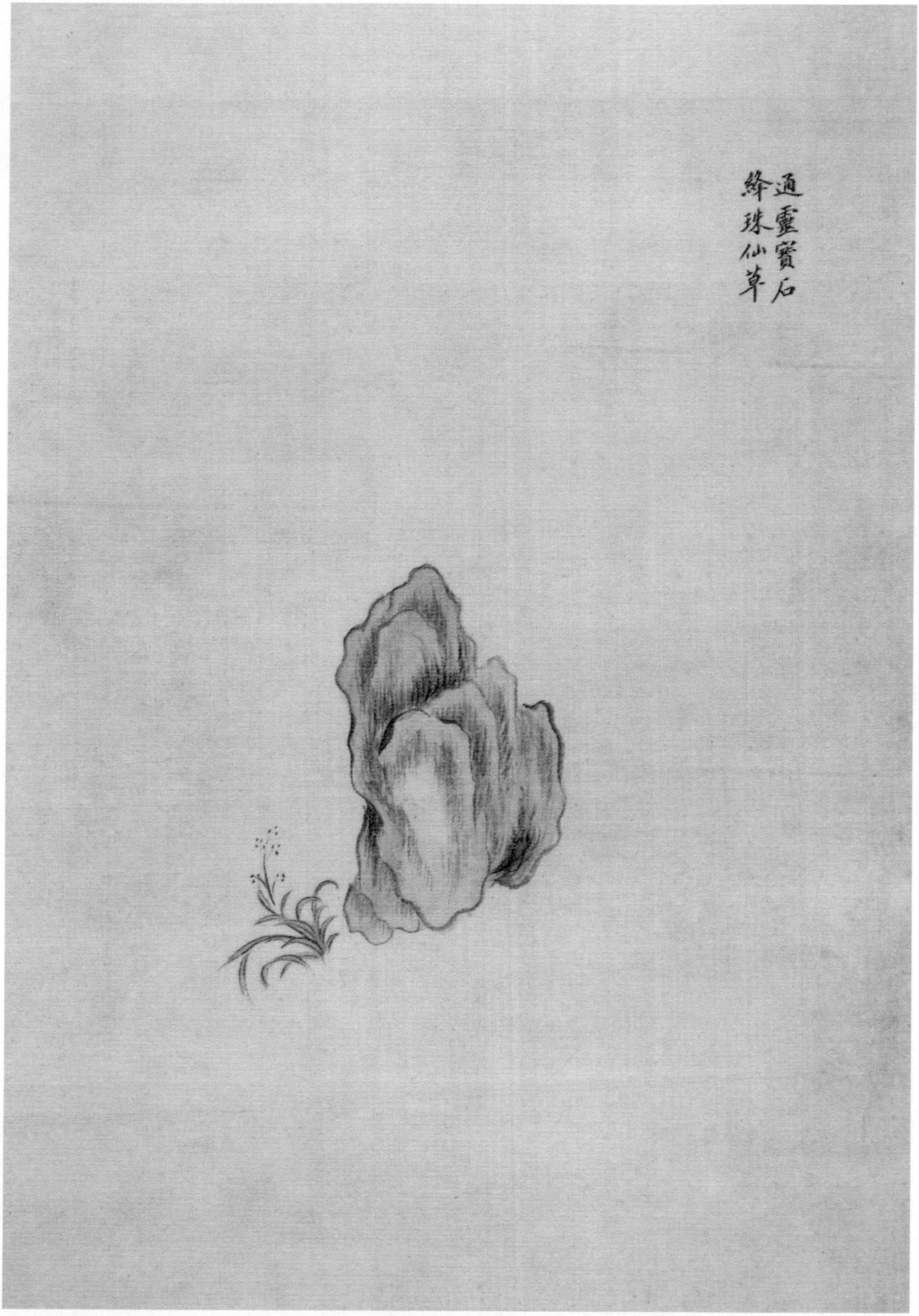

靈石與仙草

這兩個和尚、道士打扮的神仙人物，可以說是 guardian angel 守護天使，在最後賈寶玉出家時，也是一左一右，就像當初把他護送到凡間時一樣，這時候又把他迎回到青埂峯去了。

靈石在紅塵歷劫歸返，又過了好久，另外一個空空道人經過青埂峯，看到靈石上面刻了很多很多字，寫的什麼呢？就寫著《紅樓夢》的原型——靈石紅塵走一遭的故事。空空道人把它抄下來，送給了悼紅軒裏邊的曹雪芹先生，曹雪芹就據此寫成了《紅樓夢》。

空空道人有批注：「因空見色，由色生情，傳情入色，自色悟空，遂易名為情僧……」他稱自己「情僧」，所以《紅樓夢》另外一個名字叫做《情僧錄》。

空空道人的「因空見色」，是說本來就白茫茫一片，什麼都沒有，（六祖慧能：本來無一物），因為我們的幻覺，看到好多好多的現象，「由色生情」，情多了就會陷進去，陷進了更深的色的幻覺，「傳情入色」，要經過多少徹悟之後，再從裏面出來，「自色悟空」，再回到白茫茫一片真乾淨。

空空道人變成情僧，他錄下來叫《情僧錄》，「情」成為整本書很重要的主題。與其講空空道人是情僧，還不如說最後出家成和尚的賈寶玉才是情僧，他的一生就是《情僧錄》。「情」對於寶玉，簡直就到了一種宗教的地步，本來應該出世的僧，把「情」當他一生的指標，這很有意思，需要不尋常的解悟。

所以，曹雪芹寫完這本書，自己說：

滿紙荒唐言，一把辛酸淚！都云作者痴，誰解其中味？

我們現在就來試試解讀他吧！

第一回裏面，藉著夢又說了一個很重要的神話：這塊石頭沾了靈氣，變成一個神，赤瑕宮的神瑛侍者。

在那三生石畔靈河旁邊，有一株絳珠仙草，需要灌溉，否則不能活。神瑛侍者就用靈河的水灌溉絳珠仙草，久而化成了人形，化成一個女體，變成絳珠仙了了。絳珠仙子留在離恨天，看看這名字，游離在恨天外，餓了吃蜜青果。蜜青，祕情，這個蜜青果吃不得，吃下去都是「情」，是祕情果。那她喝的是什麼？灌愁海的水，你看這個仙子有多少情有多少愁了。她化在人間就是林黛玉。為了報答神瑛侍者灌溉之恩，她曉得神瑛侍者要下凡了，她也要下凡去。怎麼報答呢？用眼淚來報答。所以林黛玉愛哭，以淚還報，淚盡人亡。所以「情根一點是無生債」，了「情」，就要還債，林黛玉在塵世還賈寶玉的債，以眼淚來還。這個神話，也就是後來這本書中男女主角的一段神話。

現在看正題。

故事的開始在姑蘇城，現今的蘇州。明清的時候姑蘇非常繁榮，人文藝術鼎盛。甄士隱是姑蘇城一個小康人家（員外之流），娶妻封氏，幸福美滿，有個可愛的女兒名叫英蓮。在《紅樓夢》裏面，她也算是滿重要的人物，是薛蟠買來的一個妾，改名香菱。

甄士隱名字諧音「真事隱」——真的事情隱掉了，對應另一個人賈雨村，「假語村言」，這兩個人物看起來是真實人物，可是有很大的象徵性在裏頭。正是：「假作真時真亦假，無為有處有還無。」

《紅樓夢》的開頭是神話，接著是寓言。

甄士隱原是蘇州一個有幾分福氣的普通人，賈雨村則是一個想要求功名的潦倒書生，住在甄家附近的葫蘆廟。在中國社會，這兩個人都相當 typical，是相當典型的小人物。他們為何有很大的象徵性呢？甄士隱的遭遇就是世間常見的旦夕禍福，發生之前，他做了一個夢，夢見他到太虛幻境去了（後來賈寶玉也是到太虛幻境），夢裏遇見和尚、道士，講說有這麼一個《紅樓夢》的故事。他醒來以後，不以為意，有一天，真的遇見夢中的跛腳道人，說：「你這個女兒是個禍胎，你還抱在手上……」晃眼不見。

過了一段時日，女兒英蓮遭拐走不見了，葫蘆廟失火，把甄士隱的房屋通通燒掉，財產也沒有了，轉眼間他的人生變調，從豐衣足食變成潦倒落寞。

我想《紅樓夢》開章就以普通人家的起伏變動，暗示賈府的未來。賈府也許要放大百倍，然而旦夕禍福仍會發生，有它的必然性。這種料不到的人生，說穿了，就是佛家的無常哲學，人生沒有永遠的事物與關係，最後都隨著時間崩壞。

賈雨村是個潦倒書生，甄士隱幫助他，給他盤纏，讓他考試求功名。賈雨村在當時中國社會裏面，也是典型的普通人，代表儒家的入世、有求、秩序、穩固，中國的哲學裏儒釋道三家人物，在《紅樓夢》經常交錯出現。

甄士隱經了這許多人生起伏，有一天突然又看見跛足道士來了，口裏唱一首〈好了歌〉（可以說是《紅樓夢》的主題曲）：

世人都曉神仙好，惟有功名忘不了！古今將相在何方？荒塚一堆草沒了。世人都曉神仙好，只有金銀忘不了！終朝只恨聚無多，及到多時眼閉了。世人都曉神仙好，只有姣妻忘不了！君生日日說恩情，君死又隨人去了。世人都曉神仙好，只有兒孫忘不了！痴心父母古來多，孝順兒孫誰見了？

甄士隱說：你唱什麼？我只聽見好了、好了兩個字。道人說：「好便是了，了便是好。若不了，便不好；若要好，須是了。」

他們講的這些道家的哲學，對儒家社會秩序，有很大的顛覆性。儒家修身齊家治國平天下這一套道理，要建立的是 social order，穩定的社會秩序，鼓勵人入世，求功名、利祿、妻子、兒女，儒家宗法社會下面，大概就是這些。

跛足道人給了很大的一個 warning，好就是了，了就是好，等於給戀戀在紅塵中的人臨頭棒喝、醍醐灌頂。

人大概都經過幾個階段：年輕的時候，大家都是入世哲學，儒家那一套，要求功名利祿。到了中年，大概受了些挫折，於是道家來了，點你一下，有所醒悟。到了最後，要超脫人生境界的時候，佛家就來了。所以過去的中國人，從儒道釋，大致都經過這麼三個階段，有意思的是這三個階段不衝突。在同一個人身上，這三樣哲學都有。所以中國人既出世又入世的態度，常常造成整個文化的一種緊張，也就是說，我們的人生態度在這之間常常有一種徘徊遲疑，我想，這就是文學的起因。

文學寫什麼呢？寫一個人求道提昇，講他的目標求道，講這一生多麼地艱難，往往很多人沒有求到，在半路已經失敗。不管是愛情也好，理想也好，各種的失敗，我想，文學寫的就是這些。《紅樓夢》寫的也是這些。

甄士隱一聽〈好了歌〉就醒悟了。他就說：我來做個注解。這個人也有慧根的，解注的很好：

陋室空堂，當年笏滿床；衰草枯楊，曾為歌舞場。蛛絲兒結滿雕梁，綠紗今又糊在蓬窗上。說什麼脂正濃、粉正香，如何兩鬢又成霜？昨日黃土隴頭送白骨，今宵紅燈帳底臥鴛鴦。金滿箱，銀滿箱，展眼乞丐人皆謗。正嘆他人命不長，那知自己歸來喪！訓有方，保不定日後作強梁。擇膏粱，誰承望流落在烟花巷！因嫌紗帽小，致使鎖枷扛；昨憐破襖寒，今嫌紫蟒長：亂烘烘你方唱罷我登場，反認他鄉是故鄉。甚荒唐，到頭來都是為他人作嫁衣裳！

這就是他的結論！

人生不就是個大舞臺，一個人唱完下來，第二個人上去唱，唱完又一鞠躬下臺，又換個人上去唱，亂烘烘你方唱罷我登場，然後反認他鄉是故鄉。

佛家說，我們以為這是我們自己的故鄉，其實也靠不住，一下子一把火就整個燒掉了。道家說，要醒悟這一點，才找到你真正的理想的地方。甚荒唐！到頭來都是為他人做嫁衣裳。講起來，整個一生是白忙一場，都為他人做嫁衣裳，所有事情都是為他人做的。

滿有意思的！你看看這個〈好了歌〉，「惟有功名忘不了！」想想，「古今將相在何方？荒塚一堆草沒了。」尤其中國的歷史長，不管是帝王將相，你眼中多偉大的人，從漢唐明清，多少朝代，如果到了西安，去看看古代那些皇帝的古墓，秦始皇的墓那麼巨大，現在，還是荒塚一堆草沒了。建了那麼大的一個帝國也不在了。「世人都曉神仙好，只有金銀忘不了！終朝只恨聚無多，及到多時眼閉了。」

這個大家都看到很多例子。追求名利，追求五子登科，最終呢？道家來說，佛家來說，都是非常顛覆的一種思想。曹雪芹並沒有偏一方，說人應該出世，應該走佛道這條路，他說了好幾種選擇。

甄士隱、賈雨村，一個代表出世，一個代表入世。後來甄士隱變成道士，賈雨村經過好多官宦歷程的折騰，到了書結束的時候，這兩人又碰到一起。甄士隱想要度化賈雨村，賈雨村還是迷戀紅塵。各走各的路，兩個分歧，自己去看，自己去選擇。所以《紅樓夢》寫的時候，把中國人基本的人生哲學通通寫出來了，而且寫得非常客觀，很有高度。這一回等於是個楔子，等於一場戲的開鑼，等於一個序幕。

一個道士一個書生，一場 dialogue，他們之間的對話、交流，這樣碰在一起，從一開始到最後書結束。

所以《紅樓夢》跟其他的中國小說不一樣，它有很嚴謹的架構。中國小說是從說書的傳統來的，講到哪裏算哪裏，像《水滸傳》、《儒林外史》，等於是合傳，一個一個人物，合在一起的傳記，沒有一個很籠統的、很嚴密的、互相有關係的 structure 結構。

《紅樓夢》不論前面講的神話也好，楔子的一個小故事也好，對整個主題，對整個架構，都有它很深的意義。開頭不是和尚、道士嗎？這回也是一個道士跟書生相遇，就給我們一段寓言，寓言下來，第二回就進入寫實了。

【第二回】賈夫人仙逝揚州城　冷子興演說榮國府

進入寫實，《紅樓夢》用了多種寫作手法。寫小說很要緊的是人物怎麼登場，從哪個角度來介紹他。這些都跟整本書的精采與活現很有關係。中國有說書傳統，人物出場，常常是說書人告訴你，他是幹什麼的？他是怎麼樣的性格。《紅樓夢》幾乎完全脫掉了說書的傳統，在整本書裏面看不見曹雪芹這個人，作者是隱形的。他隱形在後面，藉著書中人物的眼光，藉著他們的口來說、來評判，所以有了很大的客觀性。你可以不信那個人物講的，你也可以有自己的判斷。

這一回介紹賈府，一個人物眾多的大家族。這是要克服的一個障礙，開始的時候有一大堆人擠上舞臺，鬧不清誰是誰。注意他怎麼寫喔！對於表親堂親，現在很多人已經搞不清了，從前是姑表姨表親戚關係一大堆。所以在看這一回之前，要稍微對照著看一看《紅樓夢》四大家族關係表。

四大家族的賈家，曹雪芹讓什麼人來介紹呢？冷子興！冷子興是誰？他對賈府怎麼這麼清楚？原來，賈府裏邊有個管家叫做周瑞，冷子興是周瑞的女婿，在北京開了個古董店。因為他有這層關係，所以對賈家的來龍去脈，府中的每個人都很清楚，他講的，我們會相信幾分。也有人說，冷子興為什麼姓冷？因為他冷言冷語在旁邊。曹雪芹給的每個名字都有意思的。他可以冷眼旁觀來看這些人。

賈家，是書裏邊牽涉的賈、史、王、薛四大家族之一，從這四大家族成員關係的枝連脈結，就知道中國的宗法社會那個架子有多大、多重。要扛起這個架子來是很沉重的。《紅樓夢》主要寫賈家，賈家是以功勳封侯的，也有說是以武功。這點跟曹家又相符了，大家都知道，曹雪芹先祖是以武立了功的。有功有封，賈家到了賈代化、賈代善，繼承了寧國公跟榮國公兩個 title，兩個爵位。

寧國公、寧國府這一邊有些什麼重要的人？

賈敬，是賈代化的兒子。賈敬這個人整天修道、煉金丹、求長生，不管什麼事情。《紅樓夢》塑造人物常有一種 ironic 反諷，諷刺性，求道不一定得道，求長生不一定長生，賈敬求金丹，後來因為吃多了金丹而身亡。

賈敬一心求道，不管府裏的事，就把寧國公爵位給了兒子賈珍。跟榮國府的賈政比起來，賈珍不太務正業，非常好色（以他的地位及中國舊社會習俗，這也是人之常情），有妻子尤氏和三個妾室還不夠，還要一些 affairs 婚外情。我們讀賈珍這個人，不覺得他大奸大惡，心地也還不壞，就是好色而已。

《紅樓夢》寫一個人，沒有絕對的好或絕對的壞，這裏頭的人物都有一些 weakness 弱點，作者完全不避諱。賈府裏也沒有聖人，譬如賈政正直，有些迂腐，但也沒有把他寫成一個完美的人。這是《紅樓夢》寫人物寫得好的地方。

賈珍下面有一個兒子賈蓉，他的妻子叫秦可卿，秦氏，這個人在書裏是要緊的，後面慢慢再講。賈珍有個妹妹惜春，四個春（元春、迎春、探春、惜春）裏邊她最小，這個小姑娘有意思的。

榮國府這一邊，賈代善的妻子，就是賈母——史太君，要緊的人物，她是整個榮國府的頭頭。賈母這個老太太寫得好，小說中寫老太太，寫到這個地步的還沒有過。曹雪芹寫賈母，完全把大家族中老夫人的氣派、大度，富貴中的慈悲，懂生活情趣與幽默，面對變局時的承擔，寫得淋漓盡致。

賈母有兩個兒子，大兒子賈赦，太太叫邢夫人。這一對可能是《紅樓夢》裏面最不討喜的人物。賈赦繼承了賈代善的爵位，他年紀不小，孫子都有了，納兩個妾還不夠，還要去打賈母的大丫頭鴛鴦的主意，給賈母罵了一頓，幾天裝病不敢見人。那是寫得最好的回目之一。

賈赦的弟弟賈政——政老爺，二老爺，至少他自覺是遵從儒家理想的一個人。他非常正直，也想用儒家那一套思想道德來持家，但是太過守法，太過拘束了。中國社會能夠生存下來，光靠儒家思想、書生之見是不夠的，還需要別種哲學，譬如很要緊的法家，很實在的、很現實的頂在後邊。儒家的很多理想不一定都能實現，碰到了現實問題，常常不能解決。不過儒家也很重要，它是一種 moral force，一種道德力量，沒有它也不行，但光是有它也不行，所以，還要配合別的東西。

賈政的太太王夫人，出身賈、史、王、薛四大家族之一的王家，這個角色不突出不好寫，曹雪芹也寫得好。

賈母的女兒賈敏早逝，賈敏就是林黛玉的媽媽。賈赦這一房傳下來是賈璉，娶妻王熙鳳是親上加親（王夫人的內姪女），這個人物恐怕是《紅樓夢》裏邊寫得最好的一個 character。王熙鳳是真正掌家的，等於賈府裏的行政院長，非常能幹非常要緊的角色。

賈政這一房，有幾個孩子。

長子賈珠早亡，遺下妻子李紈，獨子賈蘭。

長女元春嫁入帝王家，成為皇帝的妃子，賈家因此變成了皇親國戚，這層關係對賈家很要緊。

曹雪芹寫賈家有他自身曹家的影子，他的祖父曹寅與康熙皇帝關係非同一般，都是有大靠山在後面。可後來賈元春一死，賈家就如大廈傾倒，很快垮了。

男主角寶玉是賈政次子，另有庶出的探春和賈環，趙姨娘所生。

另外一個女主角薛寶釵，跟王夫人這邊有關，王夫人的妹妹薛姨媽，就是寶釵的媽媽。王家也是高官門第，她們的兄弟王子騰是做大官的。薛姨媽有個兒子薛蟠，外號「呆霸王」。

從寶釵、黛玉的出身，我們可以了解她們跟寶玉都是表親。賈敏是賈寶玉的姑媽，所以寶玉、黛玉是「姑表」。薛姨媽是賈寶玉的姨媽，所以寶玉、寶釵是「姨表」。從前，表兄表妹結婚叫做「親上加親」，那時醫學不發達，不懂血統太近對後代的影響，姨表姑表都走得近，容易在一起，當然就發生了愛情故事。

四大家族裏的史家，就是賈母史太君娘家，她的姪子史侯是個侯爵，史湘雲是史侯的姪女，自己的生父母早亡，在書中是個非常獨特、個性可愛的女孩子。

我曾經發過問卷，問《紅樓夢》中的女孩你最愛哪一個？男生好多都選史湘雲。他們覺得林姑娘林黛玉的個性讓他們有點怕，薛寶釵太厲害了，也怕！史湘雲很可愛，很豪爽的一個女生！

對賈府裏這些人物，包括很有意思的三角關係，冷子興就來介紹了，一個個點名，焦點還是在將來要繼承宗祧門戶的賈寶玉身上。

在旁人眼裏，賈寶玉是個很怪的男孩子，從前小孩滿周歲要「抓周」，大人想測試這小孩子長大會做什麼？有沒有出息？就放了好多東西給他抓，抓中什麼，大概小孩長大了就會做那行當。賈寶玉「抓周」時，別的全不要，就抓女孩子的胭脂水粉。他父親賈政不喜歡，說長大一定是個色鬼。果然，賈寶玉有句名言：「女兒是水作的骨肉，男人是泥作的骨肉」，他說看到女人，我的眼睛就清爽，看到男人，聞到一股泥臭。不過也不盡然，要看什麼樣的女人，有些女人太沾上男人的氣味他就討厭，他說：「怎麼這女人一沾上男人的氣味就混賬了」。對於男子，也要看是什麼樣的男人，有些他也喜歡，也不完全是泥作的。

賈寶玉最大的希望是什麼？是那些女孩子都為他哭，哭成一條河的眼淚，他躺到裏頭去。果然，好多女孩子為他哭，不過，他也發現有一個不為他哭，他完全得不到她的眼淚，不是每個女孩子都為他哭的。很多人想做賈寶玉，因為女孩子都喜歡他。外面人看，賈寶玉是個怪人，應該說不守禮法，不過，這個人很複雜，一下子講不完，各種特殊都在他身上。某種程度上賈寶玉是曹雪芹創造出的代言人，是曹雪芹心中的一個理想。

我的老師夏濟安先生從前跟我們談《紅樓夢》，他說賈寶玉是儒家社會中最大的叛徒。的確，以儒家標準來看，他一無是處，不過也有很多人覺得他很可愛。冷子興評論賈寶玉就是一無可取，說他在家裏面，父親政老爺很不喜歡他，當然祖母很寵他，他也受很多女人寵愛。賈雨村聽冷子興講了半天賈寶玉這個怪人，也發表了一篇言論，滿值得我們研究。他說：「天地生人，除大仁大惡兩種，餘者皆無大異。若大仁者，則應運而生，大惡者，則應劫而生。運生世治，劫生世危。堯、舜、禹、湯、文、武、周、召、孔、孟、董、韓、周、程、張、朱，皆應運而生者。蚩尤、共工、桀、紂、始皇、王莽、曹操、桓溫、安祿山、秦檜等，皆應劫而生者。大仁者，修治天下；大惡者，擾亂天下。清明靈秀，天地之正氣，仁者之所秉也；殘忍乖僻，天地之邪氣，惡者之所秉也。今當運隆祚永之朝，太平無為之世，清明靈秀之氣所秉者，上至朝廷，下及草野，比比皆是。所餘之秀氣，漫無所歸，遂為甘露、為和風，洽然溉及四海。彼殘忍乖僻之邪氣，不能蕩溢於光天化日之中，遂凝結充塞於深溝大壑之內，偶因風蕩，或被雲摧，略有搖動感發之意，一絲半縷誤而泄出者，偶值靈秀之氣適過，正不容邪，邪復妒正，兩不相下，亦如風水雷電，地中既遇，既不能消，又不能讓，必至搏擊掀發後始盡。故其氣亦必賦人，發泄一盡始散。使男女偶秉此氣而生者，在上則不能成仁人君子，下亦不能為大兇大惡。置之於萬萬人中，其聰俊靈秀之氣，則在萬萬人之上；其乖僻邪謬不近人情之態，又在萬萬人之下。若生於公侯富貴之家，則為情痴情種；若生於詩書清貧之族，則為逸士高人；縱再偶生於薄祚寒門，斷不能為走卒健僕，甘遭庸人驅制駕馭，必為奇優名娼。如前代之許由、陶潛、阮籍、嵇康、劉伶、王謝二族、顧虎頭、陳後主、唐明皇、宋徽宗、劉庭芝、溫飛卿、米南宮、石曼卿、柳耆卿、秦少游，近日之倪雲林、唐伯虎、祝枝山，再如李龜年、黃幡綽、敬新磨、卓文君、紅拂、薛濤、崔鶯、朝雲之流，此皆易地則同之人也。」

賈雨村的意思是，人生下來，有些天生是正氣，那些應運而生的儒家聖人：堯舜禹湯文武周公，都是正氣。另一種天生邪氣，像蚩尤、紂王、秦始皇這一大堆。中間還一羣人，像竹林七賢中阮籍、嵇康、劉伶……之類就是放浪於形骸之外的另類文人。賈雨村就把賈寶玉歸於這一類。

竹林七賢是魏晉時候的人，信仰以道家思想為主，他們是反儒家的。他們的行為不受社會規範，我行我素，比如阮籍，對喜歡的人就用青眼相看，不喜歡，眼珠一滾，就用白眼看人，完全不按世俗禮法。曹雪芹對魏晉竹林七賢的思想、生活形態是認同的，在書裏提過阮籍好幾次。曹雪芹的反傳統跟魏晉那一套思想大有關係。

人，曹雪芹的出身和文化背景特殊，曹家既是漢人、又是滿人，既是南方人、又是北方人，漢滿的文化都有接觸。他在南方長大，南京、蘇州、揚州所謂江南地區，不管是藝術、文學、音樂，都特別以婉約精緻風格為尚，崑曲就是在那邊產生的。所以我們看到，這些文化《紅樓夢》裏面都有了。無論衣著、居住、飲食，都是江南文化的反映。但他所展現的不只是婉約柔軟，還加上北方京城的帝王氣象，那種很大的vision。

曹家的先祖一方面是漢人，一方面也是滿清皇室的包衣（家奴），又得到皇上賞識當了大官，他是統治階級，也是被統治階級，非常複雜的背景，反映在他的這部作品裏頭。

曹雪芹本人反傳統、反禮法，儒家的禮法在他那個時代，已經形式化到了繁文縟節的地步，旗人的規矩非常大，看看《紅樓夢》裏他們的祭祀、喪葬、喜宴，那種規矩還了得！學者研究《紅樓夢》記載的這些禮數，不是很典型的漢人規矩，當時漢人已經簡化了，可是旗人漢化以後，反而把漢人的那些繁文縟節保留下來，保留得比漢人還要誇張。所以曹雪芹和他筆下的賈寶玉，對儀式性的禮法厭煩，認同魏晉名士的不受拘束，也是很自然的。

#【第三回】賈雨村夤緣復舊職　林黛玉拋父進京都

程乙本（臺北桂冠圖書公司・一九八八年六月再版，已斷版。二〇一六年七月，臺北時報文化已重新出版）這回的回目是：「托內兄如海薦西賓，接外孫賈母惜孤女。」第三回很重要，第一女主角林黛玉出場了。

林黛玉的父親林如海是蘇州人，所以林黛玉是蘇州姑娘。蘇州的文化特色就是精緻，唐伯虎的畫、崑曲、園林……精緻的不得了，曹雪芹創造林黛玉這個人物也彷彿最精緻的 piece of art，一件藝術品。林家的先祖也是幾代封侯的，到了林如海已經沒落，後來還貶到揚州做官。所以林黛玉的家世只能算中上階層，排場有限。

寫小說很重要的一點，就是人物出場，作者如何介紹他。人物亮相，有的調子拔得很高，有的調子很低，都有道理。看看我們的第一女主角林黛玉出場，誰介紹她出來？她的老師賈雨村。賈雨村是個好功名的俗人，中了科考當上官，因為個性鑽營囂張，在官場裏又幾番起伏。這個時候他又丟了官，應聘林家西席，當了林黛玉的老師。

按理講，第一女主角出場是大戲，如果是個二流作者，這時必定等不及，林姑娘一出來，就會嘩啦啦寫一大篇。曹雪芹不同，他不動聲色，只說這個女學生身體很弱，完了，不講了。長什麼樣子，家裏如何都沒提，淡淡的幾句就過去了。

這是林黛玉的開頭。曹雪芹其實在等，等著最合適的時候。因為賈雨村是俗氣的人，他眼裏看不到林黛玉的特別，無論是特殊的美貌或性靈，賈雨村都不大覺得。他一生最要緊的是功名，怎麼在官場往上爬，怎麼去攀關係，他眼裏這是個普通的女學生，只是個很弱的、不重要的人。林黛玉要等另外一個人出來看到她，這就牽涉到寫小說很重要的point of view，觀點。現代小說研究這個，從什麼人眼裏看什麼事情，看人、看物都有觀點，選中的觀點決定這本小說的焦點在什麼地方，它的主題在什麼地方，有時候它的風格決定於什麼人看事情想到的語言。一個知識分子看到的事物，想到的語言，跟沒有受過教育的人就完全不一樣。

開頭我們對賈府的認識，是從冷子興這個冷眼旁觀的人，他對賈府裏的狀況說書似地講一下，限於很粗淺的介紹。焦點一轉到第一女主角身上，就用賈雨村的觀點稍微提一下。這個人物怎麼慢慢地樹立起來，就從林黛玉進賈府開始。

我覺得程乙本回目「托內兄如海薦西賓，接外孫賈母惜孤女」比庚辰本（臺北里仁書局，一九八四年四月五日初版）「賈雨村夤緣復舊職，林黛玉拋父進京都」好得多。第一，「拋父」這兩個字用的不當，不是她要離開她父親，是賈母——她的外祖母，因為憐惜失去母親的孤女，來接她回去。這一接，定了林黛玉進賈府的命運。之前有個和尚警告過她，最好不要見近親，見了有災禍，的確，黛玉進了賈府，最後為情而亡，所以「接外孫賈母惜孤女」是很關鍵並符合實情的。

賈雨村是賈家的遠親，他也想到受林如海之託送林黛玉到賈府去，可以順便攀近些。要恢復他的舊職，甚至爬高一點，就得跟賈政他們攀關係。他送林黛玉到了賈府，大家注意，這時焦點又一轉，轉到林黛玉，從黛玉的眼光來看賈府。

中國從前的房子有好多進，黛玉進賈府，一進、兩進、三進、四進、五進，每一進都是不得了的氣派，這個很要緊，對林黛玉心中造成很大的影響，影響了後來她的所有行為。她的內心是很恐懼的，投靠親戚談何容易？而且她本來的家比起賈家差太遠了，她是個孤女，如果有媽媽在背後撐腰當然又不一樣，媽媽是賈母心愛的女兒。一個孤女進了侯門，進了豪宅，心理上的威脅很大。黛玉原本極端敏感，極端聰明，又非常自傲。她作的菊花詩：「**孤標傲世偕誰隱，一樣花開為底遲？**」就顯現她是個傲霜枝。黛玉當然驕傲，她才貌雙全，一株絳珠仙草降凡間，自有孤高個性。在賈府這種環境，她要保有自己的身分，不能有半分退讓，所以她的行為語言常帶尖刻。那種攻擊性，我想跟她的孤女心態及初進賈府感受到的威脅都有關係。

曹雪芹用了好得不能再好的手法寫林黛玉進賈府，他沒有講林黛玉怎麼受到威脅，心裏怎麼害怕，一句都沒有。他讓那些房子、陳設、一羣一羣的傭人（你看！賈府裏有兩百多個傭人）身上穿的也是綾羅綢緞，那種排場是很大的威脅。我們常說「窮親戚」，林黛玉家還不算窮，也是官家小姐，仍感受威脅。寧國府、榮國府人多勢眾，這樣排場的兩家人都是她的親戚啊！

當然這個就是小說家的手法，所謂的 objective correlative。就是把主觀的情緒用客觀的這些事物 project 投射出來。這是很重要的一回，看起來好像林黛玉進去見了人，這裏那裏看一看，其實所有的氛圍就是決定了日後林黛玉的一切想法和行為的原因。

這就是小說家高明的地方，一句不露，讓讀者自己去看林黛玉進府，讀者也變成了林黛玉，由她的眼光來看那樣的禮法、那麼多的東西。於是讀者感受到了，替林姑娘感受到了。

小說家要寫賈府，怎麼寫它的氣派？用客觀筆法來寫賈府怎樣怎樣，冷冰冰的一點感受也沒有，用林黛玉的眼光不同了，它有一種判斷在裏頭，情感在裏頭，還有很重要的主題。曹雪芹寫賈府，寫大觀園，都用了非常高明的小說家的手法。

跟著林黛玉觀點，她進去以後見了哪些親戚哪些人，然後到了榮國府、寧國府。府中吃飯有他們的規矩，黛玉靜靜地看，心裏卻緊張，她得注意別人都怎麼做，賈家規矩大，她生怕稍出差錯被人笑話。比如說，她自己家裏吃飯不喝茶，怕傷胃。賈家不一樣，吃飯時端著茶來，而且上兩次。頭一鍾茶上來不是喝的，用來洗手的，若不注意一下喝了，就鬧笑話了。第二鍾茶是喝的，黛玉不便說家裏吃飯不喝茶，只好入境隨俗，光一件喝茶小事就得用心。

雖然賈母疼憐，黛玉自己是好強的人，從一點一點事情的累積，讀者慢慢了解黛玉的心理，會對她採取比較寬容同情的態度。這個很要緊！否則就難以體會林姑娘的敏感、防衛，三言兩語動不動又戳人家一下。

賈府中人物多，一下子一大堆人出場，對小說家來說是難的不得了的事情。《紅樓夢》裏有十二金釵，每個人都有個性，每個人的面貌不同，一亮相就要點出來，這就是考驗筆法的高下。

看看曹雪芹怎麼介紹人物。黛玉來拜見賈母，賈母看著外孫女，當然百般疼憐，哭了一頓，然後就介紹身邊這幾個人，首先是迎春、探春、惜春「三個春」。四六頁：「不一時，只見三個奶嬤嬤並五六個丫鬟，簇擁著三個姐妹來了。第一個肌膚微豐，合中身材，腮凝新荔，鼻膩鵝脂，溫柔沉默，觀之可親。第二個削肩細腰，長挑身材，鴨蛋臉面，俊眼修眉，顧盼神飛，文彩精華，見之忘俗。第三個身量未足，形容尚小。其釵環裙襖，三人皆是一樣的妝飾。」

第一個，迎春，賈赦的女兒，「肌膚微豐（大概是有點胖），合中身材，腮凝新荔，鼻膩鵝脂，溫柔沉默，觀之可親。」這是書中唯一一次介紹迎春的外貌。這麼幾句話，寫出迎春是個很和平、很老實、很容易親近的女孩子。他們叫她「二木頭」，最可憐最老實是她，總是被欺負，後來出嫁遇人不淑被欺負而亡。

第二個，探春，賈政的庶出女兒。三姑娘探春削肩細腰，神采飛揚，這個女孩子不好應付。府中人批評，三姑娘像朵玫瑰花，有刺！三姑娘不像迎春那麼老實，是很能幹、很厲害的女孩子。但她是姑娘家，沒辦法把本事使出來。後來賈家敗了，探春心裏很著急，感嘆可惜自己不是個男兒！如果探春是個男兒，很可能賈家能讓她撐起來的。探春有理家之才，她跟鳳姐是兩個女強人。別人都怕鳳姐，唯獨探春不怕，有時候在言語裏邊還把鳳姐壓一壓。王鳳姐這個女人了不得的，非常識相，很懂人情世故，厲害又霸道的鳳姐為什麼對探春禮讓三分？因為她是小姑子。在中國的家庭裏頭，嫂嫂不能跟小姑子爭的，如果嫂嫂不讓小姑子，那個嫂嫂就不賢慧。這裏寫探春的外貌不俗，往後看，就知道她的個性也是堅強的。

第三個，惜春。年紀還小，講不出道理來。其實惜春也是個滿重要的人物，我們日後也會再講。

賈府三姐妹，在書中這一回幾筆就過了，不高調。她們穿的，「其釵環裙襖，三人皆是一樣的妝飾」，一筆帶過。如果作家耐不住，三春出來了，三個小姐都細寫她們穿什麼，再寫她們戴什麼，寫了一大堆，反而襯不出後面的力道。

王夫人、邢夫人來了，這兩位是林黛玉的舅媽，其他一些 cousins 表親都到了，也是三筆兩筆都把她們介紹完。為什麼都那麼低調？因為要陪襯一個真正重要的角色出場。誰呢？王熙鳳來了！真正的人物出來了。

人物的出場亮相要緊的，第一個 first impression，有高調、有低調。林黛玉的出場低得不得了，因為有它的道理。王熙鳳不一樣，王熙鳳的出場，是我在小說裏邊所看到的寫出場，寫得相當了不得的一段。如果其他的小說家來寫，想王熙鳳很重要嘛，先把她放在位置上，一來看到王熙鳳形容了一大堆，那就模糊掉了。曹雪芹是把所有其他人通通安排好了，大家等王熙鳳出場。

我們看傳統戲，尤其是京劇、崑曲，主角的出場，一定有特別的 pose，可能要等幾秒鐘，讓臺下的人看清楚他。還有就是人未到，聲先到，讓臺下的人有準備。你看四六頁：一語未了，只聽後院中有人笑聲，說：「我來遲了，不曾迎接遠客！」黛玉納罕道：「這些人個個皆斂聲屏氣，恭肅嚴整如此，這來者係誰，這樣放誕無禮？」這個出場，京戲裏稱「叫場」，人還沒出來，後臺聲音揚起一聲高調。很有名的《蘇三起解》，玉堂春要出來的時候，在後面叫著「苦啊」這麼一聲。人還沒到，聲音先飄出來，這就是王熙鳳。所有人都是規規矩矩站著，老太太老祖宗在此，別人都是吊手吊腳的不敢動，這個人如此放誕無禮？

王熙鳳深得賈母跟王夫人寵愛，她是王夫人娘家的親姪女，賈璉的太太。王夫人在府中不大管事的，因為得王熙鳳之力，不光是這層內親，她又是賈母面前第一得意人。賈母寵她，第一，因為她懂得奉承，讓老祖宗很開心；第二，真的能幹，偌大賈府，只有王熙鳳罩得住。這麼一個眾星拱月的人出來了，打扮得「恍若神妃仙子：頭上戴著金絲八寶攢珠髻，綰著朝陽五鳳掛珠釵；項上帶著赤金盤螭瓔珞圈；裙邊繫著豆綠宮縧，雙衡比目玫瑰佩；身上穿著縷金百蝶穿花大紅洋緞窄褙襖，外罩五彩刻絲石青銀鼠褂；下著翡翠撒花洋縐裙。」這一身的打扮，又是鳳，又是龍，又是一百隻蝴蝶，還有銀鼠，姑娘們大概不會這樣穿。當然，她是少奶奶，又是掌家人，那個派頭，後面一羣傭人、媳婦、丫鬟，簇擁著一身珠光寶氣、五彩繽紛的王熙鳳。想像十八世紀清朝的美學，的確跟西方十八世紀 Rococo 有點像，王熙鳳這一身就像法國宮廷裏那些 ornate 華麗非凡的東西。

看看怎麼形容她的容貌：「一雙丹鳳三角眼，兩彎柳葉吊梢眉」。鳳眼是眼角往上，非常漂亮的，但加了「三角」兩個字。相書裏說，三角眼的人心機深。柳葉吊梢眉，眉毛挑高像吊上去的，有點 threatening，有點嚇人呢！「身量苗條，體格風騷，粉面含春威不露，丹唇未啟笑先聞。」「春威」兩個字寫得好，粉面含春威不露，我想鳳姐的樣子，真的與衆不同。她的穿著、氣派、個性，通通表現出來了。

這得益於《紅樓夢》很多時候用文言對句，如果你們試試用白話文，很難形容得這麼鏗鏘有聲。光是「身量苗條，體格風騷」這八個字，就講盡了鳳姐的樣子。

《紅樓夢》的語言是白話文跟文言文相間的，用得非常恰當。當然它也不是隨便寫的，用重彩下筆寫王熙鳳，用重彩下筆寫賈府的氣派。這個時候寫得這樣繁華，最後對照賈府衰敗、王熙鳳死時的淒慘，一盛一衰，這就是我們的主題。

講賈府的興衰，從什麼地方看出來呢？一方面當然是賈府本身的氣勢，另一方面是人物的凋零。所以對賈府精雕細琢刻畫，對王熙鳳下重筆來描寫，目的都是彰顯「盛衰」二字。

你看，賈母怎麼介紹王熙鳳，「你不認得他，他是我們這裏有名的一個潑皮破落戶兒」。庚辰本「潑皮破落戶」我覺得不妥，程乙本是「潑辣貨」。「南省俗謂作『辣子』，你只叫他『鳳辣子』就是了。」庚辰本的「南省」何所指？查不出來，程乙本把「南省」作「南京」，南京有道理，賈府在金陵。

這一段就是小說家的手法，如果賈母介紹說「這是你的璉二嫂子」，就一點趣味都沒有了。這句話，你看賈母這麼講：「你只叫他『鳳辣子』就是了」，一方面點出王熙鳳是個潑辣貨，很潑辣！另方面也講出賈母跟王熙鳳兩個人的關係，老太太跟孫媳婦開玩笑，當著那麼多人，可見呢，老太太寵她愛她跟她很親近，這種關係，不必寫成賈母對她怎麼好、怎麼好，這種手法就低了。只要一句話，講完了她們兩個人的關係，講「潑辣貨」、「鳳辣子」這麼一個外號就夠了！這是《紅樓夢》高明的地方，一張口都有道理，而且很合賈母的身分。

黛玉一聽，「鳳辣子」怎麼叫呢？很為難。後來介紹這是璉二嫂子。轉這麼一個彎，這一段就有趣了，也就有了 drama 戲劇性。

那王熙鳳看見了林黛玉，你聽聽她怎麼說：「天下真有這樣標緻的人物，我今兒才算見了！況且這通身的氣派，竟不像老祖宗的外孫女兒，竟是個嫡親的孫女，怨不得老祖宗天天口頭心頭一時不忘。」多會講話！她曉得賈母性格，孫女比外孫女當然要親一層。她曉得這句話一講出來賈母也愛聽，林黛玉也愛聽。

王熙鳳察言觀色，八面玲瓏，這麼一個人，非常知道怎麼得人心。語調一轉：「『只可憐我這妹妹這樣命苦，怎麼姑媽偏就去世了！』說著，便用帕拭淚。」很會做戲的人，掏出手帕來揩揩眼睛。你看這是王鳳姐第一次講話，三言兩語，做那麼兩下，曹雪芹就寫活了這個人。

王熙鳳作為一個掌家人，該做的事情非常殷勤，她知道賈母這時非常憐惜林黛玉，所以在賈母面前做作了一番。到後來賈母決定讓薛寶釵嫁給賈寶玉，林黛玉失寵了病得快死的時候，王熙鳳對林黛玉的態度完全改變，她是隨著賈母心意的，她很清楚在賈府的威與勢是賈母給的。

好了，王熙鳳的出場集中所有的焦點，刻畫得如此突出，下面還能更翻高嗎？有的，我們的男主角賈寶玉出來了。怎麼出場呢？從誰的眼光看這個人？如果從作者的眼光，如果是一個 omniscient narrator，全知敘述者，可能用全觀的眼光客觀地寫，賈寶玉怎樣怎樣，可能太平板，可能不精確。曹雪芹高明地選擇了從林黛玉的眼光下筆，林黛玉如何看賈寶玉，意義就不同了。

五二頁，寶玉來了。黛玉本來聽了他這個表哥很頑劣的一些事情，王夫人甚至用「混世魔王」形容兒子很任性的一面，黛玉心想這個寶玉不曉得是什麼樣的懵懂頑童，不見那蠢物也罷了。哪知一看，「已進來了一位年輕的公子：頭上戴著束髮嵌寶紫金冠，齊眉勒著二龍搶珠金抹額；」在齊眉地方戴了二龍搶珠。「穿一件二色金百蝶穿花大紅箭袖」，射箭的時候穿，所以叫做箭袖，但是這袖口封起來的，所以「束著五彩絲攢花結長穗宮絛」，穿的非常好看！然後，「外罩石青起花八團倭緞排穗褂」倭緞是日本的緞子，「登著青緞粉底小朝靴」。再看看怎麼形容他：「面若中秋之月，色如春曉之花，鬢若刀裁，眉如墨畫」。下面兩句，庚辰本我覺得有點不妥當，它說：「面如桃瓣，目若秋波」，前面已經講他「面若中秋之月，色如春曉之花」，顏色是春曉之花，沒有講哪一種花，是春天最美的初開的花，是秋天最亮的時候的月，足夠了！再形容「面如桃瓣」，有些多餘，拿桃花來比喻男子，也不妥。程乙本沒有這兩句，而是講他的鼻子：「鼻如懸膽，睛若秋波，雖怒時而似笑，即瞋視而有情。」黛玉一見大吃一驚，並不因他一身的貴公子穿戴，而是在哪裏見過，怎麼覺得眼熟。的確，他們三生緣定，老早就見過了。在天上，他是神瑛侍者，她是絳珠仙草，他拿靈河的水來灌溉她，她下來是報他的恩的。

中國人都相信緣分，相信今生的相遇，一定是前世的因緣相湊，黛玉見寶玉，一見若有所思。曹雪芹用工筆畫式一筆一筆寫寶玉，而且寫兩次。一次是剛從外面回來的盛裝，一次是回家後「已換了冠帶……仍舊帶著項圈、寶玉、寄名鎖、護身符等物」，最後說他「越顯得面如敷粉，脣若施脂；轉盼多情，語言常笑」。轉盼多情的「情」字要緊，前面也講他「瞋視而有情」，發怒的眼睛，瞪一瞪也是有情的。

這個人是玉，這個人是賈寶玉，他就是情的化身，這塊石頭到紅塵來，它的任務就是補這裏的情天，在這個世界上他有多少的情債要還。他是情根，青埂峯那邊早已生了情根，他到世上來，成了多情賈寶玉。

黛玉心中的寶玉不像個凡人！我曾在朋友家裏看到一個雕塑，很漂亮的三太子哪吒。我一看，喲！像賈寶玉那一身！我想賈寶玉也是個哪吒。哪吒挖肉剔骨，還父還母，這世來是蓮花再生，寶玉的一生也是啊！那種象徵的意義滿像的，所以他倒像個哪吒的造型。寶玉不是個凡人，象徵意義大過實在的人。找這麼一個人不容易，現在好多花美男也長得漂亮，可是沒有一個賈寶玉。

好了，寶玉講完了，這個時候才來正式講黛玉。你看曹雪芹的手法，前面三言兩語提一點點，因為前面的人怎麼看黛玉不重要，誰的觀點最重要——寶玉！

三生石畔神瑛侍者這時候看到黛玉，這時候黛玉才顯形，他們等了很久了。寶玉眼裏的黛玉：「兩彎似蹙非蹙罥烟眉」，庚辰本用了個怪字「罥」，程乙本用了「籠」，籠烟眉，我覺得「籠烟」兩個字好。「一雙似喜非喜含情目。態生兩靨之愁，嬌襲一身之病。」病美人囉！這個林黛玉，「淚光點點，嬌喘微微。閑靜時如姣花照水，行動處似弱柳扶風」。不同尋常的漂亮！弱柳扶風，好像柳樹隨著那個風，飄飄像個仙子一樣。姣花照水，她是絳珠仙草嘛！倒影在那個水裏面。「心較比干多一竅，病如西子勝三分」，紂王的那個比干，心有七個竅，林姑娘是很多心的，一點點事就敏感，小心眼。我前面講過，黛玉的敏感有道理，她的身世，還有她對寶玉的感情，非常沒有安全感。那麼多女孩子在寶玉旁邊，個個都美，她對寶玉的這種情講不出來，又怕寶玉給人家搶走，使得她非常地不安。不過這兩個人互相一看，都覺得是前世見過的，他們兩人的緣分是「仙緣」，老早在三生石畔靈河旁邊已經定了的，這一世用眼淚還債。仙緣不可能成為夫妻，用現在的話說，是 soulmate 靈魂伴侶，有心靈上的交流，肉體的結合是不可能的。所以到最後不能結婚，也有道理，寶玉跟林黛玉結婚生了一堆兒女，簡直是不能想像的事情。建築在仙緣的情感是動人的，他們互為知己，他了解她，她了解他，他就是我，我就是她，那種契合很難教人家懂的。這是他們情之所「根」。

寶玉看到薛寶釵露了個膀子，白白粉嫩的，他也想去摸一下，他跟林黛玉從小同床而眠，卻從來沒有動過邪念，完全是一種靈的結合。但婚姻一定要有肉體結合的，世俗婚姻第一要件，就是肉體的結合，所以他們注定在塵世婚姻制度下，是一個悲劇。

【第四回】薄命女偏逢薄命郎　葫蘆僧亂判葫蘆案

這一回講賈雨村，沒有太多重要的地方，我們稍稍帶過。有意思的是，追求名利的賈雨村，經過官場的打滾、攀緣，又恢復做官了。

林黛玉進賈府，前面說過她是「姑表」，表妹進來了，很快，表姐也來了。薛家這個「姨表」的表姐薛寶釵也進來了。（薛寶釵的媽媽薛姨媽，是寶玉母親王夫人的妹妹；黛玉的媽媽賈敏，是王夫人的小姑）。

薛蟠是寶釵的哥哥，外號叫「呆霸王」。這個人非常粗暴、霸道，他是被母親薛姨媽寵壞了。他在外頭看中了一個被賣掉的女孩子，這個女孩子是誰呢？她也算是《紅樓夢》裏滿重要的一個人物。還記得嗎？甄士隱有個女兒叫英蓮，小時候被家人帶去燈會弄丟了，給人牙販子拐去，可憐被賣掉了。英蓮就變成香菱，變成了薛蟠的妾。

香菱原本有機會嫁給馮家一個公子，滿好的，馮公子看中了英蓮，要娶她回去，薛蟠半路插進來搶人，劈里啪啦打一頓，把馮公子打死了。你看薛家，四大家族之一，有他的勢力，又作生意有錢，這種身世打死了人也無所謂，一家子就來投靠更有勢力的賈府，不過，薛家並非「窮親戚」。

薛寶釵進賈府，我們的主要人物一個個都來了，都到賈府這個舞臺上來了。

再看看賈雨村這個人，他也是有高度象徵性的一個人，象徵這個世界上每一個為求功名利祿不擇手段往上爬的凡俗之人。他復了官，剛好審到薛案，薛蟠打死了人，按律要逮捕。這時衙門有一個小卒，跟他使了個眼色，叫他不要輕動。這小卒是誰呢？原來，賈雨村在貧賤尚未發跡的時候，曾住在蘇州一間葫蘆廟裏面，記得嗎？後來葫蘆廟一把火燒掉了，裏面有個小沙彌逃出來了，他不當和尚去當衙卒，就是這個人，所以他知道賈雨村過去的身世。他一番好心，也幾分逞能地告訴賈雨村，薛蟠你不能抓他的！為什麼？因為每個做官的手上都有一個名單，什麼名單？有錢有勢大戶人家碰不得的名單，你碰了，就準備丟官。

賈雨村剛剛做官，還不太清楚。他就講，賈、王、史、薛這四大家族是互相牽連、互相庇護的，你一動薛家，其他家族就暗中使力，根本沒法去辦他們。的確是！後來薛蟠又打死人，賈家去講講情也就過了。

這回寫得有意思在哪裏呢？就是嘲諷賈雨村這種十年寒窗後的官場人，聽了衙卒一番話，就稀裏糊塗把那個馮家搪塞一頓，再給點錢，把人家的口封住，就過了。然後，他還把那個原是葫蘆僧的衙卒，充軍發配到遠方。

這就是《紅樓夢》的社會寫實。曹雪芹自己也經歷過許多大風大浪，看世態看人生很透的。他不光是在講神話，人情世故，他看得清清楚楚。為官為政的這些人，像賈雨村者也是很典型的，一旦發跡，若從前是貧賤出身，他不願意人家知道他的過去，哪個不長心眼兒的去碰他的過去的話，砍掉！因為他要維持現在的形象，掩掉過去。

所以《紅樓夢》在這個地方帶一筆，也不多，加得合情合理，反映那時代的官場險惡。曹雪芹非常了解現實社會，所以《紅樓夢》好看，一方面神話架構了不得，一方面它的 **realism** 寫實主義也是到頂點的。

這裏稍稍點出賈雨村這個角色的人格，後來賈家沒落的時候，賈雨村果然對有恩的賈家加踹一腳，這正是官場反覆無情的寫照。

【第五回】
遊幻境指迷十二釵　飲仙醪曲演紅樓夢

第五回是全書極重要的神話架構，應該說，作者從第一回開始，慢慢慢慢架起來，至此整個神話架構完成。

庚辰本回目：「遊幻境指迷十二釵，飲仙醪曲演紅樓夢」。我個人比較喜歡程乙本回目：「賈寶玉神遊太虛境，警幻仙曲演紅樓夢」。太虛幻境很要緊，點出書中重要人物的命運。賈寶玉神遊太虛幻境，是書裏面最重要的章節之一。真與幻，人與仙，是如何藉寶玉神遊連結起來的呢？

賈敬。還記得吧？這位寧國公把世襲位子讓給了兒子賈珍，自己求道煉丹去了。他生日也不要過，說不要來惹我，你們去做好了！於是做生日的時候，寧國府請賈母一羣人去看戲吃飯，王熙鳳、賈寶玉一起去了。寧國府有一個人在這本書裏滿要緊的，就是秦氏——秦可卿，她是賈蓉的妻子，也就是賈珍的媳婦。她可說是寧國府第一得意之人，大家都喜歡她，兼有林黛玉跟薛寶釵合起來的美貌。

在曹雪芹心中，釵黛兩個美人合在一起大概是最理想的美人了，秦氏就有這麼美。在《紅樓夢》書裏，她也有很大的象徵意義。秦，情也。曹雪芹取人名、地名，很多時候都有象徵意義，看了這個夢就知道了。

賈寶玉在夢中，跟一個叫做兼美、字可卿的女性在一塊，她是太虛幻境警幻仙姑的妹妹，也是秦氏在夢境裏的化身。第一次，寶玉嘗到了性愛的覺醒。所以對賈寶玉來說，秦氏象徵喚起他情欲的人。是怎麼引他進入夢境的呢？到寧國府這天，寶玉要睡午覺，於是給他一個房間，秦氏帶路。一看房間裏寫著：「**世事洞明皆學問，人情練達即文章。**」講要怎麼求取功名，又有什麼「燃藜圖」，這種東西賈寶玉不喜歡，忙說：「**快出去！快出去！**」秦氏說：這麼漂亮的房間你也不要，那怎麼辦呢？只有我的房間讓給你住了。別人說，寶玉是叔叔，住姪媳婦的房間不妥，秦氏就說他能多大呢！秦氏當然比寶玉大幾歲，而且結婚了，沒關係，就帶他去看看。一進去就聞到一股甜香襲面而來，秦氏房間裏面很香，香閨嘛！寶玉覺得「**眼餳骨軟**」——聞那個香味，骨頭都軟掉了。再看，墻上有唐伯虎畫的「海棠春睡圖」。唐伯虎畫美人很有名，美人畫有秦太虛的一副對聯「**嫩寒鎖夢因春冷，芳氣籠人是酒香**」，秦太虛就是宋朝的秦觀。

庚辰本：**芳氣籠人是酒香**，我覺得這個「籠」字不對，應該是程乙本的「襲」字，**芳氣襲人是酒香**。有兩個原因：第一，當然這個「襲」字比「籠」字好，第二，襲人兩個字，我剛剛說曹雪芹用的詞沒有一個是隨便用的，襲人是誰？賈寶玉最最最貼己的一個丫鬟，而且這一回跟她有關。所以這麼一句聯詩，他不是隨便用的。

作者在這裏暗伏了許多線索，看《紅樓夢》要細心地看，每一句詩，每一句詞，每一句陳述，可能都有所謂「背面敷粉法」，準備在映襯什麼，很多看似不經意卻都有關係的。看看秦氏房間放了什麼東西？「武則天當日鏡室中設的寶鏡」，（當然不會是武則天真正那面鏡子，是 copy，我想。）「趙飛燕立著舞過的金盤」，都是大美人，最 sensual 的、最香艷的美人。還有「安祿山擲過傷了太真乳的木瓜」。這是《太真外傳》裏寫的，講楊貴妃跟安祿山有這麼一段情，安祿山拿木瓜一砸，哎喲，砸到楊貴妃的奶，那個木瓜珍貴了！這麼多歷代美人的東西放在這個地方，寶玉能不做春夢嗎？夢到什麼呢？出來一個美人、一個仙子。怎麼形容她？

《紅樓夢》裏常常有詩詞歌賦，它們幫了《紅樓夢》寫作很大的忙。這一段像賦體，《楚辭》裏面「兮」字很多，用很華麗字句形容仙子，就像〈湘夫人〉、〈山鬼〉那些詞藻，都形容得很有味道。

這個仙子是什麼人呢？「吾居離恨天之上，灌愁海之中，乃放春山遣香洞太虛幻境警幻仙姑是也。」幻境，這整本小說一直在研究什麼是真？什麼是幻？曹雪芹常常在提這個問題。到底什麼是真實的東西？什麼是一場大夢？太虛幻境也是這個意思，我們心中一個理想的國度，一種幻覺的東西。

警幻仙姑

寶玉帶著我們來了。一開頭看見「太虛幻境」四個字，它有一聯：「假作真時真亦假，無為有處有還無。」假作真時，本書一開始不就藉著甄士隱、賈雨村的兩種生活態度，提出要悟道解脫，還是沉淪紅塵？無為有處，什麼是有？什麼是無？什麼是空？什麼是色？賈寶玉這個時候還渾然不覺。渾然不覺的好！如果這時候懂了，就沒有下文了。人生的真味，人生的命運，警幻仙姑講給賈寶玉聽，他這時候還沒開竅。要等到很後頭，歷經痛苦劫難，賈寶玉第二次再回到太虛幻境來看，那時他懂了，知道了認識的人的命運，他自己的命運，他才大徹大悟。

這個時候還沒有，他轉過牌坊，宮門上面寫著四個大字「孽海情天」驚心怵目！我們處在孽海，都是一些孽債，佛家講的都在這裏。情天，一裂了以後，永遠補不起來。多少人在孽海情天裏面浮沉。旁有對聯：「厚地高天，堪嘆古今情不盡；痴男怨女，可憐風月債難償。」賈寶玉要經歷各種「情」的考驗，最後才悟道。此刻，他看太虛幻境，何為古今之情？何為風月之債？他不懂。太虛幻境裏頭有什麼？這個司，那個司，有很多冊子，一看，也不懂。他就跑到那一個一個司去，痴情司、結怨司、朝啼司、夜怨司，各種各種，春感秋悲，還有個薄命司，一看呢，櫥窗裏放了很多冊子。他看到有一本「金陵十二釵正冊」，裏面載的就是這十二釵一生的命運。除了正冊以外，還有副冊，裏面不是金陵金釵，還有很多女孩子，像那些大丫鬟的囉！那個副冊還有又副冊，裏邊大部分講的是丫鬟，算是第三線人物，可是對寶玉很重要，其中有兩個他最關心的竟在裏頭。

八五頁，寶玉打開又副冊，裏頭一幅水墨，染的滿紙烏雲濁霧。寫什麼呢？「霽月難逢，彩雲易散。心比天高，身為下賤。風流靈巧招人怨。壽夭多因毀謗生，多情公子空牽念。」講的誰？晴雯！晴雯是寶玉心中很重要的一個人。晴雯不幸夭折，她的死寫得非常好，叫人一掬同情之淚。晴雯也算是《紅樓夢》寫得最好的人物之一。

為什麼第一個用晴雯？要注意曹雪芹寫人物，他不是單線塑造的。林黛玉這麼一個重要的人，曹雪芹用好幾個人圍著她，等於都是林黛玉的化身似的，林黛玉的 mirror image 鏡子意象。晴雯是第一個，齡官、柳五兒……繞著，等於黛玉放在中間，旁邊都是鏡子，這鏡子裏面映出黛玉很多 image 來。晴雯的個性、樣子，都有點像黛玉，「眉眼像林妹妹」是王夫人直講的。後來王夫人把她趕出去，就因「風流靈巧招人怨」。晴雯的命運悲慘，黛玉最後的結局也不好，曹雪芹把晴雯放在第一個並非偶然，第一個先出來，後面牽引著黛玉，黛玉的命運才是最重要的。

寶玉再看，第二個，畫著一簇鮮花，一床破席。誰呢？「枉自溫柔和順，空云似桂如蘭；堪羨優伶有福，誰知公子無緣。」襲人！最後嫁給蔣玉菡那個戲子，嫁給一個伶人。又是一大串故事了，慢慢再講。這兩個人對寶玉很有意義的，曹雪芹先寫起來。下面金陵十二釵，一個、一個都是謎語似的。

八七頁，我要改一個地方。講的是賈府皇妃元春。「二十年來辨是非」，元春亡故很早，只做了二十年的皇妃。「榴花開處照宮闈。三春爭及初春景」，三春講的是迎春、探春、惜春那三個春囉，當然不及元春，「虎兕相逢大夢歸」。庚辰本「兕」應該是一個錯字。「兕」是「犀牛」的意思，虎兕相逢沒有意義。程乙本是：「虎兔相逢大夢歸」，虎年碰到兔年，元春亡故，元春一死，曹家垮掉。

寶玉看到最後（八八頁）：「情天情海幻情身，情既相逢必主淫。漫言不肖皆榮出，造衅開端實在寧。」這講誰呢？講秦氏，秦可卿。曹雪芹寫秦可卿這個人物，一方面是個寫實人物，另方面，她又有很大的象徵意義在裏頭。我說過，《紅樓夢》中，秦＝情。情動起來有正面的，有負面的，有給予生命的力量，也有毀滅生命的力量，情在《紅樓夢》裏面有非常複雜的層次。秦可卿這個人也是。

作者在十二金釵的冊子中，把陸續將上場的十二金釵的命運，老早寫出來了。但他用有謎語式的讓讀者去猜去揣測。他告訴讀者，一個人的命運，包括我們自己的，永遠是一個謎語。

我想命運是最神祕的東西，人這一生，到底是怎樣一條路？沒有人不好奇，但沒有一個人知道自己命運以後會怎樣。你二十歲時絕對想不到你四十歲時是怎麼樣一個人，也許你有想像，可是命運要你走什麼路子，老早已經定了。在我們中國有這樣的思想，西方的哲學、戲劇也有很多在說，人逃不出自己的命運，是吧？

寶玉第一次看到十二金釵的命運時看不懂，要到書的最後，他又做夢，又回到太虛幻境去，那時候再翻開冊子，那些他生命中的人，已經死的死、亡的亡……夢醒的時候，他知道了。他最後的了悟，是這樣一步步來的。

這個時候，他還懵懂一片，警幻仙姑讓他遊覽太虛幻境，聞到一陣特別的異香，仙姑說這是「羣芳髓」，所有花的精髓提煉出來的。又給他喝茶，什麼茶？「千紅一窟」，「窟」就是「哭」，賈寶玉不是希望得到所有女孩子的眼淚嗎？這個茶，千萬朵花的眼淚，他就是千萬朵花的護花使者啊！接著，又喝神仙的酒，那個酒怎麼釀的？「此酒乃以百花之蕊，萬木之汁，加以麟髓之醅、鳳乳之麴釀成，因名為『萬艷同杯』。」萬艷同杯，「杯」就是「悲」，萬艷同悲。所以，《紅樓夢》裏面的文字，不能只看表面，它的背後有深意的。

千紅一哭，萬艷同悲，警幻仙姑一直在提醒他，他還沒有醒悟。仙女上來唱很有名的《紅樓夢》的十二支曲子，這十二個曲子，我想是一首連串的輓歌，來哀輓大觀園裏十二金釵的命運，她們大部分都以悲劇收場。

十二支曲子一開始：〔紅樓夢引子〕開闢鴻蒙，誰為情種？都只為風月情濃。趁著這奈何天，傷懷日，寂寥時，試遣愚衷。因此上，演出這懷金悼玉的《紅樓夢》。庚辰本：懷金悼玉，程乙本：悲金悼玉，「懷」字的力量差遠了，我想把那個字改過來，「演出這悲金悼玉的《紅樓夢》。」這十二曲，等於也是延續了〈好了歌〉的主題曲，每一支都是在講她的、她們的、我們的故事。我挑幾支來跟大家講一講。

看看這個〔枉凝眉〕，哀悼的是什麼呢？就是賈寶玉跟林黛玉這段悲劇收場的愛情。「一個是閬苑仙葩，一個是美玉無瑕。若說沒奇緣，今生偏又遇著他；若說有奇緣，如何心事終虛化？」這個「化」字不對，程乙本：「話」。「一個枉自嗟呀，一個空勞牽掛。一個是水中月，一個是鏡中花。想眼中能有多少泪珠兒，怎經得秋流到冬盡，春流到夏！」有幾個字，也是大家改一改。程乙本：怎「禁」得，怎禁得秋流到冬，春流到夏！下面沒有那個「盡」字。別忘了開始的時候那個神話，神瑛侍者跟絳珠仙草，他們一起到了紅塵來，林黛玉是要還淚的，要秋流到冬、春流到夏，她要把眼淚哭乾了以後，這個情債才還得完。這曲子是哀悼他們兩個人那一段悲劇愛情。

十二金釵裏面，我再舉出兩個人做對比：王熙鳳和惜春。這兩個人走了完全不同的人生道路。王熙鳳在滾滾紅塵中，完全符合〈好了歌〉裏面講的對名利的追求、對權勢的追求，最後她的下場，等一下再講。惜春完全相反，這個人物很有意思，她在書中只出現過幾次，是賈府「四個春」裏的最後一個，是賈珍的妹妹。這個女孩子，個性很奇特，從很年輕的時候就已經看破紅塵，覺得這個骯髒世界這個紅塵她不要沾染，也老早看到動了情之後的人生悲劇，所以她最後解脫了。

《紅樓夢》裏有幾個人最後都出家解脫了，賈寶玉、紫鵑、惜春、柳湘蓮，各人的原因不同。賈寶玉是歷盡人生的生老病死苦，看破人生悟道，惜春沒有經過這些，她是從最客觀理性的角度來看人生這些事，老早就有了出世的思想，所以解脫得最徹底的是惜春。她的這一首歌可以看到出世的思想，《紅樓夢》裏面的入世出世經常有一種緊張，兩種思想在搏鬥。這是出世思想的代表：〔虛花悟〕**將那三春看破，桃紅柳綠待如何？把這韶華打滅，覓那清淡天和。說什麼，天上夭桃盛，雲中杏蕊多。到頭來，誰把秋捱過？**表面講的是花、是植物，其實說的是人生，繁華易盡，無論那桃杏開得多麼盛，到了秋天通通凋零了。不管賈府盛時多麼興盛，總有衰落的一天。**則看那，白楊村裏人嗚咽，青楓林下鬼吟哦。更兼著，連天衰草遮墳墓。這的是，昨貧今富人勞碌，春榮秋謝花折磨。似這般，生關死劫誰能躲？**這說的是佛家無常的觀念，無常，我們看起來好像是個悲劇，在佛家看，人所有的一切就是如此。佛教很理性地看待人生，看待一切的事物，沒有永遠存在的東西，因為時間會破壞一切、會毀滅一切，有時間的轉動，春夏秋冬的轉動，就會有無常現象。人生無常，什麼都無常。所以，「**生關死劫誰能躲？聞說道，西方寶樹喚婆娑，上結著長生果。**」這是惜春的醒悟！佛教的傳說，佛陀釋迦牟尼圓寂的時候，是在兩棵寶樹中間，那兩棵寶樹叫做「娑羅」。這個是不是曹雪芹誤會了？佛教對「婆娑」兩字另有所解。長生果，佛家講修成正果，要悟道了以後，從而解脫。最後惜春出家了，我講她是找到解脫最徹底的一個人物。

再看《紅樓夢》曲裏頭，王熙鳳的命運：〔聰明累〕**機關算盡太聰明，反算了卿卿性命。生前心已碎，死後性空靈。家富人寧，終有個家亡人散各奔騰。枉費了，意懸懸半世心；好一似，蕩悠悠三更夢。忽喇喇似大廈傾，昏慘慘似燈將盡。呀！一場歡喜忽悲辛。嘆人世，終難定！**王熙鳳，機關算盡太聰明，的確，最精明的是王熙鳳，涉入紅塵最深的也是王熙鳳，〈好了歌〉講：「**世人都曉神仙好，只有金銀忘不了！**」等到聚多之時緣盡了。鳳姐放高利貸，到處攢錢，聚斂多時，一下子抄家抄得精光，一場空歡喜！她在賈府最得寵，掌大權，抄家的原因之一是她放高利貸給抄出來了，一世的顏面丟得精光。「**反算了卿卿性命**」，後來王熙鳳的下場也很悲慘。

對照一下，惜春走一條路，王熙鳳走另外一條路，一個出世，一個入世，兩種不同的道路。《紅樓夢》常做對比，甄士隱跟賈雨村，也是出世和入世的辯證。曹雪芹從未批判哪方，他只是寫出各人選的道路。《紅樓夢》的高度在這個地方，沒有為了袒護這種哲學，就去批判另外一種哲學。儒家的入世在《紅樓夢》的結局也很重要，賈府衰敗，王熙鳳死了，也還有接班人，誰呢？薛寶釵，她把賈府重新扛起來，這就是人生。

中國人的人生，常常有三種哲學的循環。年輕的時候有所求，中年醒悟，晚年一切看開。有這三種哲學，才是完整的中國的文化，三者相剋相生，互用互補。《紅樓夢》就把這三種哲學通通顯示出來，而且有最具體、最動人的故事，最讓人印象深刻的人物，在這些人物身上表現哲學思想，這是很難做到的。

曹雪芹懂道家、佛家、儒家思想，又是大文學家，所以他能夠用小說講三種哲學，用絢麗的文字表現抽象的事物，非常高明。《紅樓夢》曲最後收尾的曲子，又呼應了開頭的〈好了歌〉：〔**收尾・飛鳥各投林**〕**為官的，家業凋零；富貴的，金銀散盡；有恩的，**

死裏逃生；無情的，分明報應。欠命的，命已還；欠淚的，淚已盡。冤冤相報實非輕，分離聚合皆前定。欲知命短問前生，老來富貴也真僥倖。看破的，遁入空門；痴迷的，枉送了性命。好一似食盡鳥投林，落了片白茫茫大地真乾淨！佛家的看法：空，這不是悲觀，佛家告訴我們本來就是如此。我們還在幻境裏頭，看到很多很多，其實，最後是白茫茫一片大地真乾淨。這支曲呼應到最後寶玉出家那個場景，那一回也是《紅樓夢》最了不得的一筆，那一筆，在這個地方。老早就已經暗下伏筆了。

《紅樓夢》十二支曲子也是一系列的輓歌，如果有個音樂家把這些曲子譜起來，一定非常美的。要是我會作曲，一定把它譜出來，很美、很動人的命運之歌。

警幻仙姑看寶玉聽了這些還沒悟過來，就說，給你一個實在的經驗，看看你醒不醒悟。她就先講所謂色空的道理，比方說「吾所愛汝者，乃天下古今第一淫人也。」寶玉嚇一大跳，說自己從來沒動過歪思想，怎麼變成第一淫人？警幻說寶玉是意淫。原因是寶玉的情最深，動的意最深，因之有「意淫」二字。警幻又說我有一個妹妹兼美，小名叫可卿，讓她跟寶玉成親，讓他嘗到性的覺醒。寶玉跟那個可卿纏綿了幾天，突然間到了一條河的祕境，有怪物，就嚇醒了。他叫了一聲「可卿救我！」原來可卿是秦氏的小名，別人都不知道的，秦氏覺得很奇怪。

夢裏的可卿，其實也就是秦氏的變形、幻影，有人說一定是寶玉跟秦可卿這個姪媳婦之間有什麼曖昧之事。我想曹雪芹這樣安排不是這個意思。秦可卿在小說中是一個非常有爭議性的人物，也有極高的象徵性。所以讓她在夢裏的太虛幻境，變成警幻仙姑的妹妹兼美，兼所有女性之美，給你這麼一個人，其實是個引導。賈寶玉正當青春期，懵懂發情的時候，誰來引導他呢？就是秦氏，因為她叫「情」嘛！引動他發情的女性，未必跟他真的有性關係，現實中寶玉也不可能跟秦氏有什麼肉體上的接觸。我想曹雪芹不是這個意思。寶玉不是在她的房間裏午睡嗎？房間裏面的布置完全是引導性的覺醒的環境，少年從懵懂期步向發情的暴風雨，才真正進入人生。秦可卿的象徵意義在這裏。當青春

當然秦可卿也非常引起爭議。她是寧國府的孫媳婦，賈蓉之妻，公公賈珍對這個媳婦寵愛超乎尋常，甚至有說他們之間有一種非常曖昧的關係，所以家裏的老僕人焦大喊出來罵「爬灰的爬灰」，似乎暗示有這回事。脂硯齋曾批評，寧國府之敗，從賈珍的亂倫開始。脂硯齋是眉批《紅樓夢》的權威，好像是曹雪芹的親戚，有人考證他們家，說是曹雪芹的堂哥，有人考證是叔叔輩，現在不確知是誰。不過脂硯齋非常清楚曹家的事情，他常常在眉批說，當年確實如此發生，當年鳳姐是講過這個話等等……。還有個很重要的眉批，說原本《紅樓夢》有一個回目：「秦可卿淫喪天香樓」，現在的版本秦可卿是病死的，而那個回目是寫秦可卿跟賈珍在天香樓正在有一段曖昧，被她的丫鬟撞見了，秦可卿羞憤之下吊頸自殺。這也不是完全沒有根據。有人考據畸笏叟，另一位評家，據說是曹雪芹長輩主張這家醜不能寫，因而現在版本沒有，但後來有些蛛絲馬跡引起討論。

秦氏死了之後，有好幾次她的鬼魂又出來，在很關鍵的時候，警告王熙鳳一番話；又有一次中秋夜賞月的時候，秦氏鬼魂「唉」地嘆了一聲。還有一次是在賈府已被抄家了，賈母過世，賈母身邊最得寵的丫頭鴛鴦殉主，正在想著要自殺的時候中了邪，秦氏的鬼魂進來了，教鴛鴦如何上吊。考證者認為，是不是秦可卿當初就是上吊而亡，所以教鴛鴦依樣尋短。總之秦氏這個人物，在書中有多重的身分、多重的意義。

從秦氏在《紅樓夢》裏的定位，也可以了解《紅樓夢》版本的問題。有很多學者專家都是庚辰本的擁護者，對程乙本評價較差。我現在不是替程乙本翻案，我是覺得大家可以對著看，比較一下。里仁書局庚辰本的好處，是它的注解注得很好，但仔細對著看時，的確有些地方我不得不挑出來，若按庚辰本的文本，會覺得曹雪芹寫到這地方，怎麼一下子掉下去了！我想不可能，這麼一個文學大天才，他寫這一步的時候，怎麼會變成這樣子，兩個版本一比較就知道了。

問題點在下面第六回：「賈寶玉初試雲雨情，劉姥姥一進榮國府」。這一回，一開始的時候，講賈寶玉初試雲雨情，寫得很露骨，我先挑出來比較。賈寶玉做了個春夢以後，夢遺了，叫丫頭襲人來替他換衣服，襲人因此發現他夢遺了。這種與性有關的生理現象，因為賈寶玉很年輕嘛，等於一個青少年，當然不好意思，很害羞。襲人也是，她也是個年輕女孩子，當然也很害羞。賈寶玉這時候就吩咐：千萬不要告訴別人。這是很自然的反應。看看庚辰本一〇九頁這一句：「**襲人亦含羞笑問道：『你夢見什麼故事了？是那裏流出來的那些髒東西？』**」可是程乙本是這樣子的：「**寶玉含羞央告道：『好姐姐，千萬**

別告訴人。』襲人也含著羞悄悄的笑問道：『你為什麼……』」悄悄兩個字用得好！悄悄的笑問道：「你為什麼……」不講下面了，沒了，你為什麼，講不出來，不好意思講。她是女孩子！然後呢？「說到這裏，把眼又往四下裏瞧了瞧」，這一句要緊的。她四面且看一看，才又問他說：「那是那裏流出來的？」我想，當時的情境就應該是這個樣子。襲人不可能講「髒東西」。她自己也不了解，她也沒看過，而且我想在她心中沒有那種髒的意念在裏頭。庚辰本這個地方用得不好，程乙本寫得比較含蓄：「寶玉只管紅著臉不言語，襲人卻只瞅著他笑」，看著他有點笑笑的，這個樣子，就夠了。再看庚辰本怎麼寫，她問他說哪裏來的髒東西，「寶玉道：一言難盡。」這也不是寶玉的口氣。寶玉是根本不好意思講話了。

再看下面。程乙本：「遲了一會，寶玉才把夢中之事細說與襲人聽。」然後，「羞的襲人掩面伏身而笑。」這也不說了。下面講寶玉，也「素喜襲人柔媚嬌俏，遂強拉襲人同領警幻所訓之事。」庚辰本怎麼寫這段呢？一〇九頁是：「襲人素知賈母已將自己與了寶玉的，今便如此，亦不為越禮」，下面更不像話了：「遂和寶玉偷試一番」偷試二字，用得真壞！然後還有更糟糕的：「幸得無人撞見。」偷偷摸摸做這個鬼鬼祟祟的事情，這個寫得不好。程乙本這麼寫的：「襲人自知賈母曾將他給了寶玉，也無可推托的，扭捏了半日」，這才是襲人這個女孩子會有的反應。「扭捏了半日，無奈何，只得和寶玉溫存了一番。」就完了，沒有說什麼，沒有說偷試一回，也沒說什麼幸得無人撞見這種話，那種話不像《紅樓夢》，不像曹雪芹寫的賈寶玉跟襲人。

襲人這個角色我要慢慢講，是《紅樓夢》裏面非常重要的一個人。她的角色對賈寶玉來講，是他的母親、姐姐，是他的妾，是他的丫鬟、傭人，所有女性中的角色她都扮演了。她是他的另一個母親。王夫人跟賈寶玉其實並不很親近，所以對他母性式的照顧、慰藉、保護的是襲人。襲人對他充滿母性的噓寒問暖，對他的前途，他的一生，呵護備至。所以對寶玉來說，襲人是他的妾，是他的太太，他的媽媽，也是他的傭人。

我自己寫過一篇文章，就是論賈寶玉跟襲人的關係，還有跟蔣玉菡的關係。後來襲人跟蔣玉菡結成夫婦了，蔣玉菡跟寶玉，襲人跟寶玉，都有很特別的關係。所以，寶玉的肉體，他真正在俗世上只給了襲人，他只跟襲人發生了關係，因為襲人對他來說，是女性的整個代表。（見一〇一八頁，附錄「賈寶玉的俗緣：蔣玉函與花襲人——兼論《紅樓夢》的結局意義」）

對寶玉來講，黛玉她是心靈的交流、心靈的戀愛，他們兩個是「仙緣」，不能想像賈寶玉跟林黛玉發生肉體關係還要結婚生子。這是不可想像的。

至於另外一個，寶姑娘，薛寶釵，跟襲人又不一樣了。她的確是嫁給了賈寶玉，當了他真正的妻子，但那個時候，賈寶玉那塊玉已經丟掉了，整個性靈已經失去，只剩下空殼在這世上。他跟薛寶釵發生肉體關係的時候，已成婚很久，是為了儒家的傳宗接代而擔起宗祧的夫妻關係，他真正的肉體給了誰，給了花襲人，所以他跟襲人的肉體結合，不能那麼輕佻，還偷偷摸摸的！其實對他來說，是非常嚴肅的一次肉身的結合，在這世上第一次肉身的結合。我覺得這一段，程乙本寫的是對的。庚辰本這一段，我特別不喜歡，覺得把這個寫得有點邪掉了，不是《紅樓夢》的高度。

第五回，是很重要的一個神話架構，大家因為還沒看到那些故事，可能不是那麼清楚。你看完了整本書以後再回頭細細品味，《紅樓夢》的十二支曲，是她們的命運輓歌，不敢想像曹雪芹怎麼想出這樣的架構！這本書的高度，很高，很高！好像有天眼在看著我們人世間一羣芸芸眾生的命運和悲歡離合。

【第六回】賈寶玉初試雲雨情　劉姥姥一進榮國府

這一回的「賈寶玉初試雲雨情」，發生在寶玉做夢神遊太虛幻境之後，上次我們一氣呵成講了兩個版本的比較，對照一下，就立顯高下。不要忘了，這個時候的賈寶玉很年輕，等於一個青少年，對性完全懵懂，當然很害羞。襲人自己也是年輕女孩子，她也不懂，當然也很害羞。程乙本含蓄的寫法，接近少年男女的自然反應，庚辰本就寫得有點鬼鬼祟祟，又是「偷試一回」，又說什麼「幸得無人撞見」，這種話，不像《紅樓夢》，不像曹雪芹筆下的賈寶玉跟襲人。

襲人這個角色上回也談過，寶玉所需要的女性角色她都扮演了。他給寶玉母性式的照顧、慰藉與保護，對他噓寒問暖，對他的前途，他的一切呵護備至。寶玉的肉體、肉身，他真正在俗世上給了的，只有襲人，因為襲人對他來說，是女性的整個完整的代表。寶玉跟襲人是一份俗緣。寶玉出家，襲人嫁給了蔣玉菡，蔣玉菡跟賈寶玉也有特殊的關係，所以最後花襲人跟蔣玉菡結了婚。等於說，賈寶玉在這個世上跟一個女性發生的一段俗緣就是花襲人，跟男性發生的俗緣就是蔣玉菡，後來這兩個人結合，成為賈寶玉在世俗上面的兩個肉體合而為一的俗緣的完成。他自己的佛身出家走了，他的肉身、俗體，留在這個世上，讓花襲人跟蔣玉菡完成他在世上的俗緣。所以《紅樓夢》非常複雜、非常subtle，非常微妙，看的時候要注意。不是賈寶玉出家走了，追求了他的解脫，完成了他頑石歷劫的命運就完了，它等於是一個佛家的寓言，卻又不僅如此。

賈寶玉這個人有好多緣分，尤其是名字中有「玉」的，都不是普通的緣。他跟黛玉兩塊玉，跟蔣玉菡是另外一個玉，跟妙玉第三塊玉，又是另外一種。在這本書裏這個「玉」字要緊的，都有很特殊的意義。

太虛幻境很重要的神話架構之後，一轉眼又回到現實，從一個很高的天眼，又看到人世間的芸芸眾生。一個好玩得很的人物，也是很重要的人物——劉姥姥，第一次出現。

「劉姥姥一進榮國府」，曹雪芹真是大天才無所不能。他之前寫的都是些王公國戚、公子千金，這些人物寫得好，大概跟曹雪芹自己也很相近。現在他寫劉姥姥，一個村婦，一個鄉村老太太，也寫得活靈活現有趣極了，替這本書帶來一股新鮮的空氣。

這麼一個鄉下老太太，滿身的泥土氣，她到了賈府見賈母，見了賈母之後，她進大觀園。園裏的小姐們正在吟詩作詞，就讓劉姥姥也參加，劉姥姥擲個骰子開口就來一句，「一個蘿蔔一頭蒜」、「大火燒了毛毛蟲」，人家文雅得不得了，她的那麼一下子把小姐們都哄得笑翻了，泥地上長的東西，鄉間的蘿蔔青菜，她帶進了大觀園裏。

曹雪芹寫這個人物，不光是一個鄉下老太太，其實很像神祇裏面的土地婆，她不像一般的窮親戚跑來，她是帶來歡樂、生命和希望的。等到賈家衰敗了，她救了王熙鳳的女兒巧姐，那些不肖子姪們要把巧姐賣掉，劉姥姥從天而降，把巧姐救走了，就像個土地婆一樣出現，把巧姐帶到鄉下去，救了賈家的一支血脈，在鄉村中重新給她新的生命，所以說她像個土地婆。曹雪芹寫這個人寫得真好，我想寫鄉下老太太，還沒有一個人寫得過他的。寫劉姥姥進大觀園，還有很重要的一個功用，就是劉姥姥眼中的大觀園什麼樣子？從劉姥姥的視點來看大觀園寫得那麼精采，換了另外一個人看大觀園就不一定了。劉姥姥看大觀園，那簡直進了一個人間的太虛幻境一樣，看什麼都是那麼新鮮，看什麼都是加倍的、誇大的，把大觀園寫得活色生香，那就是從劉姥姥的眼光來看的，所以劉姥姥這個人物很重要。

劉姥姥為什麼到賈府呢？因為她家裏窮了。劉姥姥的女婿家早先跟王鳳姐娘家有那麼一點關係，在他們的祖父輩。所以就趁了這麼一點關係想辦法，窮親戚到賈家去希望討點便宜、得點救濟。劉姥姥的女婿不好出面，女兒也不行，只好賣老臉，自己到賈府去了。一一四頁到一一六頁：劉姥姥進了榮國府，當然是見掌管榮國府的王鳳姐，她家裏跟鳳姐的王家有點老關係，她進去要見到鳳姐，才有些想頭。鳳姐的出場，第三回不是講過了嘛！那個氣派，作者對這個人物的精心描寫，把鳳姐塑造成《紅樓夢》裏面，甚至小說史裏面不可磨滅的一個人物。曹雪芹從各種角度來寫她，之前已經從林黛玉的眼光看過她出場了；現在又從劉姥姥的眼光來看鳳姐，又是另外一個視點。

曹雪芹寫人物，往往不是說他自己看王鳳姐怎麼怎麼，這樣的話，不生動！而且作者講的，你未必信。如果從另外一個人物的眼光來看，如果你相信那個人，你就對他所看見的王鳳姐形象，在心裏加倍地深刻了。劉姥姥是一個鄉下老太太，她哪裏見過榮國府的那種派頭。林黛玉進賈府，看了鳳姐已經覺得了不得了，林黛玉見過世面的，林家也是個官家，可林黛玉看鳳姐已經是高高在上，劉姥姥看她更是不得了。

劉姥姥進來以後，那個周瑞家的來迎。周瑞家的是王夫人的陪房，所謂陪房就是王夫人嫁過來的時候跟著來的，有的是丫環或者奶媽，幫襯著鳳姐滿得勢的。由周瑞家的來評點鳳姐，當然可信，因為從小看見的嘛。一一四頁：「這位鳳姑娘年紀雖小，行事卻比世人都大呢。如今出挑的美人一樣的模樣兒，少說些有一萬個心眼子。」形容得好吧！心眼有一個還不夠，有一萬個。你看這個王鳳姐的心事之多。「十個會說話的男人也說他不過。」真的，她說鳳姐在，那些男人講不過她。「就只一件，待下人未免太嚴些個。」這講得也很好，周瑞家的是個下人，當然覺得這個管家管得嚴。話說回來，不嚴還行嗎？賈府裏面有幾百個傭人，上上下下繁瑣得很，鳳姐要是沒這個威，沒這個嚴，她怎麼管家？所以這句話就是反面來講，鳳姐這個人行事很有紀律，管家很得體，很行。

劉姥姥去見鳳姐是怎樣的情景？一一六頁：劉姥姥上來，看到鳳姐了，看到旁邊她的那些家具，形容一大堆。然後，鳳姐穿什麼樣的衣服？家常穿的都全是貂皮之類的貴重衣裳，「粉光脂艷，端端正正坐在那裏」，下面一句寫得好，「手內拿著小銅火箸兒撥手爐內的灰」。你曉得，那是暖手的爐，拿著銅箸兒，慢、慢、慢、慢撥那個灰。下面

王熙鳳

說「平兒站在炕沿邊，捧著小小的一個填漆茶盤，盤內一個小蓋鍾。鳳姐也不接茶，也不抬頭」，有傭人拿茶給她，也不理，手裏慢慢撥那個灰，「慢慢的問道：『怎麼還不請進來？』」鳳姐那種派頭，人來了以後，照樣地手裏面撥她的灰，對劉姥姥愛理不理的。劉姥姥講了個半天講不出口，想來要點錢嘛！所以尷尬講不出口。鳳姐當然知道，她說，我還有二十兩銀子，本來給我的丫頭做衣服的，現在拿來給你吧。對劉姥姥，給二十兩銀子就算了，還要加一句：準備給丫頭做衣服的拿來給你了！那種對劉姥姥的輕蔑，通通寫出來了。

這裏我們要先對照一下：後來等到賈家被抄，鳳姐得病了、快死了，因為她一生做了不少孽，也害死過尤二姐，心裏有一種罪疚感，所以她見鬼了。尤二姐的鬼魂來索命，她害怕了，正巧劉姥姥來看她，她就抓著求劉姥姥，把女兒巧姐託付給她。這種對照，曹雪芹不是隨便寫的。先前鳳姐的高傲，對劉姥姥的那種輕蔑，對照著鳳姐臨終在床上的那種慘狀，我們對鳳姐才有同情。寫這麼一個人，不寫前面之盛，托不出後面之衰。所以寫賈府前面的派頭，寫得那麼瑣碎、仔細，有時候甚至瑣碎到有點累贅（如果你不習慣的話），但是要細細看，前面的鋪陳，每一句話都有它的意義在裏頭。之前，鳳姐拿著手爐，弄弄，慢慢撥；最後，看見劉姥姥，就抓著劉姥姥，拽住劉姥姥求她。這兩個情景對照起來，寫的好！這就是小說的高明處。

《紅樓夢》伏筆千里，老早就伏在前面了。曹雪芹心思很縝密的，每一個小節都仔細考慮過，前後的對照都有用的。俄國非常有名的小說家 Chekhov 契訶夫，以短篇小說著名。他說怎麼寫小說？如果你第一頁寫了一面牆上掛了一支槍，你再寫了兩三頁之後，這個槍還沒有用上的話，就快點把它拿掉。沒有用的槍，沒有用的細節都是多餘。曹雪芹寫的東西一定後面有用，你看著什麼囉囉嗦嗦，後來通通用到了。劉姥姥這段寫得這麼仔細，鳳姐對她的態度，就是為了對照最後鳳姐臨終的淒涼無助，向鄉下老太太求援。這麼有權有勢的一個人，「忽喇喇似大廈傾，昏慘慘似燈將盡」，就是講鳳姐的下場。前後是有密切關係的。

劉姥姥也寫得活，鳳姐不是在裝腔作勢嗎？劉姥姥不管三七二十一，聽見給他二十兩銀子以後樂不可支，她就講了：「但俗語說的：『瘦死的駱駝比馬大』，憑他怎樣，你老拔根寒毛比我們的腰還粗呢！」哇啦哇啦這麼講一堆，把鳳姐的那套裝腔作勢通通打掉了。這就是曹雪芹高明的地方，鳳姐還要再裝出一副樣子，劉姥姥給她幾句通通拆掉啦！

然後，劉姥姥就隨周瑞家的出來了。周瑞家的倒擔心劉姥姥粗鄙有些不安，就說劉姥姥怎麼會把她的那個外孫叫「板兒」的，推到鳳姐面前，口口聲聲：你姪兒，你姪兒！「我說句不怕你惱的話，便是親侄兒，也要說和軟些。蓉大爺才是他的正經侄兒呢，他怎麼又跑出這麼一個侄兒來了。」劉姥姥就笑了，她說：「我的嫂子！我見了他，心眼兒裏愛還愛不過來，那裏還說得上話來呢。」你看，劉姥姥這個老太太寫得真有意思！她的那種直率，鄉下的原味，對照於官府裏頭的那種派頭、姿態，就有了強烈的對比，也等於是暗中批評了鳳姐的勢利，對窮親戚的高傲。鳳姐的下場也就暗暗地伏在這裏了。

《紅樓夢》寫人物，用各種的側面來描寫。這是第二次寫鳳姐了，頭一次我們從林黛玉的眼中看鳳姐，第二次從劉姥姥的眼中看鳳姐，就這麼一個人，從各種角度寫，正面寫，反面寫，以後還會再寫王熙鳳。

《紅樓夢》很重要的是寫人物，那麼多人物在小說裏面個個栩栩如生。鳳姐是鳳姐、林黛玉是林黛玉、薛寶釵是薛寶釵，襲人、晴雯……各個都非常 individualized，個人化，這不容易做到的。

中國的小說以人物寫得活取勝，《紅樓夢》的人物就不用說了，《水滸傳》也是，那些人物，魯智深是魯智深，李逵是李逵，宋江、武松都是很活的。《水滸傳》以寫男性為主，全是寫粗獷的漢子，有幾個女性寫在裏頭，潘金蓮、潘巧雲、閻惜姣，三個淫婦，寫的好！《水滸傳》裏邊的人物，也讓你不會忘記。大家要學寫作，看看這些很了不起的小說家，看看他們怎麼寫人物。

【第七回】送宮花賈璉戲熙鳳　宴寧府寶玉會秦鐘

這一回，第二個女主角，很重要的薛姑娘來了。這是我們第一次近距離看薛寶釵，開頭的時候，寫薛寶釵只有泛泛幾筆，這是寫人物怎麼進場的講究。薛寶釵跟林黛玉的進場都是如此，先是低調，慢慢慢慢再拔高，以後越來越高，把整個人物立起來。鳳姐是一出場就拔了很高的調子，所以作者有不同的寫法。

薛寶釵來的時候，首先講她很懂事，長得也很美，好像還勝過黛玉。就這麼幾句，說完了。這是第一次出場。一二四頁：開始鋪陳薛寶釵是怎麼樣一個人。你光是講她很能幹、賢慧，印象不深，《紅樓夢》裏的寶姑娘也是很特別的一位女性，林黛玉如果是代表性靈，代表情感，薛寶釵就代表了理性，代表了冷靜。

《紅樓夢》裏這些女孩子，若不細分，大致上有兩種對比，一類重情，一類講理，情與理的對比，也是這本書很重要的主題。感性人物，林黛玉為首；理性人物，薛寶釵為首。寶姑娘姓薛，薛，諧音雪，就是 snow，冷的，很 cool 的一個女孩子，很冷靜的，所以她能生存，後來成為扛大任的一個角色。這種人容易成功，感性的、重情的，很多時候在世俗的世界裏是失敗的，早亡的。

這一回側寫薛寶釵，怎麼點題呢？周瑞家的、薛姨媽他們來了，看見薛寶釵要吃藥，吃什麼藥呢？冷香丸！她那個藥可不得了，各種講究，雨水都指定要哪一天的，繁瑣得不得了的一個東西。薛姑娘吃的是冷香丸，飄出來是冷香，這個女孩子的頭腦清清楚楚、冷冷靜靜。所以曹雪芹一上來不寫別的，給她一個冷香丸，讀者就不會忘記了。接著，又來一筆。薛姨媽拿了十二枝宮花——宮裏做的人造花，很漂亮的，叫周瑞家的給園裏女孩子送去。王夫人就說了，三位姑娘每人一對，剩下的六枝送給林姑娘兩枝，那四枝給鳳姐派去。王夫人說這宮花給寶丫頭戴戴就算了，又拿來給她們幹嘛？薛姨媽說寶丫頭古怪得很，從來不愛這些花兒粉兒。愛冷香丸，不愛花兒粉兒，難怪她以後嫁了賈寶玉，就一輩子守活寡。她住的房子蘅蕪苑，賈母進去一看，什麼擺設也沒有，雪洞似的。這個女孩子不喜歡紅的綠的，喜歡雪一樣的東西。

講一個人，講她的個性，講她的命運，輕輕幾句，一點，這就是曹雪芹。寫寶姑娘，不用多講，幾句話就夠了。一個東西——冷香丸，就代表她，寫的好！再看看側寫寶釵的個性，寶釵對周瑞家的「周姐姐、周姐姐」這麼叫，而且非常客氣地讓座。周瑞家的是王夫人的陪房，在傭人裏面相當有臉面，而且可以在王夫人面前講話的，很重要一個人。這個寶姑娘很有計算。賈府裏面，哪個重要，哪個不重要，哪個應該怎麼樣應對，有規有矩，她很清楚。周瑞家的拿了花給幾個姑娘送去，有意思得很。一二六頁：她先到四姑娘惜春那裏，惜春在幹嘛呢？跟幾個尼姑在玩兒。周瑞家的拿花給她，惜春說，「我明兒也剃了頭同他作姑子去呢，可巧又送了花兒來；若剃了頭，可把這花兒戴在那裏呢？」她這話聽起來好像是開玩笑的，以後真當了小尼姑。

一枝宮花，帶出很多東西，寶釵的個性，惜春的未來。最後，到了黛玉那裏。周瑞家的也是無心，給了這個那個，最後拿來給黛玉，你看看黛玉的反應：冷笑一聲，「我就知道，別人不挑剩下的也不給我。」林姑娘難纏得很，而且她也不管周瑞家的是誰。「周瑞家的聽了，一聲兒不言語。」在旁邊不敢講話了，得罪林姑娘了嘛！林姑娘性子很直，她多心，「心比比干多一竅」！為什麼多心？寄人籬下。很多事情她都覺得人家對她有點不禮貌。林姑娘那麼孤高自賞的一個人，受不了一點點委屈，受了就直講，也不怕得罪人。這一回，薛寶釵、林黛玉一對比，你就看得出來了，哪個在賈府裏頭最後會成功。

曹雪芹寫得非常巧，一枝宮花帶出了這麼多東西。這就是寫人物寫的好，他不能只管跑出來說：薛寶釵會做人，林黛玉不會做人，說出來就不行了。他這麼一枝宮花帶過來，通通寫完了，還點出了惜春以後會出家，薛寶釵就守寡，林黛玉得罪所有的人。這就是他寫人物的手法，他高明地方多得很，大家寫小說，拿這本天書慢慢學吧。

這一回的回目「送宮花賈璉戲熙鳳，宴寧府寶玉會秦鐘」，周瑞家的送宮花也送到鳳姐那兒去，湊巧，賈璉跟鳳姐正好在行房事，而且是白天在行房事。曹雪芹寫得很含蓄，周瑞家的去的時候，看見丫頭拿個水盆出來，她就懂了，就不進去了。這是從側面來寫賈璉好色，他不會直接講，而是輕描淡寫地帶過，白天行房事，對賈璉這個人已經點到了。「宴寧府寶玉會秦鐘」，秦鐘是什麼人呢？是秦可卿的弟弟。他跟賈寶玉相會，也有特殊的意義在裏頭，我慢慢再講。

鳳姐寧國府去做客，賈珍的妻子尤氏請鳳姐過去。鳳姐跟尤氏、秦氏她們婆媳倆感情很好，平日常往來。鳳姐過去玩了牌，送她走的時候，有一個細節，叫誰送呢？叫焦大送。焦大是寧國府裏一個老傭人，資格很老，他跟過太祖賈代化。太祖年輕的時候打仗，爵位是因武功得來。有一回太祖受傷被圍，焦大說他背著太祖突圍，途中找水給太祖喝，他自己喝馬尿，所以他保護了賈代化是有功的。現在呢？那些傭人管事居然半夜三更使喚他，他把他們臭罵一頓。鳳姐一聽，這麼撒野啊！在鳳姐手下，榮國府容不得這種撒野的行為。她早覺得寧國府這邊尤氏治家懦弱，由下人這麼放肆還了得！她叫賈蓉去，把焦大教訓一頓。這個老傭人這下迸出心裏話來了。他說，生出這一羣子孫，「**爬灰的爬灰，養小叔子的養小叔子**」，他要哭祖廟去！小傭人一聽這還了得，把寧國府裏不能講的一些祕密喊出來了，就拿馬糞的灰往焦大嘴巴裏一塞，把他捆走了。焦大這個人，我講了，《紅樓夢》最會用伏筆，這一次焦大出來就是伏筆，最後，賈府被抄家的時候，焦大又出來一次，那個時候才曉得，為什麼焦大在這裏出來一下很重要。

《紅樓夢》整個故事兩條主線，一條是賈府的興衰，另一條是寶玉的悟道，常常有很多細節，都是隨這兩條線走。焦大說出來的，就是不肖子孫慢慢把家業敗掉，賈府走向衰亡。子孫的不肖包括了不倫——公公爬灰這個公案。好多紅學家研究寧國府孫媳婦、賈蓉之妻秦氏這個案子，現在的本子說秦可卿是病死的，跟前面警曲裏講的吊頸而死不大相符。那麼，公公賈珍到底跟媳婦秦氏有沒有爬灰，很多蛛絲馬跡好像有又好像沒有，現在的本子沒有明說。賈珍跟秦氏真的有一段 affair 嗎？看賈珍哭得那麼傷心，按那個時候的倫理，公公哭媳婦哭成一個淚人的樣子，好像有點不合規矩、不夠節制。那麼，焦大罵出來了，公公爬灰，這可能又是一個證據。這是寧國府的一個 scandal，一個醜聞。以儒家宗法社會來看，敗壞人倫的時候，家業就要敗亡。焦大這兩句話後一句「養小叔子的養小叔子」，這又是一個疑案。何所指？當然指王熙鳳跟賈蓉之輩。王熙鳳，大家記得她的形容嗎？「**身量苗條，體格風騷**」，風騷有之，還不至於淫蕩。王熙鳳可能跟賈蓉眉來眼去、講些瘋話是有的，書裏面寫了不少。但鳳姐有鳳姐的身價，也是很傲的一個人。賈蓉長得也很好嘛，俊俏的姪兒，說 flirt 調情兩下這有的，養小叔可能還不至於。賈家的規矩那麼嚴，以榮國府的掌家人之尊恐怕不至於。不過她跟賈蓉打情罵俏的，可能焦大也看不慣就罵出來了。不管怎麼樣，焦大這個人在最後又出來了，那一次滿動人的。賈府被抄家以後，焦大出來哭，嗆天哭地得那麼喊、哭，祖業到底敗在他們手裏了。我想，曹雪芹不會突然跑個焦大出來喊啊罵幾聲，他後面還要用到這個人，以老僕人的眼光來看家族幾代的興衰，哭祖廟般哭賈家衰亡的時候，更加動人。

秦氏這個人，是引導賈寶玉對女性發情的一個人物，夢裏她的身分是兼美，兼寶釵跟黛玉之美。這麼美的秦可卿，有個弟弟秦鐘，秦鐘跟賈寶玉相會有什麼特殊的意義呢？賈寶玉有句名言：「**女兒是水作的骨肉**」，所以他看了就覺得眼睛亮了，是一種性靈的、精神上的層面。他看男人呢？「男人是泥作的骨肉」，他聞著就一股濁臭。所有男人都濁臭嗎？不盡然，看是哪種男人。有兩種男人賈寶玉不喜歡，一種是像賈雨村那樣，只會求官，只會求利祿，叫他們「祿蠹」。蠹是蟲，講他們是個只會鑽營的蟲子。賈寶玉是一個最大的儒家叛徒，按儒家的標準，他應該求功名，應該入世，他都不要。另外一種男人呢，不尊重女性，把女人當作玩物，色鬼型的，這種男人他瞧不起。所以他家裏幾個父輩、同輩男人，像賈璉、賈蓉、賈芸……即使他們面貌長得很好，他也不喜歡。可是像秦鐘這個男孩子，他們兩人一見面就互相吸引，有一種很特別的感情。秦鐘的面貌長得很好，有點偏女性美，在賈寶玉心中，女性有一種 spiritual 性靈上的吸引力，他與秦鐘之間也有這種吸引力。

這一回還有下一回，他與秦鐘相識在書房裏面的一場鬧劇。大家要了解，在明清或者更早一點，中國人沒有同性戀、異性戀這種兩分法的觀念，賈寶玉對秦鐘，還有後來對蔣玉菡及其他的一兩個男性，有一種特殊的好感。當時不會像現代人去定義及分別同性戀或異性戀，卻有對性靈上的特質的喜歡。秦鐘還有一個象徵意義在裏頭，秦氏、秦鐘，兩個人都姓秦，秦諧音情，秦可卿對賈寶玉是女性讓他在情方面覺醒的一個人，秦鐘是男性讓他在情方面覺醒的一個人，這兩個人又是姐弟，是情的一體兩面。所以在《紅樓夢》裏，這個「情」字非常複雜，各種意義都有。這本書又叫做《情僧錄》，這個情僧，指的就是賈寶玉。情對他來講是一種信仰，一種追求，最後他成佛了，佛性是沒有男女之別的。

秦鐘

秦氏與秦鐘這兩姐弟很早就夭折了，對於賈寶玉最後的悟道有很重要的啟發性。情一方面是他追求、信仰的，另外一方面又非常脆弱，像林黛玉也是夭折了，一步一步讓他知道，情多麼地變幻不定。賈寶玉聽到秦氏死訊的時候，一口鮮血湧吐出來，現實中他跟秦可卿沒有那麼深的感情，為什麼一下子有那麼大、那麼強烈的反應？那個時候他已經感受到了，一個引他發情的這麼一個女性，一種情的理想，一下子破滅了，這才是他的反應的源頭。

秦氏死的時候，賈寶玉反應很強烈，秦鐘死的時候，反應也非常強烈，後來又出現另外一個男人蔣玉菡。蔣玉菡是個伶人，賈寶玉跟他之間也有一段類似秦鐘的感情，他最後碰到蔣玉菡演戲，演《占花魁》這齣戲，《占花魁》裏的男主角叫做秦重。所以秦鐘——秦重——情種，曹雪芹通通把他串起來，這幾個人，通通跟他有關，跟「情」有關。曹雪芹寫得很多細節，甚至一個名字，我們都要仔細推敲，他不是隨便取的，往往有另外一層意義在裏頭。

【第八回】比通靈金鶯微露意　探寶釵黛玉半含酸

庚辰本這個回目：「比通靈金鶯微露意，探寶釵黛玉半含酸」我不喜歡。程乙本是「賈寶玉奇緣識金鎖，薛寶釵巧合認通靈」。

這一回啊，黛玉是在吃醋、嫉妒，因為寶釵來了，對她來說是個很大的威脅。寶釵長得很漂亮，而且很得人緣，很通情達理，學問也好，處處不見得輸給黛玉。她也是另外一表，是姨表，黛玉是姑表，地位差不多，的確構成威脅。女孩子之間吃醋很正常，表姐妹之間吃醋也很正常，但吃醋不見得含酸，這個「酸」字下得不好。黛玉，林姑娘，是何許人物！酸字用不到她身上。「酸」鳳姐，對的！有一回，鳳姐吃醋了，因為賈璉跟一個鮑二家的有苟且事，被鳳姐抓到了，吃醋！那一回程乙本叫「變生不測鳳姐潑醋」，潑醋含酸用在鳳姐身上是對的，放在這裏用於黛玉我覺得不妥。

程乙本的回目較好，真正點題點出來了。曹雪芹用筆一方面非常寫實，一方面象徵的意義也非常好。他寫薛姑娘並不講一大堆描述，只講她吃冷香丸，身上有冷香的，讀者就知道了。薛寶釵，冰雪聰明的一個女孩子，像雪一樣，頭腦非常冷靜。寫小說，英文裏面叫做 objective correlative，主觀的感情用一種很特殊的客觀 symbol 象徵的東西，一下子就講明了。

第一個我們看薛寶釵，焦點在她的冷香丸。第二次，focus 又在她身上了，什麼東西呢？一把金鎖！

寶釵見賈寶玉來了，就說：聽說你那塊玉非常有名，讓我看看！一看，上面有字，寫的是：「莫失莫忘，仙壽恒昌。」寶釵很聰明，看到之後不作聲。她的丫鬟鶯兒當然不懂，驚喜地說：姑娘你身上的那把鎖也有幾個字，怎麼好像兩個對起來的？可不是嘛！「不離不棄，芳齡永繼。」你看，是對起來的，這一對，是金玉良緣，金跟玉對在一起。

曹雪芹真會安排，賈寶玉身上是一塊玉，這塊玉很複雜，它的 symbolism 很複雜，很多紅學家在解釋，從王國維開始就解釋半天了。不管怎麼樣，這塊玉是寶玉天生而來的一種性靈的東西，等於說人生下來的時候，像一塊璞玉，乾乾淨淨，非常靈性。到了紅塵裏，慢慢慢慢被紅塵污染，最後那個玉不靈了。我們生下來的時候都具赤子之心，慢慢也被紅塵污染了，各種七情六欲都來，最後我們的心也不純淨了，要洗滌一番，才能歸真返璞。

寶姑娘用的什麼 symbol？金，黃金，而且是把鎖。一把金鎖把她鎖住，金子很沉的，還用一把鎖嵌在身上來。金子是最世俗的東西，但真金不怕火煉，也是最堅強的東西。玉還可能碎掉，金子不怕煉。別忘了，最後賈府要靠寶釵撐大局。賈府衰敗，王熙鳳死了，賈探春遠嫁，撐起賈府就靠薛寶釵，難怪是把大金鎖鎖在她身上，這麼重的擔子要她來扛。難怪薛寶釵步步為營，一舉一動都合乎儒家那一套宗法社會的規矩。有的人不喜歡薛寶釵，大概因為她把賈寶玉搶走了，大家同情林黛玉，這對寶姑娘不太公平。如果往大處看，也只有她能撐，那兩塊玉，寶玉、黛玉，都撐不起來的。只有這把金鎖才能夠撐大局。所以金跟玉這麼兩個人一比，就比出一段很重要的姻緣。

鶯兒一看，說兩個怎麼對起來了，有了玉，又有金，林姑娘聽了當然受不了。你有玉，人家就有金來配你，她自己沒有金子，也沒有後來那個史湘雲的金麒麟，一把金鎖還不夠，又跑出個金麒麟來，黛玉簡直完全受不了。黛玉忘掉她自己本身就是一塊玉，不必配了，她跟寶玉兩人根本心心相印，這兩塊玉根本是心靈上結合成一塊的。其實林姑娘不必擔心，賈寶玉當然對很多很多女孩子都留情，但是他真正的知己，他真正的知音，就是黛玉。名字已經配上了，玉嘛！所以我講了，《紅樓夢》裏邊名字不是隨便取的。黛玉跟寶玉不必再多要一塊玉來對應，他的那塊玉也是她的玉，兩人心心相印，是一段仙緣，神瑛侍者跟絳珠仙草的一段仙緣。然而到了塵世裏面，當然又有很多這世上的規矩讓林姑娘寢食難安，所以她也就一會兒吃醋，一會兒不開心。這也難怪，太多女孩子喜歡寶玉，當然林姑娘會非常沒有安全感。

這一回，黛玉講了一些話，是有點酸溜溜，不過還是很高雅的，吃醋也吃得很高雅。你看一四四頁，黛玉一見了寶玉便笑道：「噯喲，我來的不巧了！」寶玉等忙起身笑讓坐。寶釵因笑道：「這話怎麼說？」黛玉笑道：「早知他來，我就不來了。」寶釵道：「我更不解這意。」黛玉笑道：「要來一羣都來，要不來一個也不來；今兒他來了，明兒我再來，如此間錯開了來著，豈不天天有人來了？也不至於太冷落，也不至於太熱鬧了。姐姐如何反不解這意思？」黛玉吃醋的時候講的話，非常 subtle，非常地微妙，她們幾個姑娘都很有學問、很有教養，吃起醋來也是暗暗的那麼一刀一槍。這一回寫得很好，寫吃醋也寫得好。

【第九回】戀風流情友入家塾　起嫌疑頑童鬧學堂

程乙本的回目：「訓劣子李貴承申飭，嗔頑童茗烟鬧書房」。不喜歡讀聖人書的賈寶玉上課去了，去私塾上課的原因，他要跟秦鐘在一起。他以前上了幾堂課，就藉個故逃掉了。這次再去上課，賈政一聽，又勾起從前不快：算了！你不要來！還好意思講上課。就把寶玉的傭人李貴罵一頓：你們跟他一起頑皮，等我來揭你的皮。「他到底念了些什麼書！」政老爺發火歸發火，還是關心的。李貴就講，念了《詩經》，「呦呦鹿鳴，荷葉浮萍」。我覺得這就是曹雪芹最妙的地方。

這個政老爺一本正經的在訓子，完全拿出嚴父那一套訓兒子。賈政，那名字就是square，正！用英文講 **He is a square**。他是一個方方正正的人。賈政，政老爺，的確是整個書裏面最合乎儒家思想的人，他也必須如此。你看，賈赦、賈珍……。都是一些鬥雞走狗的紈綺子弟，這整個賈府，也要靠政老爺一股正氣壓壓場是吧！所以他一舉一動都要合乎儒家的禮法，儒家思想連《詩經》也不放在眼裏的，四書念念就好了，念什麼詩！跟他說去！……正在教的時候，李貴突然間冒出一句「呦呦鹿鳴，食野之苹（荷葉浮萍）」，政老爺忍不住笑了。政老爺正在板了個臉訓人的時候，這麼噗哧一笑，把那個場面解掉了。

曹雪芹常常有這種神來之筆。記得嗎？劉姥姥見王熙鳳的時候，王熙鳳還在裝腔作勢，劉姥姥突然說，「你老拔根寒毛比我們的腰還粗呢！」一句話，就把他們那一套裝腔解掉了。李貴這地方你也想不到，本來這場訓人的情節悶得很，寫到這裏很沒意思，李貴跑來這麼一句，哈哈一笑，這一場就活了。小說裏 scene 很重要，場景很重要，為什麼這本小說看了以後再也不會忘記，因為場景寫得活。曹雪芹對戲劇很熟，他看過好多戲，他家裏有戲班子，所以《紅樓夢》裏也整天到晚看戲。中國小說比較擅長的就是這個戲劇法，利用對話、場景來表現，中國小說不擅於長篇大論的分析或敘述，用一個個場景非常鮮活的堆砌起來，就是整齣大戲。看似不經意這麼一個小場景，你來寫寫看，要寫活它，適時地寫這麼一句出來，不容易！他用李貴這角色，突然把《詩經》這麼搞了一下，一輩子不會忘記了。

這一場，私塾裏的學童、小孩子在吵，鬧場的原因是互相勾搭吃醋。我剛剛說那個時候沒有所謂的同性戀、異性戀這種觀念，像這種很嚴肅的小說，在西方小說裏如果突然寫出這麼一個場景，一定會講這是同性戀什麼的，一定大做文章。而曹雪芹寫這一場，完全不自覺的寫著幾個學童、孩子互相勾搭吸引，他寫起來很自然，可見得那個時候的小說，像《儒林外史》裏也有講這一類的，並不是蓄意要寫什麼男色、男風或者同性戀，這種觀念在那個時候可能沒有。像講到薛蟠這個人物，這個呆霸王，看了香菱漂亮，就把人家搶過來做妾；等一下他又跑到這個私塾搗蛋，看了幾個漂亮男孩子，要去勾引人家。曹雪芹寫來沒有批判或是強調什麼的，那個時候大概視為理所當然，但以現在的觀念來看，就覺得有點奇怪。秦鐘跟寶玉，兩個人的關係非常親密。秦鐘的長相和個性都有點像女孩子，所以寶玉特別保護他，對他有一種憐惜的態度。以寶玉來講很自然，他心目中的女兒家是水作的，他對那種性靈方面的特質非常崇拜。

在《紅樓夢》之前，很少中國小說把女性的位置放得那麼高，對她們有一種精神上的崇拜。比如《金瓶梅》裏也有很多女性，就不同了。對於女性，只看到她的身體，她的肉體，沒看她的心。《紅樓夢》把性靈昇華到這種程度的確是很特殊。《紅樓夢》一開始講女媧煉石補天，用這個女神開頭，所以這本小說對女性賦予非常特殊的地位。當然之前也有作品像《牡丹亭》，筆下杜麗娘是柳夢梅的夢中情人，但還不致像賈寶玉對林黛玉那種崇拜式的心情。當然《牡丹亭》對《紅樓夢》有很大的影響，我們講到下面幾回會詳說。

【第十回】金寡婦貪利權受辱　張太醫論病細窮源

在賈府正盛的時候，賈府中第一得意之人秦可卿，突然間就生病了。也說不出什麼病來，就是懨懨的，這麼一個人就慢慢地消了下去。秦氏這個人，我講過是非常非常有象徵性的，在賈府最盛之時秦氏之死是很要緊的一個回目，詳述在第十三回，這裏呢，是個過場，提個話頭。

這一回，因秦鐘受寶玉寵遭忌了，有親戚因為自己家的孩子在學中好像受了欺負，大人想想不甘，同樣都是賈府的親戚，還有親疏不公，想來向秦氏告狀。到了寧國府，才知道尤氏正煩惱著，家裏最受寵的媳婦秦氏病倒了，又聽說跟她兄弟秦鐘被附學來的一個人欺侮了有關，那想告狀的人「一團要向秦氏論理的盛氣，早嚇的都丟在爪洼國去了。」尤氏原本就不是俐落能幹的人，秦氏這一病，她也是六神無主，跟個來家的親戚叨叨訴了起來。一六七頁她說：「連蓉哥我都囑咐了，我說：『你不許累掯他，不許招他生氣，叫他靜靜的養養就好了。他要想什麼吃，只管到我這裏取來。倘或我這裏沒有，只管望你璉二嬸子那裏要去。倘或他有個好和歹，你再要娶這麼一個媳婦，這麼個模樣兒，這麼個性情的人兒，打著燈籠也沒地方找去。』他這為人行事，那個親戚，那個一家的長輩不喜歡他？所以我這兩日好不煩心，焦的我了不得。」婆婆口裏說這番話，可見這秦氏真是上下寵愛在一身。尤氏又怪她兄弟秦鐘小孩子不懂事，姐姐身體不舒服，學堂裏有事就不要告訴她了，結果東說西說，弄得秦氏又氣又惱，病更重了。尤氏又說：「你是知道那媳婦的：雖則見了人有說有笑，會行事兒，他可心細，心又重，不拘聽見個什麼話兒，都要度量個三日五夜才罷。這病就是打這個秉性上頭思慮出來的。」有人來告狀帶出了秦可卿生病的事，重點是，年紀輕輕的秦氏病了。

【第十一回】慶壽辰寧府排家宴　見熙鳳賈瑞起淫心

這一回寧國府賈敬過生日，賈敬這個人醉心修道，老早就把家裏的事丟開，把寧國公的封爵讓給了兒子賈珍，可是家裏頭還是要給他過生日。前一回就說了賈珍到觀裏頭去請安，又請他生日那天回家來受一家子的禮。賈敬就說：「我是清淨慣了的，我不願意往你們那是非場中去鬧去。你們必定說是我的生日，要叫我去受眾人些頭，莫過你把我從前注的《陰騭文》給我令人好好的寫出來刻了，比叫我無故受眾人的頭還強百倍呢。倘或後日這兩日一家子要來，你就在家裏好好的款待他們就是了。」

賈珍就依父親的意思在家裏預備兩日的筵席，把榮國府這邊親戚都請過來，當然鳳姐也去了。去了就探望秦氏的病，一看，怎麼消瘦得這麼厲害！出來的時候發現有一個人跟在後面。誰啊？賈瑞。他也是賈家遠親，在學中討份工作教那些小孩子。他不曉得吃了什麼熊心豹子膽，竟然敢在鳳姐頭上動土，打她的主意了。

「見熙鳳賈瑞起淫心」，寫一段插曲，其實主要是再寫鳳姐這個人。鳳姐是見人說人話、見鬼說鬼話的一個人，她有各種面貌，所以呢，曹雪芹也設計了各種人物跟鳳姐互動，來反映鳳姐的個性。我們看到了，她在賈母面前是一套，在那些姑娘們面前又是一套；她在劉姥姥面前是一套，在這個賈瑞面前又是一套。

賈瑞跟在後面當然是想引逗她，「嫂子連我也不認得了？」這麼搭訕，「不是不認得」，鳳姐看看，「不想到是大爺到這裏來」。賈瑞說：「也是合該我與嫂子有緣」，這個賈瑞真不識相，敢說這種話，鳳姐當然很聰明，一下就知道了。你看她怎麼講話，她說：「怨不得你哥哥時常提你，說你很好。今日見了，聽你說這幾句話兒，就知道你是個聰明和氣的人了。」給他一點甜頭吃吃。賈瑞一聽不得了，往下就講了，他要到她家裏邊去，要去請安什麼的。這個鳳姐心裏當然有數了，等他到她家裏來的時候，當然跟他假意周旋一下。鳳姐的手腕，下回就知道了。

【第十二回】王熙鳳毒設相思局　賈天祥正照風月鑑

這一回看起來是一個鬧劇、喜劇，其實也滿有寓意在裏頭，把本來滿嚴肅的風月寶鑑——談色啊、空啊這類大道理，曹雪芹用一個comedy呈現出來。

賈瑞不識相，跑到鳳姐家裏邊來了，入了虎穴，看看鳳姐怎麼應付他的。賈瑞見了鳳姐，逃逗她囉！說「二哥哥怎麼還不回來？」故意講賈璉叫你空閨獨守，心裏邊想，我來陪陪你吧！鳳姐說：「不知什麼原故」，賈瑞就笑說：「別是路上有人絆住了腳了，捨不得回來也未可知？」鳳姐怎麼答？「也未可知。男人家見一個愛一個也是有的。」鳳姐有意賣個縫隙，賈瑞馬上接話：「嫂子這話說錯了，我就不這樣。」鳳姐笑道：「像你這樣的人能有幾個呢，十個裏也挑不出一個來。」這個蠢東西，真滑稽！以為鳳姐講的是真話。你看看，下面形容寫得真好：抓耳撓腮，喜的那個賈瑞醜態畢露了。忙說：「嫂子天天也悶的很」，鳳姐說：「正是呢，只盼個人來說話解解悶兒。」賈瑞笑道：「我倒天天閑著，天天過來替嫂子解解閑悶可好不好？」鳳姐笑道：「你哄我呢，你那裏肯往我這裏來。」這個鳳姐，難怪說身量苗條、體格風騷，很懂得風騷的。賈瑞怎麼說，「我在嫂子跟前，若有一點謊話，天打雷劈！只因素日聞得人說，嫂子是個利害人，在你跟前一點也錯不得。」接著這麼說：「如今見嫂子最是個有說有笑極疼人的」有說有笑！我想，王熙鳳笑起來就可怕了。「粉面含春威不露」，這就是講她！「果然你是個明白人，」你看看鳳姐這會兒挑逗人：「比賈蓉兩個強遠了。我看他那樣清秀，只當他們心裏明白，誰知竟是兩個糊塗蟲，一點不知人心。」各種挑逗讓賈瑞上鉤，然後耍他一下。

毒設相思局，很可笑的。把賈瑞狠狠耍了一回，賈瑞得了相思病，這樣醫也不好，那樣醫也不好。王夫人當然覺得該救人一命，叫王熙鳳給些人參補一下，王熙鳳說沒有了，王夫人說你再去找找。這王熙鳳真做得出來，就找了一些沫子、人參渣子給他吃，吃了也沒什麼用。正病懨懨的時候，有個道士來了，給他一面鏡子，鏡子正面是個美人，背面是個骷髏。道士說，你只能看背面，看另一面的話，就糟了。賈瑞一看骷髏嚇一跳，翻過來看美人，好像鳳姐招他進去，來來來！他跑進去，這就入了色了。記得嗎？《紅樓夢》也叫《風月寶鑑》，就是色空的這一套說法。其實鏡子兩面是一面，色即是空，美人跟骷髏是一體兩面。紅粉骷髏這個意象其實根本就是一個空字，入了色，最後就得了骷髏，所以一病嗚呼。

這個賈瑞當然是一個插曲，另一面寫鳳姐，鳳姐這個人是厲害角色，動她的腦筋不行的，她對付人有好多套，對付賈瑞又是一套。曹雪芹用側面、反面、背面寫鳳姐，用各種角度來看她，用多樣曲筆來寫她，鳳姐是個重要人物，可能也是這本小說裏面寫人物寫得最好的一個。大家看小說，絕不會忘記王鳳姐這個人物。賈瑞一命嗚呼了，秦氏的病也越來越重，怎麼醫都醫不好。這一天，突然間鳳姐做了個夢——

【第十三回】秦可卿死封龍禁尉 王熙鳳協理寧國府

這一回，秦可卿病亡。秦可卿死的時候，鳳姐突然間做了一個夢，恍惚間，秦氏的鬼魂來了。為什麼挑上鳳姐呢？因為鳳姐是榮國府的掌家人。

秦氏在某方面是一個象徵人物，她的鬼魂來跟鳳姐交代一些話，很要緊的。她交代什麼？她講了賈家的命運。她講，嬸嬸你是掌家的人，有些事你要知道。她說了一番「月滿則虧，水滿則溢」的道理——這是曹雪芹寫這本書的人生哲學，也是道家、佛家講的人生哲學。書開頭不就點出來了嗎？好了，好了，「好就是了，了就是好」，月到了滿則虧，這是自然界的現象，也是人生的道理。月亮最滿的時候，就是月亮開始虧的時候，人生最高峯的時候，也是往下跌的那一刻。中國的人生哲學，爬得越高，摔下來越重。秦氏講，我們賈家，赫赫揚揚已經近百年了，已經到了由盛入衰的時候，哪天樂極生悲的時候，不要應了俗話「樹倒猢猻散」的悲劇。曹雪芹寫這一段應該是有感而發的。對比他自己的曹家，前前後後也有六、七十年的顯赫，但數度抄家，樂極生悲來得很快。

鳳姐一聽秦氏此話，「**心胸不快**」，庚辰本這裏有個錯字：心胸「大」快，絕對不是「大」字，把它改過來。一定是鳳姐聽了不舒服了，「忙問道：這話慮的極是，但有何法可以永保無虞？」鳳姐到底是世俗中人，秦氏已經講了「月滿則虧，水滿則溢」，她那時還沒有了悟到人生的常規，秦氏冷笑道：「嬸子好痴也。否極泰來，榮辱自古周而復始，豈人力能可保常的。」這就是人生的一個常理，不可能興一輩子的，一定是興榮衰敗互相交替，怎麼可能逆勢而行。所以呢，她說，在盛的時候要有所規畫，到了衰的時候，還可以保點元氣，不至於一敗塗地。秦氏就提醒她了，一來你曉得賈家靠什麼？靠鄉下農村裏有好多田地，每年可以收成、收租，靠這個撐一下，當然還有別的生意收入，現在趁著田地多，趕快規畫一部分，當做祖塋供祀家廟家祠之用，即使以後犯了法也不會充公的，這一塊趁早經營起來。還有鄉村的學校，要把它設立起來，萬一以後有一天衰下去了，自己的子弟還可以入學，還可以回到鄉下去務農。

表面看起來，賈府這個時候離衰敗還早呢！雖然衰敗的種子已經鋪植下去，但此刻還正往上走，看看有一件非常的喜事即將來了——皇帝賜元妃回家省親，大觀園要蓋起來，賈府聲勢更不得了（鳳姐此刻還不知道）。秦氏用「烈火烹油、鮮花著錦之盛」來形容。你想，烈火上面灑一把油，嘎一聲往上噴；鮮花夠美了，還要鋪布在錦緞上，可是，「也不過是瞬息的繁華」，轉眼就過了，「一時的歡樂，萬不可忘了那『盛筵必散』的俗語。」天下無不散的宴席，無論多麼歡樂，總歸有散的那一刻。中國人喜歡圓滿，喜歡坐圓桌子，過年過節，都坐得滿滿的一個圓，一走掉，一空，一個圓沒有了，圓滿沒有了。

所以秦氏說這個俗語，勸鳳姐別看眼前喜事，如果不早慮，恐怕後悔不及。鳳姐問什麼喜事呢？秦氏說天機不可洩漏。最後她說我有兩句話你一定要記得，什麼呢？「三春去後諸芳盡，各自須尋各自門」。三春何所指，一般講春天，三春是初春、仲春、暮春，賈府的三春，最要緊的是元春，賈府之盛，背後有元春撐著，她是皇帝的妃子。如果元春在的話，皇帝即使要抄家，可能還要留點情面，後來元春死了，不留情了，說抄家就抄家了。賈府不是有四春嘛！元春、迎春、探春、惜春，四個春，因為不能說「四春去後諸芳盡」，三春是講最後完結的時候，那幾個春都不見了，結局都不是那麼好。元春死得早，「虎兔相逢大夢歸」，虎年兔年碰在一起的時候，元春死了。迎春嫁錯了人，很年輕給折磨死了。三姑娘探春算是結果好的，遠嫁，嫁到海疆那邊去了，回也回不來。惜春，出家當尼姑了。所以，「三春去後諸芳盡」，當這幾個春不在的時候，春天也沒有了，諸芳盡了。「各自須尋各自門」，只好各自紛飛，大觀園通通散掉了。所以，秦氏講給鳳姐聽，現在要好好地去規畫，「鳳姐還欲問時，只聽二門上傳事雲板連扣四下。」雲板，是當時用來傳訊息的，雲板四下，正是喪音。以前看了這一回，我也是跟鳳姐一樣，一驚！這一敲，不光是秦氏之死報喪音，這一敲，賈府在這麼盛的時候，府中第一得意之人，最美的一個媳婦死了，這就是一個不祥之兆。

我們看莎士比亞那些戲劇，常常很多 warning，很多預兆，《馬克白》不是有四個女巫嗎？一下子出來一下，跟觀眾說，這些人要發生什麼事情了。還有希臘悲劇也是，一下呢 chorus 出來唱一下，天神要怎樣了。這種 warning，《紅樓夢》裏面也常有，秦氏的鬼魂就是一個。雲板四下即是喪音，這個喪音我覺得不光是秦氏之死、賈府之衰，可能我想的更 over-interpret 一點，這一敲也敲了我們整個中華文明要衰落的一個喪音。《紅樓夢》出現的時候，中國傳統文化已經唱出了最後最精采的「天鵝之歌」。

賈府最盛的時候，這喪音出現，鳳姐這一下子驚醒了，嚇了一身冷汗，東府蓉大奶奶沒有了，死了。大家都很驚訝、很傷痛，你看看寶玉的反應：「如今從夢中聽見說秦氏死了，連忙翻身爬起來，只覺心中似戳了一刀的不忍，哇的一聲，直奔出一口血來。」這麼強烈的反應！有的人就說了，賈寶玉這個叔叔，跟姪媳婦之間有什麼曖昧之情，因為他在她房中做了個春夢嘛！我想不是這個意思。秦氏對寶玉而言，象徵意義大過實體，象徵意義是，這麼一個幾乎是完美的女性，突然間夭折了，對他來講，第一次遇見死亡這件事，第一次想到了人生無常。寶玉是最敏感的一個人，他對於人的命運也是最敏感的，突然間這種刺激非常大，也就是從這個時候開始，他看見了一個一個的死亡。秦可卿之後，秦鐘死了，接著身邊許多他愛的人都死了，到了最後，黛玉之死，他真正了悟了人生，生命是有限的，時間只有一段，不是無限制的。

寶玉聽了秦氏的死，衝擊非常大。當然，每個人的反應不一樣，賈珍就哭得像淚人一樣，說：「誰不知我這媳婦比兒子還強十倍。」對婦媳的死非常痛心，要買最好最高規格的棺木給她，所以，有人講公公爬灰這個事情確有蛛絲馬跡可尋，但曹雪芹沒有寫明。賈珍對秦氏的反應相當不尋常。看看！秦氏的葬禮那麼隆重，也不過是寧國府的一個孫媳婦死了而已，卻驚動了多少王公貴戚都來祭拜，甚至路邊也有祭拜，那些公爵、伯爵、侯爵都來了，從這點，就可以看賈府之盛，跟秦氏託夢警告的剛好相反。賈珍當然不知道有託夢之事，也不會感覺賈府有什麼問題，他拚命地張揚，也因為張揚得起。

曹雪芹下足了筆力寫秦氏之死、秦氏之喪，當然有他的目的。我講過，《紅樓夢》很重要的就是寫賈府興衰，如果前面不把「興」寫夠、寫足，顯不出後面的「衰」。所以秦氏之喪，一個孫媳婦之死寫得這麼隆重鋪張，看看那個儀式，中國人的宗法社會的那些繁文縟節，對照最後賈家被抄了以後，賈母死了，這賈府裏地位最高的一位人物，她發喪的時候多麼淒涼。前後對照、對比，是《紅樓夢》裏很重要的一種手法。人物的對比，情景的對比，前後興衰的對比，各種的對比，所以藉秦氏之喪如此誇張，不是隨便寫的，是以此來表示賈府的聲勢之大、之盛。那麼多的公侯伯爵來逢迎，他們不完全看賈府面子，上面還有一個賈妃，元春那時候很得寵，皇帝封為「鳳藻宮」，還要封她「賢德妃」。官場裏面的文化，尤其是有皇家的關係，元妃在的時候，賈家勢力才這麼大，才有這麼隆重的喪禮。中國人的婚喪喜慶就看出一個家世，反映著社會地位，到今天在臺灣仍然如此。這一回看完，以後大家對照著看賈府抄家賈母死時的那種淒涼，也就應了秦氏講的一番話。

如果換一個作家，也許不會這樣鉅細靡遺的寫秦氏的喪葬，這是很繁瑣的鋪陳。哪個什麼公來送了什麼東西，細碎的不得了，都得一點一點細細地寫。有這麼多人來來往往，什麼北靜王、南安王，通通來祭拜，都不是隨便寫的。後來這些王爺再出現的時候，是來抄家的，前面來奉承，再來是抄家，寫這些王爺，多麼地諷刺。如果前面秦氏之喪草草幾筆，如何能有這麼大的對照感受？所以曹雪芹盡力地濃彩重筆，下了很大的功夫。

秦氏死了，東府一團亂，掌家的應該是賈珍的太太尤氏。尤氏這個人比較寬厚、懦弱，持家手腕比起鳳姐差了一大截。而且呢，秦可卿死了尤氏就生病了，有研究《紅樓夢》的專家就以此佐證，賈珍跟秦氏有染，在天香樓裏被一個丫頭撞見，因而羞愧吊頸死了，尤氏是氣病了。曹雪芹未寫，也就無所據，不管怎麼樣，尤氏病了。況且辦秦氏的喪禮牽涉人情那麼廣，沒有一個能幹的人出來掌管怎麼擺得平？賈珍靈機一動，想把鳳姐借過來暫管寧國府。開始的時候王夫人還有一點怕鳳姐做不來，悄悄問她說：你行不行啊？其實，鳳姐喜歡攬權，喜歡秀她自己，不大展身手也怕下面的人不服她，賈珍來請正是逞能的機會。接下來一回，曹雪芹寫鳳姐作為一個 administrator，作為一個行政主管，她怎麼樣的來掌管這個家。

【第十四回】林如海捐館揚州城 賈寶玉路謁北靜王

王熙鳳被賈珍請來管寧國府，下面都緊張了，寧國府的人什麼反應呢？二一一頁：「話說寧國府中都總管來升……」，這個名字「來升」我有點懷疑，程乙本是「賴升」。大總管姓賴，庚辰本是來。賈府幾個大管事的，周瑞、吳新登……都是有名有姓的，下面一層的傭人，什麼興兒、旺兒，才是名字。不管賴升、來升，他進來警告下面那些人了：大家辛苦一下，請了西府的璉二奶奶來了。你看他怎麼講話：「那是個有名的烈貨，臉酸心硬，一時惱了，不認人的。」先警告這些人，這個璉二奶奶來，就繃緊了，不要丟了臉。

鳳姐當然有一套，一來就說，既然託了我，就不怕逼著你們討厭了。我不像你們奶奶那麼好講話，先講明了的，不要跟我說從前規矩怎麼樣，沒這套，就聽我的！一來先給個下馬威，把這些人組織起來。這二十個人負責做什麼清清楚楚，打爛了杯子你賠，少了一炷香你賠，通通賞罰分明，每個人怎麼來取牌、怎麼領物，有條不紊。到底是王鳳姐，是個能幹人，也是一個烈貨。有一個人來晚了，放在那兒不動，好，你來晚了是吧！

完了以後，對那個人臉一拉說：今天你來晚了，明天我來晚了，我還怎麼管呢？拉下去打二十板，打了再說。這一打了誰還敢遲到？鳳姐賞罰分明，做對了她就講：你們辛苦一個月吧，完了你們大爺也會賞你們的。也表示了王熙鳳的威，王熙鳳的能，王熙鳳的處事。其實王鳳姐這個人是很多面的，她有很厲害、很能幹的一面，也有很懂事的一面，賈府這麼複雜，要應付上中下三層的人，不是容易的事。這一回充分地顯示了鳳姐的能，鳳姐的威，寫得很好。我講嘛，曹雪芹已經多次徹底的寫她了，都給她一幕戲，給她一個場景，讓她發揮她的個性。

中國小說從前有說書的系統，說書人出來講，王鳳姐怎麼樣一個人，講一大堆。在《紅樓夢》裏，我們看不見作者，作者是隱形的。西方小說十九世紀以後有所謂的隱形作者，你看不到作者本人在哪裏，他就讓那個 character，那個人物自己說話、自己表演，作者把人物放到某一場景，給他製造了一個世界，讓他自己去演，讓讀者自己判斷，作者不來干擾你的看法，因為作者出來講話，讀者不一定相信他。王熙鳳這一幕，自己一出來就表現出她是一個怎麼樣的人，鳳姐是一個 round character，所謂的周圓人物，方方面面地寫她，後面還有很精采的等著讀者喔！

第十三、十四回都提到了一個人物「北靜王」，是出現不多卻對賈府命運很關鍵的人物。先看二一九頁北靜王，庚辰本給他的名字很奇怪——水溶，這個看起來不像個名字，注意啊！這不是旗人的名字。程乙本是「世榮」，這比較像。我想這跟前面的「來

北靜王

升」「賴升」，是同樣的抄本的問題。賈寶玉跟北靜王是投緣的，《紅樓夢》裏有四個男人，寶玉的看法不一樣，第一個是已經講的秦鐘，跟他是很特殊的關係。第二個北靜王，「每不以官俗國體所縛」，寶玉不喜歡熱中名利整天在官場爭利祿的男人，不喜歡不尊重女性、好色急色的濁臭之夫。北靜王跟他們這些人不一樣，而且相貌堂堂，這也很要緊的。

【第十五回】
王鳳姐弄權鐵檻寺　秦鯨卿得趣饅頭庵

這回續講北靜王，看看二二五頁：「面如美玉，目似明星，真好秀麗人物。」面如美玉，以玉比喻北靜王的面貌，這不是隨便形容的。我說過，書裏講到「玉」這個字，就要特別留心。不是斜玉哦，斜玉就不行了，像賈瑞、賈璉，都是斜玉邊。北靜王整個人看起來，有點像神仙人物，像我們心目中天降仙神時的那種人物。北靜王對賈寶玉的命運，對賈家的命運，都有很重要的關聯，雖然他只出現這麼兩下。

寶玉非常仰敬北靜王，因為他不為禮俗所拘，跟自己個性相近，面貌又如神仙中人。北靜王對寶玉當然也非常欣賞，給了他一個禮物，什麼禮物呢？一串皇帝賞的念珠，當然很珍貴的。寶玉後來就把這個念珠拿去給黛玉——最好的給她。黛玉把它一丟，「什麼臭男人拿過的！我不要他。」林姑娘把它一丟甩掉了。這裏頭有非常多的象徵意義，後來有一個伶人蔣玉菡出現，賈寶玉跟蔣玉菡見面又互相生情，就互贈表記。蔣玉菡給了寶玉一條紅色的汗巾子，這汗巾子原是北靜王給蔣玉菡的。賈寶玉為了跟他交換，就把身上綁著的一條綠色的汗巾子給了蔣玉菡，這條原本屬於襲人的。這一交換下來，等於北靜王替賈寶玉定了命運，定了寶玉生命中兩個重要人物蔣玉菡跟花襲人的命運。書的最後，蔣玉菡娶了花襲人，打開箱子一看，紅綠一對兩條汗巾，原來冥冥中北靜王老早已經給他們兩個定下了。黛玉一丟掉念珠，就沒了那個緣，寶玉本來跟黛玉有可能的。黛玉丟掉了blessing，丟掉等於是祝福她的一串念珠，無緣了。花襲人無意間得到了汗巾子，最後就跟蔣玉菡成了親，他們兩個成親有很重要的象徵意義，我以後再細講。讀《紅樓夢》，我常提醒大家，不要漏掉小細節，很多小節有它很深的意義的，所謂的「草蛇灰線」、「千里伏筆」，好早以前點那麼一筆，最後就用到，前後照應很要緊的。

北靜王當然是真的一個王爺，賈府後來到了非常危急的時候，北靜工又出現了，救他們一把，所以北靜王不光是貌似仙神，可能也真的有所來歷。《紅樓夢》裏很多是象徵人物，同時也是實在的人物，連寶黛二人也是如此。本來他們兩個是仙身歷劫，但他們又是實實在在的人身。這本書寫實寫得頂經典，象徵意義又非常深妙。這一回北靜王第一次出現，看似很不經意的一筆下來，其實大有深意。

「王鳳姐弄權鐵檻寺」在這一回裏又是怎麼回事？鳳姐掌權管家還不夠，還貪財攬事，她在外面兜攬了些案子，從中牟利，得了幾千兩銀子。後來她還放高利貸、斂財，到最後應了〈好了歌〉那句話：**及到多時眼閉了**，斂了一輩子的財，最後抄家抄得精光。這又是寫鳳姐的另一筆。

秦鯨卿（秦鐘）對賈寶玉也是相當重要的一個人物，他跟秦可卿一樣，都是啟發賈寶玉走上情的道路上的人，一個是女性，一個是男性，兩個人對寶玉已經啟發了情的一種萌動，卻又早早夭折，讓他看到情的脆弱。這一對手足都長得非常美，秦氏之死著墨很多，秦鐘死的時候，第十六回二四七頁最後一個 paragraph 段落，需要細看比較一下兩個版本。

秦鐘昏迷了，夢到閻王派了小鬼要把他拉走，寶玉趕到了，叫了一聲：「鯨兄！寶玉來了。」這是庚辰本。程乙本不同，他叫「鯨哥」，不是「鯨兄」，一字之差，這兩個意義就不一樣了。我想以曹雪芹心思這麼密的人，小地方不會寫差的。秦鐘要死了，寶玉叫他，他對他感情很好，叫他「鯨哥」。雖然寶玉年紀比他大，雖然秦鐘是姪子輩，因為特殊的感情，所以叫他「鯨哥」，跟客套的「鯨兄」是不一樣的。

二四八頁，好多小鬼來提他啦，秦鐘捨不得走，心裏頭有記掛。庚辰本突然跑出這麼一句話：「又記掛著父親還有留積下的三四千兩銀子」，多出這麼一句來，程乙本沒有的。秦鐘要死了，還掛著銀子，這個恐怕不是秦鐘的個性，恐怕寶玉也不會喜歡。到了最後這段，也有問題。秦鐘被那些小鬼一拉，寶玉來了，那個判官就講，哎呀！來個陽世那麼氣盛的人，還是放他回去吧。那小鬼說，陽間管不了陰間，還是把他拉走。程乙本拉走就拉走了，庚辰本把秦鐘的魂又放回來了，放回來還不打緊，他又講了這麼幾句話：「以前你我見識自為高過世人，我今日才知自誤了。以後還該立志功名，以榮耀顯達為是。」這幾句話不像是秦鐘講的，他講這話，寶玉早一腳把他踢開了。連史湘雲勸寶玉幾句做官，他都把她推出門去，凡勸他做官、立志的，最聽不下去。我想秦鐘也應該了解他，不會講這種話，程乙本沒這一段的。秦鐘死了就死了，回不來了，回來還勸寶玉做官去，這段我看是多餘的敗筆，應該又是抄本的問題。

【第十六回】賈元春才選鳳藻宮　秦鯨卿夭逝黃泉路

這一回和下一回，有件大事來了。賈元春得皇帝寵幸，選為「鳳藻宮」，封為「賢德妃」，而且盛寵有加，讓她回到賈家去探親，在小說裏，這是件大事。現實中，講到曹雪芹的身世，他的祖父曹寅也曾四次接駕康熙，虧空了不少銀兩，還好康熙知道是為他用掉了，暗地裏又給補起來，所以一次接駕是不得了的花費。皇妃回家省親，賈家要蓋個大觀園，蓋那麼大的一個花園來歡迎元妃；還到蘇州去買個戲班子，特別唱戲給元妃聽。元妃回來了要舉行法會、念經，就特別去延請了尼姑道士，在園子裏蓋了廟給他們住。

大觀園在《紅樓夢》裏面，是個非常重要的 symbol 象徵，大觀，大觀全局，曹雪芹從高高在上的天眼，來看世界上的芸芸眾生。大觀園裏那些花花草草，那些女孩子們都是花花朵朵，以寶玉為「諸艷之冠」，馬上要演出大觀園的一齣戲來。像天眼看著園子裏的春夏秋冬花開花落，看著這些人生命的過程。大觀園也是曹雪芹心中一個理想國，寶玉的理想世界。在大觀園裏，是他跟那些女孩子們最快樂的青春歲月，大觀園是寶玉和這羣姑娘們的兒童樂園，度過他們的 adolescence 青少年時候最快樂的日子。

大觀園的那些意義要怎麼寫？又來了！我想，有好多方式可以寫大觀園，你可以很客觀地描述瀟湘館、怡紅院、稻香村……什麼什麼，寫了個半天，恐怕讀者越看越糊塗。這麼大的園子全是些花花草草，怎麼講得清楚？要選一個什麼角度來寫，這就是一個作家的功力了。

曹雪芹選什麼角度？他選了賈政。賈政帶了一羣他的所謂「清客」到大觀園。從前，這些大官家裏，總喜歡招來一些名士、清客，吟詩作賦，附庸風雅一番，賈府裏也有這麼一羣人。賈政就帶了這麼一羣人進園，做什麼呢？中國人嘛！每個景、每個亭子要題字，題對聯，題匾額，這都要有學問的，古文根底、舊詩詞根底很好才行。賈政本人《四書》讀得很通，他自己謙稱詩詞不行（恐怕也是真的），要清客來題詩，又交代把寶玉帶進來。寶玉不過十幾歲的小孩子，做對聯什麼的，那羣清客比寶玉題得好的很多，為什麼要寶玉呢？實際上的原因是：元妃還沒出嫁的時候，寶玉識字是她親自教授的，她不光是姐姐，對這個小弟弟也有母親的寵愛和責任在裏頭，讓寶玉來題寫，當然是為了取悅元妃，顯顯他的才。賈政也知道寶玉的才在詩詞上，雖然也狠狠地罵他穠詞艷詩，專門搞這套東西，很不以為然，不過這時候派上用場了。當然，這是曹雪芹的刻意安排，讓寶玉上場，讀者就跟著寶玉的眼光來看大觀園的第一次亮相，這個意義是不同的。

寶玉看大觀園，他的評論，這裏好，那裏不好，這裏怎麼樣，那裏怎麼樣，他題的那些詩詞，都是他對那個地方的形容。以後，誰是大觀園的主人？怡紅公子。怡紅院的主人，就是大觀園的園主。在大觀園裏，他總領羣芳，所以要他來品題大觀園。這些題字題詞，都是寶玉對大觀園的理想。

曹雪芹就是博學，什麼都通，又會看病，又懂建築，畫畫也懂，無事不通。所以他寫《紅樓夢》也是個百科全書。我去過蘇州好多次，也看過那些園林好多次，曹雪芹寫園林的架設，就是江南風格。大觀園在南京，有許多蘇州庭園的借景，大家要慢慢看、細細看。中國園林的布置，處處有講究，植物也有講究的。瀟湘館種什麼？竹子！林黛玉的筆名叫做瀟湘妃子，大家都知道娥皇女英的故事，林黛玉喜歡哭，眼淚掉在竹子上變成斑竹，斑斑點點的斑竹。瀟湘館的竹子「龍吟細細，鳳尾森森」，很漂亮的。怡紅院裏邊呢，又有海棠，又有芭蕉。海棠是紅的，芭蕉是綠的，紅綠對開。一紅一綠，是《紅樓夢》裏邊最常用的顏色，這些都有講究的。

賈政引了寶玉，一步一步、一個一個去看，要他題，他就題出來。寶玉當然顯顯他詩詞的才，那些清客當然也會逢迎拍馬，他講一句，下面就叫好。到了瀟湘館的時候，看到那個亭子，「有鳳來儀」這麼講一下，大家叫好，不得了，都是在逢迎他，逢迎一個十幾歲的孩子，讓賈政高興。賈政表面呵斥，其實心裏面高興的，寶玉平常在父親面前老鼠見到貓一樣，嚇得根本什麼話都不敢講，讚美他幾句以後，就得意起來，也敢放膽說了。

二五八頁，到了稻香村這裏了。本來呢，不管瀟湘館也好，怡紅院也好，花草布置都非常合適，都精心想過的。到了稻香村這裏，弄了個農村似的，又有桑樹，又有榆樹，又種蔬菜……賈政一看這個地方很樸實，有點歸農的味道，很高興，就問寶玉這地方好不好，故意考他。寶玉說，不及有鳳來儀，比瀟湘館差遠了。賈政就罵，無知蠢物，只會朱樓畫棟，喜歡那種華麗東西，這種純樸的地方就不懂，可見得沒有好好念書的關係。寶玉以往從來不敢對父親反駁的，這下子牛脾氣來了，反問他父親：「老爺教訓的固是，但古人常云『天然』二字，不知何意？」意思是說，你懂不懂天然兩個字？下面那些清客緊張了，「眾人忙道：別的都明白，為何連『天然』不知？」搶著講了一頓。寶玉很不以為然，說：「此處置一田莊……下無通市之橋，峭然孤出，似非大觀。爭似先處有自然之理，得自然之氣，雖種竹引泉，亦不傷於穿鑿。古人云『天然圖畫』四字，正畏非其地而強為地，非其山而強為山，雖百般精而終不相宜……」，還沒講完，政老爺受不了了，氣得喝命：「叉出去！」你給我滾。

這一段看起來，好像父子兩個人的拌嘴，其實要表達的是兩種理念。賈政，代表儒家那一套核心價值，儒家最要緊的是社會秩序，一切合乎禮教，甚至於自然，也要人為地把它規畫清楚。寶玉呢，是個自然人，傾向道家的歸真返璞，反對一切禮俗束縛。道家對儒家來說，非常有顛覆性。寶玉看到一個違反自然假象的東西，就不以為然。儒家跟道家人生觀的衝突，對於宇宙、社會的看法，藉著對大觀園的解釋，父子倆各說各理，互相衝突。賈政講不過兒子了，氣得以父權說「叉出去！」叉了一會兒，又說你給我再回來，再往下走題聯，「若不通，一併打嘴！」拿父權來壓了。好了，又往下走，大觀園一景一物，慢慢通過我們心中這個 tour，由賈政、寶玉來做嚮導，遊了一趟大觀園。

還記得開始的時候，寧國府跟榮國府，是透過誰來呈現呢？透過黛玉眼中看見二府的氣勢。這回，是透過賈政和寶玉來看一遍大觀園，尤其是寶玉的眼光，他那些詩詞，都是他的觀點所看到的。等到後面第三十九回、四十回的時候，另外一個人會再來看一遍，劉姥姥進大觀園，是書裏頭另一個高潮。鄉下老太太來看大觀園，又是另外一番景象，給讀者完全不同的意義，完全不同的感受，這也是曹雪芹高明的地方。

好，一行人繼續走，到二六二頁，一個玉石牌坊出來了。「只見正面現出一座玉石牌坊來，上面龍蟠螭護，玲瓏鑿就。賈政道：『此處書以何文？』眾人道：『必是「蓬萊仙境」方妙。』賈政搖頭不語。」賈政不喜歡。「寶玉見了這個所在，心中忽有所動，尋思起來，倒像那裏曾見過的一般，卻一時想不起那年月日的事了。賈政又命他作題，寶玉只顧細思前景，全無心於此了。眾人不知其意，只當他受了這半日的折磨，精神耗散，才盡詞窮了；再要考難逼迫，著了急，或生出事來，倒不便。」寶玉似曾相識的地方是什麼？大家還記得嗎？也是個牌坊，他夢裏見到的「太虛幻境」，上書「孽海情天」。我說過，大觀園就是寶玉心中人間的太虛幻境，他夢中看到的那個太虛幻境，是真正的天上的一個仙境。太虛幻境與大觀園，互相對應的。那個太虛幻境裏，春花永遠不會謝，仙子永遠不會老，因為時間是停頓的，timeless 沒有時間，停頓在永遠的春天。大觀園不同，大觀園有春夏秋冬，時間是移動的，時間會毀滅一切，最後必定是崩潰的命運。所以寶玉他們的童年在這裏，只有很短暫的幾年，他的仙境是暫時的，他們慢慢長大，到了時候，「三春去後諸芳盡，各自須尋各自門」，百花不管多麼鮮艷，都捱不過秋天。秋後百花凋零，晴雯死了，黛玉死了，迎春嫁了死了，探春遠嫁，惜春當尼姑去了，大觀園，散掉了。這個時候是寫大觀園的開始，劉姥姥那一回寫大觀園的極盛，到了最後大觀園荒涼的時候，寶玉再回來，那時黛玉已經死了，他經過瀟湘館，聽到裏面有鬼哭。這三個階段寫大觀園，寫得非常好，大觀園的盛衰，也就是寧國府、榮國府的盛衰，也就是人生春夏秋冬的過程。

《紅樓夢》的悲劇，並不是一個突發性的意外，而是人生必然的過程，王國維也講過「無常」的感受，在書裏以各種方式呈現。所以寶玉看到這個地方，心中一動，但他還太年輕，很多東西似懂非懂，他慢慢慢慢領悟，最後他又回到太虛幻境，又看到那些女孩子們的命運之冊，才了悟到人生原來如此，卻已經無語了。現在是大觀園剛剛開始，大家慢慢看，大觀園有很多很多場景，他們在吟詩作賦，賞月啖蟹，四季清歡，真是人間的兒童樂園，是他們最開心、無拘無束、沒有任何成年人的負擔的時候。寶玉心中最希望的是筵席永不散，所以在大觀園裏有好多場景，寫得非常好，寫它的熱鬧，寫它的盛，沒有前面的盛，托不出後面的衰，所以寫極盛時下筆很重的，每一景都不放過，刻畫得非常仔細，等於是工筆畫一樣把整個大觀園畫出來。它寫實的本事到了極點，它的象徵意義更大。所以，大家讀之前心裏要先有個概念，從寫實與象徵這兩方面來細細體味。

元妃省親前，大觀園各個地方通通命名題寫完成，蘇州買來的小伶人、小戲子，還有一些尼姑道士通通來了。寶玉跟黛玉這兩個小孩（那個時候年紀都很小）也在商量，你喜歡哪個地方，我喜歡哪個地方。黛玉看中瀟湘館，她喜歡那幾根竹子。寶玉說，我也喜歡，其實我心中也希望你住在那裏。為什麼？寶玉喜歡怡紅院，怡紅院跟瀟湘館近，他們兩個感情很好的。寶玉跟黛玉，兩小無猜，是《紅樓夢》裏很可愛的場景。你看看，林姑娘她做女紅，她不常做的，因為她身體不好，不讓她多做這種東西，勞神！可她要替寶玉做一個小香袋，感情好嘛！他們一見面，就覺得似曾相識，兩人是緣定三生，本來就有絳珠仙草跟神瑛侍者的一段仙緣，所以到了塵世，還要繼續那種緣分。黛玉，當然有些小性子，對寶玉有 teenager 式的情感。寶玉作詩回來受了獎賞，一高興起來，把身上的東西都給下面的僕人拿走了，他也無所謂。黛玉一聽，都給拿走了，「我替你做的香袋也拿走了吧！」寶玉逗她，不告訴她。黛玉生氣了，「以後還想我做不行了！」寶玉掏出來，黛玉不好意思了，拿了就剪。這下子不得了，林姑娘又要哭，寶玉又要來勸，那個時候，有一種小兒女的情態。現在的男女談起戀愛來，是不是還有這一套？可能也有吧！可能有些女孩子也要撒撒嬌，男孩子要賠賠小罪。小時候黛玉經常要寶哥哥哄的，也就是這樣不自覺的有了男女的感情，他們自己也不承認。這份情是慢慢慢慢發覺，無意中生起來的，兩個感情很好是事實。不過，沒辦法，所有女孩子賈寶玉他都喜歡，他希望所有女孩子的眼淚都給他，成了條長河，他就慢慢漂下去。難怪黛玉常常要耍耍小性子。

大觀園裏的女孩子、男孩子，都過分早熟、早慧。十四、五歲，十三、四歲，就寫得一手好詩，學問也好得不得了。這些少爺小姐們當然都是理想的，我想那時候十幾歲的孩子，可能那麼早熟的並不多。可能從前的教育，對整個人生的思考會比較早一點吧，他們都是對人生老早就有想法的，塑造的這些人物也配合了整本書所要傳達的思想和意義。

【第十七回至十八回】大觀園試才題對額　榮國府歸省慶元宵

我們來看第十七回、第十八回。庚辰本第十八回沒有回目，程乙本呢？有回目的，是「皇恩重元妃省父母，天倫樂寶玉呈才藻」，庚辰本十七回、十八回混在一起了。

這一回二七〇頁庚辰本有點問題，我提出給大家參考：賈府以非常隆重的禮儀等著接皇妃，從賈母開始，都穿著朝服，等在那個地方。大觀園裏面，到處張燈結綵，說不盡的富貴風流。所以秦氏鬼魂說是「火上烹油」，又來了更大的喜事，「鮮花著錦」，有了鮮花還要拿錦緞裹起來，這回寫賈家極盛的時候，元妃怎麼省親，「……說不盡這太平氣象，富貴風流。——」，可是到了二七〇頁，突然一跳，跳到那塊頑石，自己講話了：「此時自己回想當初在大荒山中，青埂峯下，那等淒涼寂寞；若不虧癩僧、跛道二人攜來到此，又安能得見這般世面。本欲作一篇《燈月賦》、《省親頌》，以誌今日之事……」突然間石頭跑出來講話，這非常突兀，這不是《紅樓夢》的風格。《紅樓夢》裏作者是隱形的，你完全看不見曹雪芹在哪裏。這一段石頭講話，程乙本是沒有的。

接下來到二七〇頁倒數第五行，又出現了一段極不得體的話。說賈家世代詩書，建大觀園一定有很多文人雅士來題詞，怎會用了小孩子的來搪塞，「真似暴發新榮之家，濫使銀錢，一味抹油塗朱，畢則大書『前門綠柳垂金鎖，後戶青山列錦屏』之類，則以為大雅可觀，豈《石頭記》中通部所表之寧榮賈府所為哉！據此論之，竟大相矛盾了。諸公不知，待蠢物將原委說明，大家方知。」又來這麼一段，跟《紅樓夢》完全不合，程乙本裏面也沒有。

當初《紅樓夢》有很多抄本，有可能是曹雪芹寫下來，後來他改掉了。也可能有人抄的時候自己加上去。但以曹雪芹縝密的思維，此段是他寫的可能性極低，自稱蠢物，石頭跑出來講話，手法有點拙劣，庚辰本這兩段不對。

元妃回來了，看看當時那個架式，那種皇家規格。賈府闔家列隊迎接，等了半天，一個太監喘吁吁跑來，大叫「來了！來了！」緊張的不得了。元妃的轎子到了，大家馬上要跪拜，即使賈母、王夫人通通要跪拜，先行君臣之禮。官家的那一套完了以後，「茶已三獻，賈妃降座，樂止。」回到自己家裏，要行家禮了，元妃馬上把賈母扶起來。此時元妃對賈府是何等重要的一個人，賈府所有的榮寵，都來自於她的關係。她出現次數並不多，只有一兩次，怎麼寫這麼一個人，這麼一個皇妃？官方的排場、架式都有了，可她是個人，她是賈元春，是賈府中賈政、王夫人的大女兒，是寶玉的姐姐，是賈母的孫女。你怎麼寫她，而且筆墨不能多，也用不著多，雖然她很重要。元妃既是權力的象徵，也是一個人，如何把她變成一個 character，這就看作家的高下了。

元妃進宮，侯門深似海，王夫人、賈母就見不著了，現在回來省親，大家心中都有所感觸，哭起來了。你看她怎麼說。「半日，賈妃方忍悲強笑，安慰賈母、王夫人道：

元春

『當日既送我到那不得見人的去處，好容易今日回家娘兒們一會，不說說笑笑，反倒哭起來。一會子我去了，又不知多早晚才來！』」一句話就把她變成一個人，真的人，不僅是皇帝的妃子，也是賈家的女兒。「當日既送我到那不得見人的去處」，當皇妃那麼容易啊？三宮六院七十二妃，看看《後宮甄嬛傳》那些連續劇，鬥爭得不得了，皇妃的生活豈是好過？到那個地方一定也是滿腹的心事，跟誰講？在皇宮裏不能講的，一句抱怨都不行。「那不得見人的去處」，是有抱怨的，那個日子，可見並不好過。現在好不容易大家見面還哭，等一下我走了怎麼辦，又見不著了。滿淒涼的，滿動人的這一幕！一下子，元妃 **humanized**，賦予她人性。小說的好處就在這裏，不必多，一句話就講完了，一句話讓你生出對元妃的同情。我們會同情她的處境，不覺得她是高高在上的一個皇妃，她也非常有人性，有她自己滿腹的心事，有她自己說不出的苦處。作為皇妃，當然一方面很風光，皇帝很寵她，封她為「賢德妃」，但另一方面，可感受在那邊生活也不容易的，回來以後見了家人，感觸甚多，所以講了這麼一句話。

曹雪芹就是這種地方厲害，常常就是一開口、一句話，就好像吹口氣那個人就活了。如果不講這句話，你想想看，皇妃來，好，走了。我們心中腦中一團模糊，賈妃是怎麼樣一個人一團模糊。你也不能多描述，而且你無法去寫她宮裏的生活，都用不著，一句話夠了！「那不得見人的去處」，夠了！

寫小說，大場面寫了半天，在這節骨眼的時候一句話一點，就是畫龍點睛，就這麼一下，就把這個人物塑造成功。所以元妃後來過世的時候，賈母再去看她，讀者對她也有一種悲憫，榮華富貴並不是她的全貌。

當然，此刻回來，看寶玉題詩題得那麼好，很欣慰，因為是她親自教出來的。於是，讓園中姐妹也來寫詩、題詞，又擇幾處最喜歡的園景賜名，稱賞一番。那天晚上呢，一定要看戲了。

我講過，曹雪芹本身，家裏是有戲班子的，曹寅自己也寫傳奇本子。明清時代，士大夫寫劇本是雅事，所以傳奇跟元雜劇不太一樣。寫元雜劇的都是一些失意分子，元朝有一陣子取消科考，讀書人都沒有出路了，都跑去寫戲，戲裏面也反映不滿的情緒。元朝的士大夫地位很低，到了明朝翻過來了，明朝寫傳奇的人，有四十幾位是進士。當然，進士不一定寫得好戲，但那時很有學問的文人都寫戲、寫傳奇。

曹寅寫《續琵琶》，曹家也有戲班子，所以《紅樓夢》裏面常有看戲的場景，我想曹雪芹小時候這種場面也見多的。蘇州的十二個小戲子來了，元妃就點了四齣戲。我在想，常常《紅樓夢》看似隨便寫一下，它背後其實有意思的。元妃點的四齣戲，第一齣《豪宴》，第二齣《乞巧》，第三齣《仙緣》，第四齣是《離魂》，都是明清時候的傳奇本子。第一齣《豪宴》是《一捧雪》的折子，清初一個很有名的劇作家李玉寫的《一捧雪》。故事是講莫懷古家裏有一個寶貝，一個杯子就叫做一捧雪，奸臣因為看中了杯子，就抄他的家，把他弄得家破人亡。元妃點這四齣戲，心中可能並沒有想到太多，這也是當時非常流行的，可是據脂硯齋的批評，她所點的四齣戲伏四事，乃通部書之大過節、大關鍵。哪四件事呢？第一齣《一捧雪》是暗伏最後賈府被抄家；第二齣就是《長生殿》，講乞巧，其實就是密誓，唐明皇跟楊貴妃在七月七日乞巧，在長生殿密誓，生生世世相守。可是後來楊貴妃死了，這段愛情以悲劇收場，所以伏元妃之死。這兩者也有關聯，元妃死了以後也就牽連被抄家了。第三齣《仙緣》，出於講呂洞賓的《邯鄲記》，又叫做「黃粱一夢」。道家呂洞賓下來點化盧生，讓他做了一個夢。夢中經歷很多富貴，娶了一個富貴人家的小姐為妻，百般如意。最後一覺醒來，原來是一場夢，他爐上蒸的黃粱還沒蒸熟呢！這也是道家的一個想法，伏甄寶玉送玉，再講甄寶玉其人。但臺灣名戲劇家俞大綱認為伏寶玉出家更加合適。因為呂洞賓把盧生點醒，後來他自己出家了，這是伏寶玉出家。第四齣《離魂》，是湯顯祖《牡丹亭》的一折，講杜麗娘很年輕就死了，伏黛玉之死。看這四齣戲，都有佛、道的思想在裏頭。所以這本書有三個主流：儒家、佛家、道家，很多地方暗伏這三種思想，互相牽連，互相衝突。

這四齣戲，《長生殿》、《牡丹亭》大家可能熟悉一點，至於《邯鄲記》，我看的大陸一九八七年做的老本子的《紅樓夢》連續劇，就演了這一段。元妃省親的時候演了《邯鄲記》，講人生的一場繁華夢，賈母看了臉上突然有悲戚之感，那一幕很動人的。元妃點戲無意間點中了他們賈家跟她自己的命運，但當時都是不自覺的。

人的命運最神祕，興衰也難料，誰也不知道以後是什麼結果。我們每個人有自己的命運，誰也猜不到，自己也掌握不住，有時候冥冥中、無意間點到自己的命運都不知道。看《紅樓夢》不能只看表面，要看到背後的東西。元春省親帶出了整個大觀園，也在最盛的時候，帶出了日後的命運，就像戲裏面一樣。

【第十九回】情切切良宵花解語 意綿綿靜日玉生香

「情切切良宵花解語」指的是誰呢？是襲人。「意綿綿靜日玉生香」指的是誰呢？是黛玉。《紅樓夢》裏面的女性，在賈寶玉心中的第一名，當然是林黛玉。他跟她之間，是緣定三生的仙緣，兩塊玉互相契合，心靈上完全契合的一種結合。那襲人的位置呢？也很重要。如果拿她來跟寶釵比呢？按理講，寶釵應該是第二位，可是在實際的相處關係，襲人的篇幅比寶釵還要多，襲人對寶玉來說，女性所有的角色她都扮演了。

在象徵意義方面，最後寶玉出家，他留在世界上未了的俗緣，要藉著襲人跟蔣玉菡兩個人的結合替他還了，所以襲人在某種意義上，也是他的俗身、他的肉體最後留在塵世上的人，占有很重要的地位。但襲人是個丫鬟，是個奴婢，她是被家裏賣進賈府的，她對寶玉服侍得無微不至，是非常妥貼的一個人，所以得到賈母跟王夫人的信任。從前中國的仕紳階級家庭，除了正室以外，還有妾侍，主要是照顧他的，連賈政這麼一個正派的人，也有兩個姨太太，那個時候是合法的。襲人心中很清楚，她以後會配給寶玉，但是不能掉以輕心，要步步為營。她對寶玉不光是照顧，還要抓住他的心，可說用盡了心機。襲人的處境也不是容易的。

這一回，過年了，到元宵為止，都在慶祝，寶玉覺得很無聊。一天襲人也回家去跟家裏人團聚了，寶玉就跟茗烟兩個人跑出去，找到襲人家去了。襲人家裏大吃一驚，寶玉那麼突然間造訪，當然襲人很緊張，把自己的食物、用物都讓出來，好好地伺候寶玉。回來賈府之後，襲人就故意試探寶玉的心意。襲人家裏有幾個親戚，滿漂亮的女孩子，寶玉讚嘆，說要是也在咱們家就好了。襲人說，難道漂亮女孩子都要到你們賈府來嗎？然後故意嘆一聲說，哎呀，我現在要回去了，可她們要嫁走了，回去看不到了。寶玉大吃一驚，你要回去？你要走？那還得了！其實，襲人家裏是想把她贖回去，但她是賣斷了的，賣一生的。按理講，這種事不可以，但襲人家裏想，賈府很仁慈，也許還賞他們幾兩銀子，讓把女兒贖回來。襲人，你看她很心酸很尖辣地講了幾句話：「當日原是你們沒飯吃，就剩我還值幾兩銀子，若不叫你們賣，沒有個看著老子娘餓死的理。如今幸而賣到這個地方，吃穿和主子一樣，又不朝打暮罵。況且如今爹雖沒了，你們卻又整理的家成業就，復了元氣。若果然還艱難，把我贖出來，再多掏澄幾個錢，也還罷了，其實又不難了。這會子又贖我作什麼？權當我死了，再不必起贖我的念頭。」襲人本來是一個很溫和的人，講了這麼辛辣的話，一定是心中觸痛她了。當初賣了她，好不容易在賈府爬到這個地位，你們現在又想贖回來，還要把我嫁走……襲人心中根本是老早就愛上寶玉了，一心一意在寶玉身上！你們還想把我贖回來，嫁給別人去，還撈幾兩銀子……非常教她寒心。後來襲人的父母看到寶玉來了，一看寶玉跟襲人兩個親親密密的樣子，心裏就曉得了。原來是要當寶玉的妾，那當然就不贖了，以後他們家裏還要仗著襲人呢！襲人說要走，是嚇一嚇寶玉。寶玉著急得不得了，要挽回她、求她。襲人就說，好吧！你要我不走也可以，答應我幾個條件，首先，好好念書。

我說過，《紅樓夢》裏大致分兩派人物，一是感性、一是理性。感性是隨心所欲，率性而行，黛玉啊！晴雯啊！這些人。另一派像寶釵、襲人，她們合乎這個社會的規矩，所以能夠生存。襲人叫寶玉好好念書，她說，你不念，在老爺面前裝裝也好，不要把那些念書的人叫做「祿蠹」，講成是追求名利的念書蟲，你不要罵那些讀書的人，不要講這個。「好！好！好！不講了。」寶玉答應道。襲人又講，你不要再毀僧謗道，調脂弄粉。寶玉喜歡胭脂，好色，很奇怪的這麼一個男孩子！襲人要他別搞這個了，寶玉通通答應她了。她說，你若依了呢，拿八人大轎抬我出去，我也不走了。寶玉笑道：「你在這裏長遠了，不怕沒八人轎你坐。」襲人冷笑道：「這我可不希罕的。有那個福氣，沒有那個道理。縱坐了，也沒甚趣。」她曉得自己只能做妾，做妾沒有八人大轎的。所以，襲人可說步步為營，用盡心機。她要保住自己的位置，還要抓住寶玉的心，這個很要緊。做為一個丫鬟，一個將來的妾侍，她可要兢兢業業，一步都錯不得，襲人的處境也不容易。

對照看下面的「意綿綿靜日玉生香」，黛玉跟寶玉的關係就是兩小無猜，一點心機都沒有。兩個睡在一起，開玩笑，完全沒有心機的。寶玉跟襲人，跟黛玉，這兩個女性，那種情完全不同。寶玉是個《情僧錄》的情僧，多情的不得了，到最後出家的時候，他才曉得經過這孽海情天，人生才看得透。此刻，他還得經過好多、好多、好多情的折磨，情的考驗。他跟黛玉完全是從一種非常天真的感情，慢慢慢慢自覺起來的。從小孩子開始，黛玉耍小性子、撒嬌，這樣那樣，兩個人慢慢感覺到，原來兩個人的情老早就捆在一起了。

這一回寫兩小無猜寫得很好玩，不過，黛玉雖然常跟寶玉玩在一起，心中常常有另外一個威脅，薛姑娘那個冷香丸是個很大的威脅。寶玉說，哎呀！你薰的什麼香，我來聞聞看。黛玉就笑了。她說：想必是櫃子裏面香味薰染了。寶玉說，好像不是那種香。黛玉就冷笑道：「難道我也有什麼『羅漢』『真人』給我些香不成？便是得了奇香，也沒有親哥哥親兄弟弄了花兒、朵兒、霜兒、雪兒替我炮製。」她是說薛姑娘有冷香丸，在她心中那個冷香丸她受不了。說著，黛玉又戳寶玉一下子。「我有奇香，你有『暖香』沒有？」寶玉見問，一時解不來，因問：「什麼『暖香』？」黛玉點頭嘆笑道：「蠢才，蠢才！你有玉，人家就有金來配你；人家有『冷香』，你就沒有『暖香』去配？」林姑娘不好相與的。《紅樓夢》裏面的這些女孩子，都好會講話，一個兩個伶牙俐齒，黛玉講這個，寶姑娘卻也不是省油的燈。以後再往下看，寶玉跟他們兩個的關係，的確是一種很親密而微妙的關係。

【第二十回】王熙鳳正言彈妒意 林黛玉俏語謔嬌音

這一回，講到在賈府這麼龐大家族中的人情世故。王熙鳳在賈府裏面的位置，等於行政院長，實際掌權的是她，但若論輩分，她是王夫人的姪女兒，賈璉的太太，也是邢夫人的媳婦，等於是晚一輩的。可是這一回裏有一件事情很有意思。過年嘛！大家擲骰子玩，賈環也跑去寶釵那兒擲骰子，輸了錢不認賬，丫鬟鶯兒就跟他槓起來了。賈環就跑回去跟他母親趙姨娘告狀，趙姨娘就罵，「誰叫你上高臺盤去了？下流沒臉的東西！那裏頑不得？誰叫你跑了去討沒意思！」咕嚕咕嚕，講了一堆酸話，正好給鳳姐聽見了。鳳姐說：「大正月又怎麼了？環兄弟小孩子家，一半點兒錯了，你只教導他，說這些淡話作什麼！憑他怎麼去，還有太太老爺管他呢，就大口啐他！他現是主子，不好了，橫豎有教導他的人，與你什麼相干！環兄弟，出來，跟我頑去。」

那個時候，姨太太沒有地位的。按理講，鳳姐是晚輩，怎麼可以對賈政的姨太太這樣呵斥。趙姨娘呢，的確是丫鬟扶正，不是一個好家世出來的，鳳姐是有點勢利的人，瞧不起趙姨娘。趙姨娘自己因為無知無識，講話不得體，人緣很壞，常常自取其辱，賈母不喜歡她，王夫人嫌她，又不得賈政寵，加上出身不高，沒有後臺，她在家庭的地位就很低了，否則鳳姐也不敢趁勢欺負她。趙姨娘生了兩個孩子，女兒探春，兒子賈環。本來母以子貴，偏偏賈環不爭氣，常常做出一些不得體的事情。探春不然，她正直，很有個性，連鳳姐都要讓她三分。鳳姐不怕趙姨娘，怕三姑娘，因為探春很得賈母跟王夫人的歡心。還有一點很有意思，探春不認她親生母親，唯王夫人是從，她心目中，王夫人才是她母親。我們慢慢再看，對探春這個姑娘，怎麼去評價她。這裏面有兩種不同的聲音，有人認為趙姨娘不得人心，實在令人討厭，也有人認為她畢竟是探春的母親，其情可憫。

林黛玉跟薛寶釵兩個姑娘常常要比。比才，比貌，兩個人旗鼓相當，可能在詩才上來說，林黛玉要高一籌，可是講到學問的淵博，寶釵要高一籌。對於寶釵跟寶玉的關係，黛玉非常沒有安全感，寶玉只好想了個辦法跟她說：「你這麼個明白人，難道連『親不間疏，先不僭後』也不知道？我雖糊塗，卻明白這兩句話。頭一件，咱們是姑舅姐妹，寶姐姐是兩姨姐妹，論親戚，他比你疏。第二件，你先來，咱們兩個一桌吃，一床睡，長的這麼大了。他是才來的，豈有個為他疏你的？」寶玉說這個，就是講中國的宗法社會裏，他跟黛玉是姑表，跟寶釵是姨表。林黛玉的母親賈敏，是賈母的女兒，寶玉的姑媽。寶釵的媽媽，薛姨媽，是王夫人的妹妹，寶玉的姨媽。宗法社會裏，姑表比姨表親一層，是因為同為賈姓的關係。寶玉這麼講，是為了安撫黛玉，黛玉是敏感、多心，沒有安全感的一個女孩子。不過也不怪她，薛寶釵威脅太大，後來果然薛寶釵嫁給了賈寶玉，她的防衛也不是偶然的。

【第二十一回】賢襲人嬌嗔箴寶玉 俏平兒軟語救賈璉

賢襲人，俏平兒，這是曹雪芹給她們兩個人的評價。講襲人賢慧，有的人也許不以為然，她是個會打小報告的。但為了自己的位置、自己的利益打小報告，這也很人之常情。對寶玉來說，襲人是賢，經常規勸他。寶玉就喜歡跟女孩子們混在一起，可能襲人心中也有醋意吧！她看到寶玉跟黛玉、史湘雲很親，用她們洗過臉的水自己洗臉，襲人很不以為然，心裏不舒服。這時候寶釵來了，問「寶兄弟那去了？」襲人含笑道：「寶兄弟那裏還有在家裏的工夫！」寶釵聽說，心中明白。又聽襲人嘆道：「姐妹們和氣，也有個分寸禮節，也沒個黑家白日鬧的！憑人怎麼勸，都是耳旁風。」寶釵聽了，心中暗忖道：「倒別看錯了這個丫頭，聽他說話，倒有些識見。」寶釵便在炕上坐了，慢慢的閑言中套問他年紀家鄉等語，留神窺察，其言語志量深可敬愛。好啦！寶釵跟襲人兩個人結盟起來了，一致對付其他的人。誰呢？對付林黛玉、晴雯，這兩個是一派的。

《紅樓夢》設計人物、描寫人物，不是單面的，它有一種 mirror image，就是說一個人物，他另有好幾個，方方面面來補強他。一個林黛玉，有晴雯，有齡官，還有柳五兒，好幾個女孩子，跟黛玉的命運相似，個性也相同，但又不完全一樣。你看，雖然晴雯說是眉眼有點像林妹妹，但因為她是丫鬟，她的舉止一切又跟黛玉不同。命運也類似，被欺負，被貶抑，後來為情而死。寶釵也有 mirror image，襲人是一個，探春也是這一類型。所以襲人跟寶釵是能夠結盟起來的。再往下看，到後來講到尤二姐被王熙鳳虐待，有一天襲人去看黛玉，就跟黛玉講：「哎呀，這個二奶奶很厲害，你看看尤二姐被整得這個樣子。」黛玉心中一動，襲人從來不背地裏講人家壞話的，是拿這個話來試她。尤二姐是賈璉的妾，襲人也指望著當寶玉的妾。林姑娘很敏感，馬上回一句說，閨閣裏頭，一家裏邊，**「不是東風壓倒西風，就是西風壓倒東風。」**襲人一聽，倒抽一口冷氣，寶玉以後若娶了這個林姑娘還了得！寶釵看襲人可以收過來結成一派，襲人也覺得寶玉若娶的是寶釵，她就放心了，伺候黛玉她不好受。襲人顧慮的沒錯，恐怕事實也是如此。

襲人不高興，就不理寶玉，寶玉去叫她，她也不理。寶玉想，這些女孩子怎麼弄得這個也不理他，那個也不理他，忙了半天，很灰心，就一個人拿了本書解悶。他看什麼書呢？看《南華經》。《南華經》就是《莊子》。寶玉最後是要悟道出家的，但並不是突然發生，他的感悟是很多細節慢慢鋪下來的。下面一回就會講到老莊、禪宗那些機鋒。寶玉是最敏感、最能夠體驗這些道理的人，他拿著《南華經》，讀到〈外篇〉。《莊子》的〈外篇〉不是莊子寫的，是後來的人寫的，他正看到〈外篇．胠篋〉一則，其文曰：

「故絕聖棄知，大盜乃止；擿玉毀珠，小盜不起；焚符破璽，而民樸鄙；掊斗折衡，而民不爭；殫殘天下之聖法，而民始可與論議。擢亂六律，鑠絕竽瑟，塞瞽曠之耳，而天下始

人含其聰矣；滅文章，散五采，膠離朱之目，而天下始人含其明矣；毀絕鈎繩而棄規矩，攦工倕之指，而天下始人有其巧矣。」講下去，全是些顛覆思想，對於儒家的社會價值、社會秩序，具有顛覆性的一種看法。寶玉看了這個，也模仿寫了一段：「焚花散麝，而閨閣始人含其勸矣；戕寶釵之仙姿，灰黛玉之靈竅，喪滅情意，而閨閣之美惡始相類矣。彼含其勸，則無參商之虞矣；戕其仙姿，無戀愛之心矣；灰其靈竅，無才思之情矣。彼釵、玉、花、麝者，皆張其羅而穴其隧，所以迷眩纏陷天下者也。」他等於打油詩似地這麼寫來，後來他真的當了情僧，這些女孩子對他來講，真的一下子冷掉了。他看清人生不可測，曉得情之不可測，看起來好像是戲筆隨便這麼寫一寫，其實他慢慢慢慢開始往這方面靠。書裏講他愚鈍，其實他是最敏感、最有靈性、有佛性的這麼一個人，一點就點通了。黛玉看到寶玉寫的，說這個是來醜化我們麼？看起來好像是玩笑，其實寶玉真的在思想裏慢慢起了這種因了。

下半回「俏平兒軟語救賈璉」，曹雪芹轉筆寫賈璉一家。鳳姐的女兒巧姐出水痘，從前出水痘是很嚴重的事情，弄不好會喪命的。那時沒有疫苗，沒有預防針，出痘要祭痘花娘娘。賈璉得搬出去外書房住，鳳姐要遠離賈璉十幾天，好清淨供奉娘娘。這下子好了，賈璉這個人，一有空隙就要生出事情的。

《紅樓夢》好在哪裏呢？一方面它有智性的、思想性的，非常 intellectual 這種的層次，有一套架構把這本書往上提，把中國三種哲學具體而微地寫出來。另外它的寫實主義也到了極點，尤其是寫俗的事情，曹雪芹一點顧忌都沒有，光是雅而不俗，那就不是人生。

賈璉得了空隙，就想到他們有一個廚子，叫做多渾蟲，喜歡喝酒。多渾蟲的妻子叫多姑娘，生性輕浮，拈花惹草，寧國府榮國府的那些人，很多都上了手，多渾蟲糊塗懦弱，也不以為意。賈璉呢，本來也看過這個女人，已經失魂落魄，不過還沒得下手。多姑娘也有意勾他，沒事跑到他窗戶底下走兩走，讓那個賈璉好像飢鼠似的。飢鼠兩個字用得好，餓的老鼠，什麼都吃。他就叫傭人拿點錢拿點東西給她，把她弄進來。「是夜二鼓人定，多渾蟲醉昏在炕，賈璉便溜了來相會。進門一見其態，早已魄飛魂散，也不用情談款敘，便寬衣動作起來。」寫賈璉那種好色、急色的樣子，寫那個多姑娘：「誰知這媳婦有天生的奇趣，一經男子挨身，便覺遍身筋骨癱軟，使男子如臥綿上，更兼淫態浪言，壓倒娼妓」，就這八個字，把她通通寫盡了。下面這一句是個敗筆：「諸男子至此豈有惜命者哉。」程乙本沒有這一句，這個多餘了。我覺得多姑娘寫到那樣子，夠了！再加一句就多了。

曹雪芹寫俗，沒有一點忌諱，下面這段非常精采的寫賈璉跟鳳姐、平兒三個人的妻妾關係。巧姐出痘子出過了，鳳姐要平兒去收拾東西，賈璉在外面住的把它收拾回來。鳳姐就問，少了什麼東西沒有，平兒說沒有少。鳳姐很有趣，又問：多了什麼沒有？平兒就說：沒有少，怎麼還會多？其實平兒收拾的時候早就發現一綹頭髮，這可是證據了。平兒沒拿出來，她說：我的心跟奶奶一樣，搜了一搜，沒有東西。鳳姐很知道賈璉，她說：這幾天難保乾淨，有些相好的，丟下些戒指、香袋、頭髮什麼的也難講。賈璉在旁邊「殺雞抹脖使眼色兒」，這形容得好！平兒呢，就替賈璉掩飾過去了，所以是「俏」平兒。平兒也寫得好，這個女孩子是個好心人，她是賈璉的妾，處在賈璉跟鳳姐之間，不容易！鳳姐多麼厲害，平兒能夠得鳳姐的寵信，很不容易了。賈璉是那麼急色、那麼俗氣的一個人，平兒能夠跟他周旋，也不容易。

平兒替賈璉遮掩，鳳姐走了以後，「平兒指著鼻子，晃著頭笑道：『這件事怎麼回謝我呢？』喜的個賈璉身癢難撓，跑上來摟著，『心肝腸肉』亂叫亂謝。」這個妾當然長得不錯，又這麼嬌俏動人。平兒拿了那個頭髮笑賈璉：這是一生的把柄了，好就好，不好就抖出來。這個賈璉就過來摟著平兒，要求歡。平兒就把他推開了，跑到窗子外面去。賈璉說你這個小娼婦，浪上人的火來，你就跑了。平兒講，我就讓你痛快？鳳姐還在後面呢。鳳姐跑來看這兩個人隔著窗子喊來喊去幹嘛？平兒就說我不要跟他兩個人單獨在一起。鳳姐說：單獨在一起不是很便宜嗎？平兒說：這是說我嗎？走了。

這把他們妻妾之間的關係，寫得那麼活。若講人物，我想女性寫得最深刻、最複雜的，其實是鳳姐；男性方面寫得最貼近現實，真正有這麼一個男人的是賈璉。寶玉當然寫得最多，但寶玉不是真正的男性，他是佛性，缺了一些人性，賈璉是真正的人性，寫出他醜態畢露，但賈璉除了好色以外，其他沒什麼太大的缺點，他不算是一個很壞的人，好色這一點，很多男人都有，不是賈璉一個人。

《紅樓夢》寫賈璉跟他的妻妾寫的好，她們的那種關係，幾個人閨房打趣，寫得非常貼切，這就是《紅樓夢》寫實的地方。

所以我講《紅樓夢》分兩面的，一方面寶玉念了《莊子》以後，那種哲學宗教方面的領悟，一方面是貼近人生現實的東西，栩栩如生。一本小說的好，就是在這裏。

要比起來，《金瓶梅》寫現實，寫肉身，沒有人比得過，可是它缺乏了上面那一層精神生活的東西，跟《紅樓夢》比，它就差了一截。《紅樓夢》雅跟俗都具足了。

【第二十二回】聽曲文寶玉悟禪機　製燈謎賈政悲讖語

從前過農曆年一直要過到元宵，正好寶釵這時候過十五歲生日。鳳姐知道賈母很喜歡寶釵，就提出要替她做生日。賈母特別自己拿了二十兩銀子，要請班子來唱戲熱鬧一番。就問寶釵喜歡吃什麼？喜歡點什麼戲？寶釵這個女孩子很懂世故的，她知道老年人喜歡熱鬧戲，她就點熱鬧戲；她知道老年人喜歡甜爛之食，她也依賈母喜歡的。這些小動作，都關係到最後賈母選孫媳婦的決定。黛玉就不來這一套了。讓她點戲，她愛聽什麼點什麼，讓她點菜，她愛吃什麼點什麼，完全率真的性情，寶釵就很世故了。

賈母的院子搭個小戲臺，定了一班新出的小戲，崑弋兩腔皆有。乾隆時代，崑腔就是崑曲，很重要，江西的弋陽腔也很盛行，湯顯祖的故鄉就是江西。其實《牡丹亭》一開始的時候是用弋陽腔唱的，後來才改成崑腔。寶玉來找黛玉，快點，我們去聽戲去！林姑娘心裏又不舒服了，她說，你叫一班戲來，特別唱給我聽，這個時候我犯不著去沾人家的光。寶玉說這有什麼難？非拉了她去。賈母叫寶釵點戲，先點了一齣熱鬧的《西遊記》。上酒席了，賈母又叫寶釵點戲，這回點了齣《魯智深醉鬧五臺山》。這齣戲當時滿流行的，到現在，崑曲戲臺上面還唱的。這是《水滸傳》裏的一段，講花和尚魯智深到五臺山出家，他在寺裏面鬧事被趕出來，他就喝醉了酒大鬧五臺山。這本是清初丘園作的一齣滑稽戲，整齣叫做《虎囊彈》，其中《魯智深醉鬧五臺山》這折現在也叫做《醉打山門》。寶玉說，寶姐姐你專門點這種熱鬧戲。寶釵就說，你聽戲白聽了，這個戲裏面有一支曲牌〈寄生草〉，是一套北曲的〈點絳唇〉，韻律好不用說了，那詞藻也是高妙得很。看看：「漫搵英雄淚，相離處士家。謝慈悲剃度在蓮臺下。沒緣法轉眼分離乍。赤條條來去無牽掛。那裏討烟蓑雨笠捲單行？一任俺芒鞋破鉢隨緣化！」講的是魯智深，其實也就是寶玉最後出家的寫照：「赤條條來去無牽掛。」寶玉一聽，哎喲，怎麼這麼好！他不光是喜歡，還真戳中了他的心。

寶玉本來就有慧根，一點就通，像莊子《南華經》、《醉打山門》中的〈寄生草〉對他都是智性上的 intellectual，啟發他對人生的看法。這句「赤條條來去無牽掛」，正是最後寶玉出家時候的寫照。他光頭赤腳走的，而且天降大雪，一片白茫茫的大地真乾淨。寶玉出家的圖畫已經畫好了，但還是要慢慢來，一步一步經過很多情關，經過很多的考驗，到最後才會大徹大悟。現在這只是聽戲而已，聽戲中觸動了他，回去自己也寫了一闋〈寄生草〉，為什麼寫呢？也是遇上事有感而發。

好了，唱完戲有個做小旦的，才十一歲的小女孩進來了。鳳姐講這個小女孩扮上活像一個人。寶釵心裏也知道，但她世故，只是一笑不肯說。寶玉也猜著了，也不敢說。像誰呢？像林黛玉。史湘雲很天真，沒心機的女孩子，她就說：「倒像林妹妹的模樣兒。」寶玉聽了，忙把湘雲瞅了一眼，使個眼色。這下子，史湘雲也不開心了，叫她的丫頭翠縷，收拾行李準備走了。丫頭不懂為何那麼急，湘雲就說：「在這裏作什麼？——看人家的鼻子眼睛，什麼意思！」寶玉聽到，忙說：「好妹妹，你錯怪了我。我是怕你得罪了他，所以才使眼色。」。湘雲更氣，說：「他是小姐主子，我是奴才丫頭，得罪了他，使不得！」寶玉更著急了，說：「我要有外心，立刻就化成灰，叫萬人踐踹！」湘雲道：「大正月裏，少信嘴胡說。這些沒要緊的惡誓、散話、歪話，說給那些小性兒、行動愛惱的人、會轄治你的人聽去！別叫我啐你。」好，史姑娘一下子氣鼓鼓走了。這個寶玉，馬上又跑到林黛玉那邊去賠罪了。剛一進去，黛玉把他推出去。寶玉說，為什麼？我又沒有得罪你。黛玉說：「我原是給你們取笑的，——拿我比戲子取笑。」寶玉道：「我並沒有比你，我並沒笑，為什麼惱我呢？」黛玉道：「你還要比？你還要笑？你不比不笑，比人比了笑了的還利害呢！」說完了這個還算了，你要和湘雲使眼色幹什麼？安的是什麼心？下面一句話：「他原是公侯的小姐，我原是貧民的丫頭，他和我頑，設若我回了口，豈不他自惹人輕賤呢。」黛玉滿在意她自己的出身的。其實，她父親林如海也是做官的，可是到底比不上賈、薛、史、王這幾家，史湘雲家是侯爵，她父親雖然死了，叔叔還是侯爵。她又是賈母史太君的親戚，她是有後臺的。《紅樓夢》對女孩子這種心細的小心眼，寫得非常subtle，非常微妙。

寶玉落了個兩面不討好，想想正合著《南華經》「巧者勞而智者憂，無能者無所求，飽食而遨遊，泛若不繫之舟」等語，他怏怏而回，也寫了一首〈寄生草〉：「無我原非你，從他不解伊。肆行無礙憑來去。茫茫著甚悲愁喜，紛紛說甚親疏密。從前碌碌卻因何，到如今回頭試想真無趣！」雖然好像是一些小小的糾紛，對寶玉來講，也是一種醒悟。

寶釵跟黛玉後來看到了，寶釵想，是不是那闋〈寄生草〉曲子，引出他這種遁世的想法，那不是我的罪過嗎？就跑來跟寶玉講了一個禪宗很著名的故事：五祖弘忍要傳位給弟子，上座神秀就說了一個偈：「身是菩提樹，心如明鏡臺；時時勤拂拭，莫使惹塵埃。」這是一個境界。當時另一個弟子慧能在廚房裏舂米聽到了，就說：「美則美矣，了則未了」，他也念了一偈：「菩提本非樹，明鏡亦非臺，本來無一物，何處惹塵埃？」更進一步說個空字。五祖就把衣缽傳給他了。就是禪宗六祖慧能的故事。寶釵真是博學，什麼都懂，連《禪宗語錄》她也很熟，講給寶玉聽。可她自己的了悟，也止於神秀那一層。寶玉也是到最後才能徹悟，這些都是他一步一步的過程。

《紅樓夢》故事的進展，靠很多很多細節。小說寫得好不好？就看你細節寫得好不好，但 details 不容易寫，要寫得有趣，要寫得合情理，而且要跟整個主題有密切關係。細節其實都有相當重要的 message 在裏頭。

從前元宵節常常猜燈謎，元春在宮裏興起，就讓小太監送了燈謎來，讓她的那些姐妹們、寶玉都來猜，她們個個都寫了，甚至連賈母、賈政也寫了一些謎語。元宵那天晚上，賈母召集了家裏的人，大家聚在一起猜燈謎。賈政這個人呢，政老爺嘛，非常一本正經的，在書裏面他是最正派，一舉一動合乎儒家精神、規矩的一個人，他的確在精神上把家撐起來了，後來沒有成功，是被其他的那些兄弟子姪把賈府拖累了。只就他個人來說，他是正正經經的儒家的模範，在這個元宵場合，有他在，家裏人都很拘束，賈母就想讓他先走。賈政說，哎呀，你就疼孫子，兒子你不要，趕我走。賈母說，你要猜謎嗎？我給個謎你猜。看看賈母的謎：猴子身輕站樹梢——打一果名。賈政一聽，曉得是荔枝，他故意猜不著，罰了很多禮物。這個謎很有意思。還記得秦氏死的時候，鬼魂來警告王熙鳳嗎？她說，我們家已經昌盛了上百年，不要應了那句話：「樹倒猢猻散」。賈母這個老猢猻，其實是整個家族最高的中心，最後賈母死的時候，真的是樹倒猢猻散。燈謎暗示說，表面上賈府得到皇恩之寵，享盡富貴榮華，就像乾隆時代，表面繁華到了頂，暗中已經埋下了整個傳統要崩潰的種子，歡樂的暗流下面，都是一些警告 warnings，我們再往下看那些燈謎，都有命運的暗示。

賈政自己也打了一個謎：身自端方，體自堅硬。雖不能言，有言必應。——打一用物。謎底，硯臺。跟賈政的個性很合，方方正正的，硬梆梆的。下面就是他們姐妹們的謎題了。賈政一看，頭一個是元春的：能使妖魔膽盡摧，身如束帛氣如雷。一聲震得人方恐，回首相看已化灰。賈政一猜就猜到了謎底：爆竹。爆竹一響，聲音多麼地洪亮，就像賈元春的皇妃身世，高高地多麼隆重，可是呢，回首相看已化灰，一下子炸下去，轟一聲就完了。元春，可惜壽命不長，也就牽涉了賈府的興衰。十七、十八回，不是元春點了幾齣戲嗎？戲裏面就看到了生死興衰，她那時候並未了悟，這是無意間透露出自己的命運，爆竹，也是曹雪芹的暗示之筆啊！再看二姑娘迎春的謎題：天運人功理不窮，有功無運也難逢。因何鎮日紛紛亂，只為陰陽數不同。賈政說是算盤，對了！迎春的命運就是這個，她嫁得不好，後來被虐待死。她的命運也真是亂紛紛，沒有好過。三姑娘探春出題：階下兒童仰面時，清明妝點最堪宜。游絲一斷渾無力，莫向東風怨別離。賈政說，這是風箏。探春為何與風箏有關呢？後來遠嫁，嫁到海疆那邊去，回不來了。下面這個是惜春的：前身色相總無成，不聽菱歌聽佛經。莫道此生沉黑海，性中自有大光明。講惜春以後要當尼姑，講得太明了。程乙本沒有惜春這個，倒是有庚辰本裏缺了的寶玉出的燈謎：南面而坐，北面而朝，「象憂亦憂，象喜亦喜」。賈政一看說這個謎題出得好，如果謎底是鏡子很恰當，問是誰寫的？寶玉寫的！賈政不出聲了。鏡子，佛家有一句話說鏡花水月，一切都是幻象。寶玉看到的一切，由色入空，一切都是幻象。

接下來一個謎，庚辰本說是寶釵所作，謎底是「更香」——從前計算時間的香。程乙本則說是黛玉寫的：朝罷誰攜兩袖烟，琴邊衾裏總無緣。曉籌不用鷄人報，五夜無煩侍女添。焦首朝朝還暮暮，煎心日日復年年。光陰荏苒須當惜，風雨陰晴任變遷。我覺得這個命運像黛玉，不像寶釵。黛玉呢，自己焚那個香，燒盡為止。黛玉最後死的時候，把自己的詩稿往火盆裏丟，把自己的詩稿焚掉。焚詩稿就是焚自己，等於為了情，把她自己燒掉了。情像香一樣，一節一節燒成灰。程乙本中寶釵另有一個謎語，倒像是寶釵的命運：有眼無珠腹內空，荷花出水喜相逢。梧桐葉落分離別，恩愛夫妻不到冬。謎底「竹夫人」，竹子編的類似枕頭的東西，涼的，中間是空的，夏天拿來枕一枕，到了秋天梧桐葉落的時候，就收起來了，所以恩愛夫妻呢，頭貼的、臉貼的，像那個枕頭那麼恩愛的東西，不到冬。這是講寶釵的命運，最後寶玉出家了，她守活寡。

這些謎語，句句中的，就像前面太虛幻境裏的那些十二金釵正冊副冊又副冊一樣，又一次說到這些人的命運。命運是最神祕永遠也猜不著的，但它三番四次來點提，非常像希臘悲劇裏的 chorus，神的命運在那邊，你逃不過，人力不能逆天，這個其實也是《紅樓夢》的一個主題。

燈謎看了以後，賈政心內沉思道：「娘娘所作爆竹，此乃一響而散之物。迎春所作算盤，是打動亂如麻。探春所作風箏，乃飄飄浮蕩之物。惜春所作海燈，一發清淨孤獨。今乃上元佳節，如何皆作此不祥之物為戲耶？」這段話，程乙本裏面沒有的，說得太明，自己去解釋出來了。其實賈政看起來是個迂腐、正派，好像不太敏感的人，但冥冥中他是對整個家族的命運極重要的人，他也有他的敏感，在這個地方就顯出來了。他看了最後寶釵的謎題，心內自忖道：「此物還倒有限。只是小小之人作此詞句，更覺不祥，皆非永遠福壽之輩。」一想到此處，愈覺煩悶，大有悲戚之狀，因而將適才的精神減去十分之八九，只是垂頭沉思。這段寫得很動人。你想想看，政老爺突然感傷起來了，他冥冥中好像感覺到，這些後輩怎麼搞的，過年過節這種時候講這些不祥之語，他們的富貴榮華恐怕不長，皆非福壽之輩。所以他垂頭沉思，感覺悲傷起來。賈母看他這樣子以為他累了，就說你回去吧，讓他們更輕鬆一點。賈政一聞此言，連忙答應幾個「是」字，又勉強勸了賈母一回酒，方才退了出去。「回至房中，只是思索，翻來復去，甚覺淒惋。」程乙本的這句，說不出的一股淒涼，說不出的一種難過，他自己也不太明白，冥冥中他就感覺到不祥之意。賈政不是個完全沒有感情的人，他有的！後來大家知道，寶玉出家的時候，最後現身來拜他四拜，他的那種感受跟現在一樣。他內心有他那種親情，只是因為儒家的一套教則，他必須很制約自己的感情和行為，很理性地對待人事。

從各種跡象看下來，這個大家族慢慢地要走向傾頹的路，不過，現在還早，還沒到那個時候，很多細節還在鋪陳，一些看起來好像不太關聯的，其實是有一條暗線串聯起來。這一回，表面是元宵猜謎，其實有滿重要的 message，一方面是寶玉看了戲，聽了〈寄生草〉以後有所感悟；第二個是燈謎內容讓賈政感到不祥，這兩者都寫得很好。尤其賈政這個角色，在很恰當的時候，突然間讓他人性化，就像前面寫元妃，寫她多麼地氣派，可是她一開口，一講她內心的苦悶，一下子，她就是實實在在一個人。賈政在外表上往往要維持政老爺的形象，此刻他內心感覺到他們家族要來的不祥命運，他的感觸讓我們覺得賈政也是有血有肉、心中充滿感情的一個人。讓我們對元妃、對賈政都有了新的認識。剛剛講到的襲人也是如此，賢襲人，平時都非常溫和非常賢慧，突然間冷笑一聲，立刻讓她透露出她的人性。這就是《紅樓夢》寫人物很高明的地方。

小說裏邊有兩種人物，一種是所謂的 round character，周圓人物，因為他有各種面向，我們真的人大概都是方方面面的周圓人物。小說中還有一種叫做 flat character，平扁人物，他出現只有那一下，性格不會轉變，可以說是次要的人物。一本小說裏不可能全是周圓人物，那太複雜了，完全是平扁人物，那也不行，所以平扁人物跟周圓人物怎麼配合起來是小說家的運用。像《紅樓夢》這本小說，那麼多人物，每個人都給很長的篇幅去描寫，不可能！只有在最合適的時候，給他一筆，讓他表現出個性，也讓讀者永難忘懷。曹雪芹能夠做到，是因為他真的通人性，適時一筆，立刻觸動讀者，引起共鳴。

【第二十三回】西廂記妙詞通戲語　牡丹亭艷曲警芳心

上一回是講寶玉聽戲，這一回是黛玉聽曲，「西廂記妙詞通戲語，牡丹亭艷曲警芳心」，這裏提出《西廂記》跟《牡丹亭》兩個文學作品，對《紅樓夢》有很重要的關係。

在這之前，我們先來看看這一回有意思的小細節。大觀園要落成了，當然需要找些維護管理的人。之前要建大觀園的時候，也有賈府周圍的人紛紛要去包工程，想討點好處。大概中國社會古今都一樣的，現在有所謂的綁標，從前也有個利益中心，在哪裏呢？就是賈璉兩夫婦了。鳳姐掌了大權，那些窮親戚都要逢迎她，想找一點什麼事情來做做，設法得到一點好處。所以《紅樓夢》不光是寫上層的事情，也降下來寫滾滾紅塵市井小民的俗事。一個叫賈芹的到鳳姐那裏去求差事，就讓他去管那些移住賈府家廟的小道士小和尚。不要看這些差事，一發出來經手的也是一兩百銀子。賈府自己是一個中心，旁邊多少寄生的在等著他們施捨，後來樹倒猢猻散，最後抄家的時候通通散掉了，親戚也都不見了。現在，曹雪芹就要用很多小事鋪陳這些人情世故。

賈璉跟鳳姐兩個也在搶。有的人走賈璉的門路，給了好處的，賈璉就答應把事給他。賈芸好不容易從賈璉這裏拿到一份工作，要去的時候，鳳姐呢！一下子把它搶走了。鳳姐一把拉住（賈璉），笑道：「你且站住，聽我說話。若是別的事我不管，若是為小和尚們的事，好歹依我這麼著。」如此這般教了一套話。賈璉笑道：「我不知道，你有本事你說去。」鳳姐聽了，把頭一梗，把筷子一放，腮上似笑不笑的瞅著賈璉道：「你當真的，是玩話？」看看鳳姐那個樣子，「粉面含春威不露」，很厲害的！賈璉就講：「西廊下五嫂子的兒子芸兒來求了我兩三遭，要個事情管管。我依了，叫他等著。好容易出來這件事，你又奪了去。」鳳姐說，你放心，園子中還需要管花草的，來了嘛，就給你了。下面有意思。賈璉吃了癟了，被鳳姐一下壓得喘不過氣來了，怎麼回她一下呢？賈璉說：「果這樣也罷了。只是昨兒晚上，我不過是要改個樣兒，你就扭手扭腳的。」夫妻間的調情！只有這一下，才把鳳姐壓住，只有一下拿出丈夫的樣子來，才把鳳姐壓住。所以曹雪芹寫賈璉、寫鳳姐、寫平兒，那種妻妾之間的事也寫的好！丈夫跟太太調情很難寫得有意思，來這麼一下，神來之筆，一下子鳳姐沒話了。嗤的一笑，向賈璉啐了一口，沒話講了，把鳳姐的嘴巴封住了。《紅樓夢》就是在這種非常細節的地方，人與人之間的地方寫得活，寫得好，寫得入情入理。

大觀園事情弄好了，元妃覺得她省親之後，這個園林空著多麼可惜，何不讓她那些姐妹住進去，園中也生色不少，而且寶玉跟她們玩慣了的，就讓寶玉也一起進去。以元妃的諭令之下，姑娘們還有寶玉，通通住到大觀園裏去了。寶玉選了怡紅院，黛玉選了瀟湘館，兩個人住得很近。從這個時候，開始了在大觀園裏的生活。大觀園是寶玉心中的人間仙境，在塵世上的太虛幻境。在某方面說，真是一個兒童樂園，這些年輕孩子在裏頭，過了他們最快樂的幾年，他們吟詩、作賦，過著完全無憂無慮的生活。寶玉跟黛玉遊園，看到很多花落到地上，他倆是最敏感最有靈性的人，對於世間美的東西最愛惜，黛玉看到花落塵泥，就把它埋葬起來。寶玉說讓它們隨著水漂出去吧！黛玉說，漂出去還是可能會沾污的，一坯黃土掩埋了，讓這些落花有歸宿。這一段其實就暗示了下面二十七回的黛玉葬花，很重要的一個主題曲〈葬花詞〉出來了。

余英時先生有一篇文章〈紅樓夢的兩個世界〉，講大觀園的純潔對照大觀園外的污染。大觀園可以說是賈寶玉心中的太虛幻境，在這裏頭至少暫時保持了他們青春的純潔，就像花一樣，如果流到外面去，就會沾污了。可是外面紅塵的各種力量，一直有形無形地在侵蝕這一塊樂土樂園，所以最後大觀園必然走向崩潰。那篇文章大家有時間可以去看看參考。

寶玉在園子裏沒事情覺得很悶，就叫茗烟幫他找一些書來看，茗烟就給他弄了一些雜書。所謂雜書就是小說戲曲之類的，中間有很重要的兩本，一本是《牡丹亭》，一本是《西廂記》。《西廂記》、《牡丹亭》、《紅樓夢》，這一串起來，可以講是中國浪漫文學這一道長河中的幾個高峯，一個比一個高，最後當然是《紅樓夢》集大成。浪漫文學講「情」字，對於情的解釋，對於情的集大成的一本書是《紅樓夢》。一開始的時候，革

寶玉

命性的一本著作是《西廂記》。《西廂記》在元末出現，對中國的浪漫文學起了很大的作用，對於愛情的追求與解放，可以為了自己的幸福，脫離家庭禮法的束縛。崔鶯鶯，相國千金，為了追求愛情，在後花園委身於張生，那一節對中國的宗法禮教，具有顛覆性的衝擊。所以西廂誨淫，在閨閣中是禁書。

寶玉悄悄地拿來了，他不給別人看，給黛玉看，他們兩人是心靈上的知己，寶玉說別人我怕，妹妹我是可以給你看的。他曉得黛玉是能夠了解的。黛玉也喜歡看，一下子就全看完了。看了之後呢，男孩子嘛，當然就是調皮的，對黛玉說：「**我就是個『多愁多病身』，你就是那『傾國傾城貌』。**」黛玉一聽臉紅了，不得不裝怒兩下，心中大概是高興的。欺負了林妹妹，寶玉又趕快賠小心，說笑話逗她開心，黛玉扣住一句《西廂記》裏頭的話，講寶玉「**銀樣鑞槍頭**」（意思是中看不中用）。可見得兩個人對《西廂記》都看進去了，都了解那種感情。其實對黛玉來說，崔鶯鶯在某種意義上也就是林黛玉自己。在愛情的追求上，西廂是對於當時禮法的一種反抗，那還是社會性的，《牡丹亭》又高一層了。《牡丹亭》出現在明朝，這本書讓中國浪漫文學對於愛情的詮釋，又拉高了一個層次。

黛玉看過了西廂，回去時途經梨香院，梨香院裏十二個唱戲的女孩子正在練習，唱的是《牡丹亭》。這一段非常重要。三六七頁：「**這裏林黛玉見寶玉去了，又聽見眾姐妹也不在房，自己悶悶的。正欲回房，剛走到梨香院牆角上，只聽牆內笛韻悠揚，歌聲婉轉。林黛玉便知是那十二個女孩子演習戲文呢。只是林黛玉素習不大喜看戲文，便不留**

心」，那個時候的戲曲，在傳統文人的心目中，在文學位階上是低一等的。黛玉「只管往前走。偶然兩句吹到耳內，明明白白，一字不落，唱道是：『原來姹紫嫣紅開遍，似這般都付與斷井頹垣。』林黛玉聽了，倒也十分感慨纏綿，便止住步側耳細聽，又聽唱道是：『良辰美景奈何天，賞心樂事誰家院。』聽了這兩句，不覺點頭自嘆，心下自思道：『原來戲上也有好文章。可惜世人只知看戲，未必能領略這其中的趣味。』想畢，又後悔不該胡想，耽誤了聽曲子。又側耳時，只聽唱道：『則為你如花美眷，似水流年……』林黛玉聽了這兩句，不覺心動神搖。」「心動神搖」這四個字用得好。「又聽道：『你在幽閨自憐』等句，亦發如醉如痴，站立不住，便一蹲身坐在一塊山子石上，細嚼『如花美眷，似水流年』八個字的滋味。」

寶玉聽了《醉打山門》之後，大有啟發，到最後他說，我也是「赤條條來去無牽掛」。黛玉聽了《牡丹亭》的「則為你如花美眷，似水流年」，聽得黛玉驚心動魄。《牡丹亭》是十六世紀湯顯祖寫的，湯顯祖所處的晚明時代的哲學思想、文藝思潮，是對於宋明理學的一個大反動。在晚明的文學裏頭，高舉情的旗幟，情是很重要的主題，尤其是以《牡丹亭》這個作品為代表。西廂，它還在社會性、歷史性的層次，是寫實的。到了《牡丹亭》，愛情提高了一層，是形而上的情。對湯顯祖來說，「情不知所起，一往而深，生者可以死，死可以生。生而不可與死，死而不可復生者，皆非情之至也。」情哪裏來的？不知所起，橫空而來的。對湯顯祖來說，情是很重要的原動力，一種primal force，一動了情以後，一往而深。賈寶玉不是說情根嗎？情一生了根，一往而深，生者可以死，死可以生。情可以穿越生死，不受時間的限制穿越生死。

我想你們都知道《牡丹亭》的故事，杜麗娘為情而死，為情而生，到了那個地步，情簡直是一種形而上的、metaphysical 隱喻式的力量，所以它比西廂又高了一層，變成愛情神話了。《牡丹亭》上承西廂，下啟紅樓。《西廂記》當然對於湯顯祖有很大的影響，下面更是啟動了《紅樓夢》。曹雪芹好幾個地方都引用《牡丹亭》裏的曲及回目，元妃點戲也點了《牡丹亭》。湯顯祖對於情的解釋與設計影響了曹雪芹，《紅樓夢》更往前走了一步，對情的解釋更廣、更寬、更博。看湯顯祖作品時不光是看《牡丹亭》，要把他後來的兩部作品《南柯夢》、《邯鄲記》一起看。《牡丹亭》寫情到了頂了，走不下去了，他後來的兩個作品，一個是道，一個是佛，到了情深、情真、情至，要求解脫的時候，佛跟道就來了。《牡丹亭》、《南柯夢》、《邯鄲記》三部作品合起來看，可能就是對《紅樓夢》的影響。

此時黛玉聽曲，她是特別有慧根的人，一聽，心中有所感。她是一直能感受到自己命運的。她是絳珠仙草到這個世界上來還淚的，這一點她冥冥中似乎感覺到了。她的感悟，到二十七回，她重要的一篇自輓詩出來了，那就是〈葬花詞〉。她從花感悟到生命的局限，所以她要葬花，她又聽到這段〈皂羅袍〉：「原來姹紫嫣紅開遍，似這般都付與斷井頹垣」，本來一片姹紫嫣紅，杜麗娘一進去的時候，只看到斷井頹垣。可能在這所有人物裏面，林黛玉跟杜麗娘這女孩子最相近了。第一，兩個人都很年輕；第二，對愛情的追求非常執著，甚至可以死。林黛玉焚稿斷痴情，為了這個情，最後把自己燒掉。杜麗娘也是為情而死。不是元妃點了四齣戲嗎？中間有〈離魂〉，就是暗伏黛玉之死。林黛玉跟杜麗娘最相近的，就是對於時光、青春、生命流逝的敏感，杜麗娘年方二八，已經感受到這

黛玉

個威脅，感受到自己芳華虛度，所以才有春末遊園的感慨。這也就是我們中國抒情詩的一個大傳統，傷春悲秋。從一開始到現在，不用說唐詩宋詞，就是到了明朝的傳奇，這個大傳統一直持續，尤其在《牡丹亭》裏面，又往前推了一步。《驚夢》的折子，它有許多曲牌連起來，《尋夢》那一折，更是有十七個曲牌連起來，講的就是傷春悲秋，一步一步，寫得好極了，寫得美極了！把宋詞又往前推了一步。大家有空可以去看看《尋夢》那幾折，鶯聲燕語落花紛飛。在《驚夢》的時候，女主角的夢中情人柳夢梅出來了，一開頭就唱「則為你如花美眷」，像你那麼美的一個人，很可惜啊，「似水流年」。我想黛玉聽了這一句非常警覺，無論多麼美的如花美眷，抵不住似水流年，再好的鮮花也捱不過秋冬。黛玉一聽「**心動神搖**」，刺激到這個地步。最後講荼蘼花，「開到荼蘼花事了」，春天已經沒有了，最後的收尾是惜春、傷春，歡樂底下一種暗暗的哀傷。

我想，黛玉聽的這個曲子，乾隆時代是這個調調，現在還是這個調調，不要小看這個曲子，我十歲的時候就是聽的這個。那時在上海看梅蘭芳跟俞振飛演的《牡丹亭》，演的就是《遊園》〈皂羅袍〉這一段，十歲的孩子聽進去了，我大概沒有心動神搖，但也深深印在腦子裏了。幾十年後我就製作了青春版《牡丹亭》。

這個曲子確實動人，非常優美纏綿，黛玉聽了以後，就一下子想了很多東西了：

「忽又想起前日見古人詩中有『水流花謝兩無情』之句，再又有詞中有『流水落花春去也，天上人間』之句，又兼方才所見《西廂記》中『花落水流紅，閑愁萬種』之句，都一時想起來，湊聚在一處。仔細忖度，不覺心痛神痴，眼中落淚。」我們看看李後主李煜的〈浪淘沙〉這首詞，大家都很熟悉。「簾外雨潺潺，春意闌珊，羅衾不耐五更寒。夢裏不知身是客，一晌貪歡。　獨自莫憑欄，無限江山，別時容易見時難。流水落花春去也，天上人間。」李煜這首詞，寫他自己的亡國之恨，還是歷史性的、社會性的，因為他的國家亡了，他被俘虜了，「流水落花春去也」，這是暗喻失去的南唐盛況。可是黛玉想起了最後兩句，就把它變成形而上的意義了。李後主的詞分前期後期，前期比較偏宮廷生活的艷詞，亡國之後，整個眼界氣度反而開闊了，不僅是懷念故國，他對人生的體驗也更加深刻，深到王國維的《人間詞話》甚至說他是釋迦跟基督，擔荷了人類的罪惡。我想到李後主另外一首詞〈相見歡〉，可能這個時候來形容黛玉的心情更恰當：「林花謝了春紅，太匆匆，無奈朝來寒雨晚來風。　胭脂淚，留人醉，幾時重，自是人生長恨水長東。」這是一種亙古的惆悵，水流往西了，就不會東回了。春天也是，花也是，時間也是，一去不回的。這首詞是李後主對人生的感受更深刻時寫的，更寫照著黛玉的心情。黛玉本就是絳珠仙草，幾乎是不屬於這個世界的。在人間，詩是黛玉靈魂的構成，所以在中秋夜的時候，她跟湘雲兩個人互相聯句，突然間迸出一句「冷月葬詩魂」，詩魂兩個字就是她自己。一旁聽見的尼姑妙玉制止說：你不能再講了，你最後警句已出。就是說黛玉已講出自己的命運。

黛玉跟寶玉兩個人，最能夠體會到他們自己的命運。尤其黛玉，多愁善感，自知活不長久，後來她罹患肺病，吐血而死，當年的肺病沒法治的。我小時候生過肺病，努力打針吃藥，好幾年才醫好。寶玉跟黛玉這兩個人，聽了戲以後，對他們各自的命運都有所感悟，這一段又為二十七回黛玉寫〈葬花詞〉埋下了伏筆。

【第二十四回】醉金剛輕財尚義俠　痴女兒遺帕惹相思

這一回，情節又宕開了，書寫另外一個也滿有意思的插曲。《紅樓夢》寫象徵、寫知性、寫神話的架構寫得很好，上回講的黛玉聽曲感悟短短的一段，立刻把林黛玉這個人的視野，宕開很大的一片；對照著賈寶玉的體悟，就看到了寶黛之間的情，以及兩個人的命運架構。這是比較高的一層。這一回就是寫實了，降下來寫兩個小角色：賈芸和小紅這兩個人。

賈芸是賈府一個遠親，窮親戚，輩分比寶玉晚一輩，從前如果沒有背景也不是科舉出身的話，很難有出路的，只能靠有錢有勢的親戚往上爬，所以對賈芸來說，抓住賈府這點關係非常要緊，他不惜要拜寶玉做乾爸爸。賈芸十八歲，比寶玉還大幾歲，寶玉看到他開玩笑說：「你倒比先越發出挑了，倒像我的兒子。」賈芸抓住這個機會，馬上就要拜乾爹，很伶俐、很乖巧的一個人。他想要得到什麼呢？因為大觀園裏種了很多花草樹木，也是個工程吧！這裏面油水不少，他想要拿到這個肥缺，得下功夫。開頭在賈璉那邊下了一大頓功夫，沒想到賈璉那裏有些工作都被鳳姐搶走了，想想還不如換個道，去奉承鳳姐。

怎麼奉承她呢？總不能空手去，要備一點禮物去，普通的禮物鳳姐看不上眼，就想用心找一些藥材香料如：麝香、冰片之類的才能入眼，那個時候這些東西是很貴重的。賈芸沒錢買，動腦筋動到開藥鋪的舅舅卜世仁，卜世仁，不是人。你看這一段把他那舅舅、舅媽寫的！這個窮外甥沒出路嘛，到藥鋪來想賒一點香料，被數落了一大頓，好受罪。這段也寫的好，寫那種小人物的刻薄。他舅媽也是很有意思，舅舅隨便講，留外甥吃飯，舅媽說，哪來的米啊？你還不到隔壁賒一點米來，要外甥挨餓嗎？你一句，我一句，賈芸受不了，趕緊走了。所以一個窮親戚往上爬，多麼不容易！

再來講小紅。大觀園裏一層一層，也有 power struggle 權力鬥爭，從上鬥到下，下面到最基層的丫鬟們，也都伶牙俐齒的。小紅是怡紅院裏一個小丫頭，管家林之孝的女兒，給了寶玉當丫頭，人長得滿俏麗，也很精、很伶俐。寶玉身邊有一羣丫頭，襲人、晴雯、秋紋、麝月……，一大羣在旁邊虎視眈眈，哪容得這個小丫頭爬上去。那天剛好那些大丫頭都不在，小紅跑去倒一杯茶來給寶玉。寶玉一看，問道：「**你也是我這屋裏的人麼？**」「**是的。**」寶玉道：「**我怎麼不認得？**」「**認不得的也多，豈只我一個。**」這麼說幾句，寶玉注意起她了。一忽兒間，秋紋、碧痕幾個大丫頭跑回來了，一見是小紅，屋裏又只有寶玉，心中大不自在，就盤問你幹嘛在這裏啊？我們不在你就趁這個巧宗兒就來了，往上爬了是不是？意思是這端茶送水也輪不到她。小紅一看剛剛有點苗頭，一棒就打下去了，挫折感很深。這時候剛好賈芸又來了，之前小紅看見過賈芸，長得也不錯的，也滿清秀的，是個爺兒們，是他們的親戚。「**那丫頭聽說，方知是本家的爺們，便不似先前那等回避**」，小紅還「**下死眼把賈芸釘了兩眼**」。下死眼，這個用得好，狠狠的盯他兩

碧痕

下。往上爬的人，伶俐的人，心術不是很正的人，也有資格談戀愛。這兩個人，其實講起來，心術都不太正的，都是往上爬不擇手段的。這兩個人在一起正好，滿配的。而且兩個人的感情也是真的，後來，也發展出小小的一段愛情，寫得很好。所以，曹雪芹在適當的地方，都賦予每個角色人性，儘管賈芸這個人實在不可愛。

到最後賈府敗了，賈芸要報復鳳姐，因為鳳姐後來對他很不以為然，不假以顏色，他心想報復，就跟著一幫人要把鳳姐的女兒巧姐兒隨便嫁出去，等於賣出去一樣。小紅呢，後來也趁了個機會，到鳳姐那邊去了。她知道寶玉這邊沒苗頭，軋不進去了，她腦筋轉得很快，有一次鳳姐要她去傳個口信，回來以後，講了一大段很有名的舅奶奶、什麼奶奶、這個奶奶、那個奶奶，講得口角非常簡俐，鳳姐大為欣賞，說：「先時我們平兒也是這麼著，我就問他：難道必定裝蚊子哼哼就是美人了？」「這一個丫頭就好。方才兩遭，說話不多，聽那口聲就簡斷。」鳳姐把小紅要過來，小紅也如願往上爬了。在賈府裏要嶄露頭角很不容易的，曹雪芹他不光是寫少爺小姐談戀愛，也寫很現實的東西，賈府裏那種你爭我奪，也是非常厲害的。

小紅她本來叫紅玉，因為「玉」字重了寶玉，從前是不可以的，爺們，他們的名字不可以重的，就把她改成小紅。庚辰本不是很一貫，一下子小紅，一下子紅兒，一下子紅玉，程乙本就通通改成小紅。我說過，《紅樓夢》裏名字有個玉的那個人，跟寶玉都有特殊關係。講到後面，會有妙玉、蔣玉菡這些人，對寶玉來說都有特殊的意義。那個玉字，不能隨便用，所以紅玉改成小紅是正確的。

【第二十五回】魘魔法姐弟逢五鬼　紅樓夢通靈遇雙真

庚辰本回目「姐弟」兩個字，這關係不對，鳳姐跟寶玉不是姐弟，是叔嫂。程乙本的回目是：「魘魔法叔嫂逢五鬼，通靈玉蒙蔽遇雙真」。

這一回，也是個插曲，講王熙鳳跟賈寶玉兩個人著魔了。怎麼會著魔呢？賈府來了一個會作法的馬道婆，趙姨娘平常會拿點小錢在馬道婆那裏上供，一來二往兩個人就勾起來了。趙姨娘訴苦，說她經常被打壓，因為她的身分本來是個丫鬟，後來才成姨娘，那個時候的姨娘沒有地位，在賈府很多人都可以踏她一腳。鳳姐按理講是晚輩，也不賣她的賬，賈母、王夫人都討厭她，沒有地位的人當然挫折感很深。而且大家這麼疼寶玉，她的兒子賈環不受寵，以後出不了頭，要繼承什麼東西通通沒份，除非把寶玉弄掉，把權力中心的鳳姐弄掉，才有出頭天的機會。為了這個不擇手段，跟馬道婆勾串起來，用巫術拿那個人來釘，中國皇帝的後宮不是常常有這種事嗎？釘紙人，或用生辰八字寫了以後釘一釘，五鬼就來找了。馬道婆會邪術，突然間，王熙鳳跟寶玉就著魔了。賈環和趙姨娘都會因嫉妒而害人。之前，王夫人叫寶玉、賈環他們去抄經，賈環也心懷不軌，就為了寶玉得寵，故意設計把滾燙的蠟燭油吹到寶玉臉上去，想害寶玉傷眼破相。

《紅樓夢》對大家庭的你爭我奪沒有迴避，也寫得很好。賈環跟趙姨娘在感到無力下的反擊是勾結馬道婆害人。鳳姐跟寶玉著了魔，拿著刀亂殺亂砍，這兩個人弄刀持杖的，當然驚動了整個賈府。從賈母開始一直下來，都去求神問卦，什麼都做了，卻都不靈。趙姨娘就跟賈母說，這個哥兒（是講寶玉）讓他早點走吧！不要留著他，讓他痛苦……。趙姨娘真不會講話，被賈母臭罵一頓。真的很危急的時候，來了兩個神仙，一僧一道。大家還記得嗎？一開始的時候，茫茫大士、渺渺真人，他們兩個護送這塊靈石入了紅塵，最後，他們兩個會把這塊靈石再帶走。在這之間這塊靈石慢慢在紅塵裏遭了污染，正在沒救的時候，這兩個神仙出現了。

寶玉這塊石頭，象徵的意義很多，其中之一象徵我們的本性，道家說歸真返璞，要清除名利、色欲各種東西的污染，回到原來的純真。這一僧一道不僅在這回緊急時刻出現，後來寶玉那塊玉不見了，他們又來了，這就是《紅樓夢》的神話架構對情節的推展。在一段傳神的寫實，像賈芸跟小紅那一段之後，這個時候又升上去脫離現實，讓我們不會忘了這也是一則神話，一則頑石歷劫的寓言。這部小說如果以佛教的觀點，就說是每個人的命運，都像是一塊頑石，在塵世裏經過多少劫，然後才得完成自己的生命。當本性被掩蔽被污染，需要重新拂拭一下，就如同神秀講的，「時時勤拂拭，莫使惹塵埃」。寶玉這歷劫頑石，此刻還沒有到最後六祖的「本來無一物，何處惹塵埃」的境界，他還要經過多多少少的情關，看透了人生的生老病死苦，最後才得悟道解脫。所以我們要沿著這條線來看，把許許多多的細節串起來看。這裏回到神話，又是一個提醒。

我時常批評庚辰本，庚辰本因為是最原始、最老的本子之一，很多學者都認定它最近曹雪芹原來的本子，但因為傳下來的都是抄本，我想也不見得完全是曹雪芹原來的話，有時一下子比較拙劣的手筆出來了，完全不像曹雪芹。舉個例子，三九八頁講到薛蟠，薛蟠這個呆霸王也是曹雪芹寫得非常好的一個角色，大家再往下看到第二十八回，「蔣玉菡情贈茜香羅」，把呆霸王寫得活靈活現。這個人既是一個頑劣無比的紈絝大少，又有他的一種天真，但這一回寫他，有幾個字我覺得不是很恰當。「別人慌張自不必講，賈府亂成一團嘛！**獨有薛蟠更比諸人忙到十分去：又恐薛姨媽被人擠倒，又恐薛寶釵被人瞧見，又恐香菱被人臊皮，——知道賈珍等是在女人身上做功夫的，因此忙的不堪。忽一眼瞥見了林黛玉風流婉轉，已酥倒在那裏。**」這個不像薛蟠。有幾點：第一、講賈珍，賈珍是很好色的一個人，但還不至於對薛寶釵、香菱身上打主意，這個有點說不過去。而且薛姨媽跟寶釵、香菱在賈府住那麼久了，老早混熟了裏面的人，何至於賈珍看到這兩人會動心？下面更不像話！我想薛蟠看了林黛玉，他不懂欣賞的，他怎麼會懂欣賞林姑娘這個病美人？看了她不會酥倒，他酥倒是看了別人。這一段一點都不像薛蟠，寫得不恰當，程乙本裏沒有這段的。

還有，寶玉不是人事不省嗎？黛玉當然心裏很著急，最後看到寶玉醒來，就念了一聲「阿彌陀佛」。寶釵呢，什麼反應？本來凡事都是黛玉戳寶釵的，因為寶釵又有金鎖，又有冷香丸，又有金玉良緣這個話，黛玉時時刻刻放在心中，有機會就戳她兩下。寶釵涵養很好的，裝不知道，這下子逮到機會了，還她一句。「**薛寶釵便回頭看了他半日，嗤**

的一聲笑。眾人都不會意，賈惜春道：『寶姐姐，好好的笑什麼？』寶釵笑道：『我笑如來佛比人還忙：又要講經說法，又要普度眾生；這如今寶玉、鳳姐姐病了，又燒香還願，賜福消災；今才好些，又管林姑娘的姻緣了。你說忙的可笑不可笑。』」我想，薛寶釵不會直接講出來林姑娘的姻緣，這會觸犯林黛玉的。而且這也不很像薛寶釵，薛寶釵很厲害的，常常講話只講一半，就夠了。程乙本這裏就寫的好，它用「又要管人家的婚姻」，「人家」兩個字，隨便指誰，不專指林姑娘。寶釵不會那麼直接、那麼赤裸裸地指出來的。

夏濟安先生講過，小說寫得好，常常是在對話裏面，不自覺地一句話下去，恰恰好。他拿《水滸傳》作例子。潘金蓮對武松有意了，她提起武松，叔叔、叔叔、叔叔……講了幾個叔叔以後，突然來了一個「你」字，就露出她的心事了。女人講男人，直指「你」，就一定有了什麼關係才能這麼講，不能隨隨便便指了個「你」字。《紅樓夢》裏面也有一個地方。晴雯說寶玉生日，她們就向平兒要了一罈酒來，替寶玉過生日。晴雯就說：「今兒他還席，必來請你的，等著罷。」平兒逮到就取笑說：「他是誰？誰是他？」意思就是說，唉喲，講寶玉用個「他」字囉！所以這種一個字的用法，用得好，在對話裏頭，就會活起來，背後的意義就高。像這一回這個地方，「又管林姑娘的姻緣了」就差了，用「人家」就高明，林黛玉也抓不住她。雖然明明是講黛玉，卻又不指明。曹雪芹寫《紅樓夢》是非常仔細的，一兩字的差異應該都想過、斟酌過。

這一回的回目庚辰本、程乙本不同，回目都是點題的，點出這一回講的是什麼事情，主角是什麼人……等等。整本書裏邊，回目出現紅樓夢三個字的很少。第五回在太虛幻境裏邊「飲仙醪曲演紅樓夢」，第一次提到紅樓夢三個字。這一回程乙本的回目「通靈玉蒙蔽遇雙真」，這就是點題了，講那塊通靈玉需要雙真——那兩個一僧一道來拭掉塵世污染。庚辰本「紅樓夢通靈遇雙真」，此處紅樓夢何所指不清楚，我覺得程乙本的回目比較切題。

【第二十六回】蜂腰橋設言傳心事 瀟湘館春困發幽情

前兩回，曹雪芹寫到了賈芸跟小紅互相有意，我說，心術不端的人，也有資格談戀愛的。《紅樓夢》裏有幾對，除了賈芸跟小紅，賈薔跟齡官也是一對。賈薔也不是很可愛的一個男孩子，心機多，想往上爬。可是他跟齡官那一段感情，也寫得很好。曹雪芹的視野廣，所有的情都能包容，都能寫得好。

這一段繼續講小紅，她有心事了。她丟了一塊手帕，被賈芸撿去了，因為這塊手帕，兩個人就連起來了，連夢裏都夢到賈芸，要二爺（她稱賈芸二爺）把手帕還給她。這是小兒女的心事。小丫鬟好不容易有個爺兒們，賈芸雖然是窮親戚，但是他的身分還是不錯的，是賈府裏面的爺，有這麼一個人對她有意，她當然會動心。但那時候環境很艱難，兩個人怎麼傳情呢？這天她就跟一個小丫頭在蜂腰橋那個地方，講她的手帕這樣那樣的事。賈芸是一步一步爬上來，常常到怡紅院去想攀上賈寶玉，他是好不容易才進了大觀園。小紅後來到王鳳姐那邊去，這兩個人可以說是各得其所，他們兩個愛情發展得本來滿有意思，應該再往下去，可惜《紅樓夢》裏沒再講他們這一段了。有一個連續劇編出賈芸後來跟小紅結了婚，賈芸對賈府不是那麼壞，被抄家以後，賈芸還在外面替他們奔走等等……。那是題外話了，現在這版本沒有再提，不過寫兩個人的愛情醞釀過程，讓讀者很關心，想知道後續，已經算是成功了。

寫賈芸跟小紅兩個小配角的一段愛情，其實也是為了側寫王熙鳳。鳳姐在《紅樓夢》裏是個很重要的人物，所以側寫、直寫、背後寫，從各方面襯托她。像賈芸跟小紅這一段，反映出鳳姐是賈府的權力中心，要往上爬一定要經過她，看看賈芸怎麼逢迎她，小紅怎麼在她面前顯能，怎麼討好她。鳳姐很厲害的，賈芸不是說給她麝香、冰片來討好她嗎？鳳姐按下不表，沒有出聲，拿到了那麝香、冰片以後，也不出聲，為什麼？她心裏想，這下子馬上跟他說給他個位置，好像自己見不得東西，等第二天再來，還要裝模作樣一下：你竟有膽子在我的跟前弄鬼？鳳姐心思很深，這種地方顯出鳳姐的世故手段。再講她怎麼看中小紅。小紅在賈府這個權力階梯要往上爬，大不容易，尤其是寶玉身邊的丫鬟，伶牙俐齒的一大堆，小紅很難表現，湊巧給寶玉倒了杯茶，就被大丫頭打下去，非常挫折。好不容易逮到一個鳳姐這邊的機會，小紅一定要展現她伶俐的一面，讓鳳姐看中她。這也顯示出鳳姐能識人，能用人。這些有意思的細節，正是用來側寫、側面塑造鳳姐這個人物。

寫小說，人物當然占最重要的部分，拿傳統小說三國、水滸、西遊、金瓶來說，這些小說都是大本大本的，很複雜。三國裏面打來打去，這一仗那一仗的我們都搞混了，可是我們都記得曹操橫槊賦詩的氣派，都記得諸葛孔明羽扇綸巾的風度。故事不一定記得了，人物卻鮮明地留在腦子裏，那個小說就成功了，變成一種典型。曹操是一種典型，諸葛亮是一種典型，關雲長是一種典型，所以小說的成敗，要看你能不能塑造出讓人家永遠不會忘記的人物。外國小說如此，中國小說像三國、水滸更是如此。水滸的故事等於一個合傳，一個一個拼起來，最後上梁山泊去。水滸用了非常有效的一招，就是給人物一個外號，「及時雨」宋公明，「花和尚」魯智深，「花和尚」用得多好，吃大酒大肉的。還有什麼一丈青、母夜叉……，外號一講，那個人物就很顯眼了，絕不會弄錯。水滸完全是個野蠻世界，男性的世界，中間有幾個女性在裏頭，一個是很出名的潘金蓮，另外一個是閻惜姣。水滸寫那些綠林好漢寫得很好，寫那幾個女性，就幾筆，但你永遠不會忘記。水滸有一回寫閻惜姣，她是水滸裏面幾個淫婦之一，本來是一個風塵女子，嫁給宋江，等於包養了她。宋江長得不怎麼樣，皮膚黑，個子也不高，很不起眼，叫做三郎，黑三。後來閻惜姣不安於室，有了外遇張文遠，也叫三郎。有一天，她聽到樓下說三郎來找她了，閻惜姣以為情人來了，咚咚咚從樓上跑下來，一看是黑三，一句話不講，頭一轉，咚咚咚又跑上樓去。你說宋江要不要殺這個刁婦？讀者再也不會忘記閻惜姣，她不必講話，什麼也沒說，就這幾下子，跑下來，跑上去，夠了！怎麼樣把人物寫得鮮活，比如講西遊，誰也忘不了那個猴子孫悟空，忘不了猪八戒，一猴一猪變成廣流民間的典型人物，這就是小說家的本事。

「瀟湘館春困發幽情」，這裏又迴筆寫寶黛二人。寶玉到瀟湘館看黛玉，只見「鳳尾森森、龍吟細細」，這幾個字形容瀟湘館的竹子——有一種鳳尾竹，風吹過發出沙沙的聲音非常好聽。到了門口，聽見黛玉在裏邊長嘆一聲：「每日家情思睡昏昏。」黛玉看

《西廂記》看邪掉了，也春困起來。《牡丹亭》中杜麗娘春困，林黛玉也春困，都是崔鶯鶯惹的，由崔鶯鶯那個春困傳下來的。寶玉一聽也心癢了，在窗外笑道：「為甚麼『每日家情思睡昏昏』？」黛玉不好意思了。兩個小兒女很天真，開頭是兩個小孩，兩個teenager，互相你試一下，我試一下，慢慢地動了真情。往下看兩個人吐露真心的時候，真是滿動人的一回。他就不曉得我的心！要跟他把心事講出來！從前，有心事不可以隨便講的，不像現在很方便，發個簡訊就告訴你了。那個時候都不講，慢慢地你試過來，我試過去，等有一天，心碰在一起了，終於講出來了。到後來寶玉挨打的那一回「情中情因情感妹妹」的時候，黛玉動了真情。

賈寶玉這個人物，有些女孩子喜歡他，有些女孩子不喜歡他。喜歡他的女孩子覺得他體貼入微，很會伏低做小，一下子就賠罪了，有一種溫柔。現代女孩子還喜不喜歡這一套？可能還是喜歡的吧！我偶爾看連續劇，什麼《我可能不會愛你》，李大仁，就是這麼做小低伏，一直做，最後那女孩子，還是給他磨成功了。我想賈寶玉就有磨的功夫，不管黛玉對他怎麼使小性子，他都耐她哄她。黛玉真的非常在乎寶玉對她怎麼樣，明明曉得寶玉的心，因為中間梗著寶釵在那裏，兩個人常常有誤會。有一天晚上黛玉到怡紅院去，聽到裏面寶釵跟寶玉在談笑，她叩門要進去，剛好碰到脾氣很壞的丫頭晴雯，晴雯正抱怨寶姑娘說：有事沒事跑來坐，害我們不能睡覺；就跟外面說：二爺講的，什麼人都不准進來。林黛玉說：是我呀！晴雯沒有聽出是林姑娘，管你是誰，不開就不開。這一下子，林姑娘被關在門外，而且裏邊笑語的又是寶釵，孤單、失落、悽然一下子湧了上來。下一回，她就寫下身世之感的自輓詞〈葬花吟〉。

【第二十七回】滴翠亭楊妃戲彩蝶 埋香塚飛燕泣殘紅

前一回黛玉誤會了，以為寶玉不讓她進怡紅院是因為寶釵在裏頭，其實只是晴雯懶得開門，這下子把黛玉得罪了。黛玉心裏很不舒服，當然寶玉又要去賠小心了。這時候春末了，暮春時節花落了，大觀園裏有個餞花會，花神退位，需要餞行，女孩子都到園子裏來送花，這是她們的一個儀式，姐妹們相約都來了。寶釵經過瀟湘館，本想去把黛玉一起叫出來，一看到寶玉進去了，她想到他們兄妹兩個自有體己話，不便去吵，就走開了。寶釵很懂事、很世故，同樣的狀況，寶釵與黛玉的態度大不相同。

「滴翠亭楊妃戲彩蝶」，這是把寶釵比做楊妃，後來寶玉也把她比喻成胖美人，寶釵並不樂意，不過她的確是有點福福態態的。「埋香塚飛燕泣殘紅」，趙飛燕是個瘦美人，用以比喻黛玉。一個胖，一個瘦，又是對比。這幾回寫下來，都是寫黛玉跟寶釵之間的矛盾，兩人個性的比較，慢慢鋪陳她們最後的命運。

寶釵在園子裏，看到一對蝴蝶，看看很有意思的形容：「……剛要尋別的姐妹去，忽見前面一雙玉色蝴蝶，大如團扇，」一對很大的蝴蝶，玉色的，很溫潤的顏色，一定很漂亮的，「一上一下迎風翩躚，十分有趣。」寶姑娘平常一舉一動都很端莊的，她不會顯現出小女孩的樣子，她比較早熟、早慧、成熟、理性，然而這時候四顧無人，性情就顯露出來。到底是個年輕女孩子，看到一對團扇那麼大的蝴蝶，「寶釵意欲撲了來玩耍，遂向袖中取出扇子來，向草地下來撲。只見那一雙蝴蝶忽起忽落，來來往往，穿花度柳，將欲過河去了。倒引的寶釵躡手躡腳的，一直跟到池中滴翠亭上，香汗淋漓，嬌喘細細。寶釵也無心撲了。……」這胖美人跑了兩下，香汗嬌喘，無法繼續。寶釵撲蝴蝶，蝴蝶往上飛的，蝴蝶是一對，這是給她各種的象徵。春天蝴蝶翩躚，雙雙對對，中國人百蝶穿花，象徵著幸福、圓滿、往上飛，這就是寶姑娘要的東西。林姑娘呢？看見花落把花埋起來。一個是往上去撲翩躚的蝴蝶，一個是往下埋了落花，各人的志向不同，各人的命運也將不同。

曹雪芹有意無意的小細節都不是隨便寫的，看《紅樓夢》不要只看它表面。寶姑娘不會隨隨便便去撲蝴蝶，如此安插，因為在這個地方馬上要寫到很重要的黛玉葬花——〈葬花吟〉，是林黛玉為自己寫的輓歌。春天裏，寶釵在撲蝴蝶，在抓往上飛的、象徵幸福的東西，多愁多病的黛玉看到落花，馬上聯想到自己的生命將凋殘。曹雪芹設計了很多小場景，引導走向最終的結局。最後，賈府最重要的事是替寶玉娶媳婦、定婚事，那個時候，定婚是何其隆重的一件事情，尤其是賈母最寵愛的孫子，不光是考慮個人，整個家族的未來通通要考量進去。賈母最終選的是寶釵而不是黛玉，這結果老早隱在前面的伏筆中。暗示，是《紅樓夢》常用的手法，不明講，講出來就沒意思了。

寶釵

暮春落花時節，寶釵撲蝶，黛玉葬花，可以說《紅樓夢》就是一幅一幅工筆畫連起來的，很多時候都是仕女圖，這些場景對畫家來說，都是非常好的題材，而且還有故事。寶釵撲蝶追過去，到了滴翠亭，聽到裏邊兩個小丫頭在講話。一聽，好像是寶玉房裏的丫頭小紅，跟另外一個小丫頭墜兒。墜兒說賈芸拾到一塊手帕，是小紅掉的，賈芸就拿給她去代他歸還，還要她去向小紅要一個謝禮。其實，這就是藉手帕傳情嘛！從前手帕代表信物，賈芸藉著手帕傳遞他對小紅的一些意思。這是相當祕密的，一個爺們對一個小丫頭有意，當然不能夠外洩，所以兩個丫頭就悄悄地講。小紅的心思很密，講到一半停下，說：等一下！我們把亭子窗戶打開，萬一外面有人偷聽怎麼辦？寶釵聽見這話，心想「怪道從古至今那些奸淫狗盜的人，心機都不錯。」可這一打開不就看到她了，得罪她們，就不好意思了。她馬上很機智地想了一個「金蟬脫殼」的對策，大聲地叫著「顰兒」。顰兒是黛玉的外號，她裝著來尋林黛玉，所以無意中闖進亭子裏了。小紅跟墜兒剛一推窗，只聽寶釵如此說著往前趕，兩個人都愣住，原來是寶姑娘在這裏。寶釵施了這計，兩個丫鬟聽了她在喊，信以為真，尷尬就沒發生。寶釵走了之後，小紅突然緊張起來，她說，了不得，剛才林姑娘躲在這裏了，若是寶姑娘聽見還算了，林姑娘嘴巴又愛刻薄人，心又細，她走漏了風聲怎麼辦？

很多書評家就在這個地方說，寶釵暗中陷害林黛玉。這話可能講得重了一點，寶釵並非有意陷害，不過即使是無意的，也留下了這一筆。林黛玉到處樹敵，得罪這個，得罪那個，後來大家一起聯盟起來排擠她，當然對她的處境大大不利。薛寶釵到處籠絡人，從賈母開始孝敬，老太太愛看什麼戲，她點什麼戲，愛吃什麼東西，她點什麼東西。至於王夫人那邊，她講了做了一些事情，非常得體，如果你是個家長，這麼懂事的媳婦你要不要？林黛玉呢，不管對什麼人什麼事，她愛講什麼就講什麼，愛戳什麼就戳什麼，這兩個人一比較起來，林黛玉的天真率直，當然就吃虧了。的確，心機重的，能夠籠絡人的，在社會上比較容易成功，至今仍是如此。這些細節，一個一個串起來，都在刻畫黛玉跟寶釵的不同。

小紅如何往上爬，也有一段精采的描述。小紅在怡紅院裏不容易出頭，連倒一杯茶給寶玉都被大丫頭打壓。一天，鳳姐在園中看到她，讓她幫忙去傳話給平兒，到房裏去拿個東西來。小紅就去辦了。回來時遇見大丫頭挑她，說：你在幹嘛？花兒也不澆，雀兒也不餵，茶爐子也不攏，就在外頭逛。小紅嘴巴也不饒人的，她說：「昨兒二爺說了，今兒不用澆花，過一日澆一回罷。我餵雀兒的時候，姐姐還睡覺呢。」另個丫頭綺霰道：「你聽聽他的嘴！你們別說了，讓他逛去罷。」紅玉道：「你們再問問我逛了沒有。二奶奶使喚我說話取東西的。」說著將荷包舉給他們看，方沒言語了，大家分路走開。晴雯冷笑道：「怪道呢！原來爬上高枝兒去了，把我們不放在眼裏。不知說了一句話半句話，名兒姓兒知道了不曾呢，就把他興的這樣！這一遭半遭兒的算不得什麼，過了後兒還得聽呵！有本事從今兒出了這園子，長長遠遠的在高枝兒上才算得。」剛剛有一點苗頭，又捱了幾棒。小紅想這個時候就得要有所表現了。

《紅樓夢》這一段很有名：小紅去了鳳姐那邊，來回話了。她對鳳姐說，我就按你的話告訴了平兒姐姐，平兒姐姐按你的意思做了。鳳姐笑道：「他怎麼按我的主意打發去了？」這句話什麼意思，考你！看看你傳幾句話，傳到位沒有。看看小紅講的：「平姐姐說，奶奶剛出來了，他就把銀子收了起來，才張材家的來討，當面稱了給他拿去了。」說著將荷包遞了上去，又道：「平姐姐教我回奶奶：才旺兒進來討奶奶的示下，好往那家子去。平姐姐就把那話按著奶奶的主意打發他去了。」鳳姐笑道：「他怎麼按我的主意打發去了？」紅玉道：「平姐姐說：我們奶奶問這裏奶奶好。原是我們二爺不在家（二爺指賈璉），雖然遲了兩天，只管請奶奶放心。等五奶奶好些，我們奶奶還會了五奶奶來瞧奶奶呢。五奶奶前兒打發了人來說，舅奶奶帶了信來了，問奶奶好，還要和這裏的姑奶奶尋兩丸延年神驗萬全丹。若有了，奶奶打發人來，只管送在我們奶奶這裏。明兒有人去，就順路給那邊舅奶奶帶去的。」一大堆奶奶，連李紈都說了：「噯喲喲！這些話我就不懂了。什麼『奶奶』『爺爺』的一大堆。」鳳姐笑道：「怨不得你不懂，這是四五門子的話呢。」這個女孩口聲簡斷，鳳姐就喜歡這樣子。從前平兒幾個人一句話，要蚊子哼哼唧唧幾段才像個美人似的，被鳳姐罵了幾下才改。鳳姐看上了小紅，因為那兩下跟她很合適。王鳳姐是非常簡斷俐落的一個人，這個丫頭，行！可以當幹部，就打算把她要過來。鳳姐一高興，說：讓你當我的乾女兒好了。小紅就噗嗤一笑，鳳姐說：怎麼？以為我當不了你乾媽？好多人來拜我，我還不要呢！小紅說不是，我媽就是你的乾女兒，認錯輩分了。鳳姐道：「誰是你媽？」李紈在旁邊說：「你原來不認得他？他是林之孝之女。」林之孝是傭人裏頭掌家的。鳳姐十分詫異，原來林之孝夫婦是一對錐子扎不出聲音來的天聾地啞

（埋頭幹事不說話），怎麼生了這麼一個伶牙俐齒的丫頭來！小紅給自己創造了機會，鳳姐對她印象深刻，就把她攏到自己這裏來了。從此小紅就能慢慢往上爬，真不容易！所以有機會要搶，有機會要表現。

曹雪芹寫人物，本來是所謂的 flat character 扁平人物，到了某個時候，突然間這個人物飽滿起來，變成 round character 周圓人物，他的個性一下子突顯出來。譬如三姑娘探春，我們只是模模糊糊地曉得她相當受寵，長得也不錯，也有才，但到現在為止，她還是一個扁平人物，這一回呢，曹雪芹給探春一個機會，讓我們見識三姑娘的另一面。

探春是賈政的女兒，母親是趙姨娘。趙姨娘這個人物，前面已經領教過好幾回，探春有這樣一個母親，生下來就吃了虧的。可是探春這個女孩子卻非常自負，雖然是庶出，她力爭上游，好不容易讓賈母、王夫人都很器重她，尤其是王夫人也喜歡這個女兒，這不容易。賈母、王夫人很討厭她的弟弟賈環，所以賈環沒有地位，探春因為賈母、王夫人的關係，在家庭中也舉足輕重，是賈府唯一對王熙鳳不假顏色的人。其實她對鳳姐的某些作為不大看得上眼，是個很正直的女孩子。後來鳳姐生病探春有機會掌家，完全不輸鳳姐，她又受過教育，識字，當然又更加厲害了。

這天她在園子裏碰到寶玉，兩個是同父異母的兄妹，感情挺好。寶玉總是一視同仁，對所有姐妹他都喜歡，探春跟這個哥哥很知己，就不容易，她親手做了一雙鞋子給寶玉穿，這是兄妹之間真正的感情。見到寶玉時，她就託寶玉出門順便替她買一些香盒、風爐、柳枝編的小工藝品，她喜歡，但女孩子那時不大容易到外面去。寶玉說，要這個容易，我拿點錢叫那些傭人拖一車回來。探春說，那些傭人懂什麼！你才知道我要的，你幫我買得好的話，我再給你做一雙鞋子，比前一雙還要下功夫，怎麼樣？兩兄妹非常親密的對話。寶玉就講，你提起那個鞋，我就講件事，那天我穿了，碰到老爺，老爺就不受用了。探春的鞋做得很漂亮，賈政討厭紈絝子弟，看到寶玉穿一雙花鞋子進來，就不高興，問寶玉什麼人做的？寶玉不敢提探春，說是舅媽做的。後來趙姨娘知道了，就抱怨：「正經兄弟，鞋搭拉襪搭拉的沒人看的見，且作這些東西！」意思是她的環兒，才是探春真正的兄弟，鞋子襪子都沒的穿了，探春不管，去做鞋子給寶玉。趙姨娘就是這樣，嫉心很重，因為她自己的地位卑微，心理上更加不正常。「探春聽說，登時沉下臉來。」三姑娘就是這個性了！臉一沉：「這話糊塗到什麼田地！怎麼我是該作鞋的人麼？環兒難道沒有分例的，沒有人的？一般的衣裳是衣裳，鞋襪是鞋襪，丫頭老婆一屋子，怎麼抱怨這些話！給誰聽呢！我不過是閑著沒事兒，作一雙半雙，愛給那個哥哥兄弟，隨我的心。誰敢管我不成！這也是白氣。」寶玉聽了，點頭笑道：「你不知道，他心裏自然又有個想頭了。」寶玉是讓趙姨娘給陷害過的，當然了解鞋子只是個表面的藉口。探春聽說，益發動了氣，將頭一扭，說道：「連你也糊塗了！」探春很在乎她的庶出身分，尤其有趙姨娘這麼一個處處讓她丟臉的媽，她就說了：「他那想頭自然是有的，不過是那陰微鄙賤的見識。他只管這麼想，我只管認得老爺、太太兩個人，別人我一概不管。就是姐妹弟兄跟前，誰和我好，我就和誰好，什麼偏的庶的，我也不知道。論理我不該說他，但忒昏憒的不像了！還有笑話呢：就是上回我給你那錢，替我帶那頑的東西。過了兩天，他見了我，也是說沒錢使，怎麼難，我也不理論。誰知後來丫頭們出去了，他就抱怨起來，說我攢的錢為什麼給你使，倒不給環兒使呢。我聽見這話，又好笑又好氣，我就出來往太太跟前去了。」不認親媽，只曉得老爺太太，父親是賈政，母親就是王夫人，什麼庶出，沒這回事，不認！

後來探春對趙姨娘也相當厲害的，探春這個人物的爭議就是，對自己的母親看起來有點刻薄。她在掌家的時候，趙姨娘問她多要點銀子，不給！沒有例外。講起道理來呢，很正直！探春、寶釵，都是理性人物，凡事冷靜對應，所以最後她們能夠生存下去。比較感性，重於情的，最後大部分都滅亡了。有時候可能會覺得寶釵有些無情，對人的反應很冷，下面有一回金釧兒跳井死的時候，注意看看她什麼反應。她抽過一支籤有意思：「任是無情也動人」，曹雪芹給她一句詩，說無情、服冷香丸的寶姑娘，也有動人之處。

相對於冷靜理性的人物，此刻也來到餞花會的林姑娘就特別多愁善感。春天走了，百花開始凋謝，黛玉對於時序的移動特別敏感。我曾經跟大家提過，大觀園是寶玉心中的人間仙境，也就是人間的太虛幻境。太虛幻境的時間是停頓的，所以那裏的仙子永遠美貌，那邊的春花永遠綻放，因為 timeless 沒有時間的移動。大觀園裏邊的時間卻是慢慢移動的，有春夏秋冬，小說裏邊也就是由春夏秋冬四季來寫，從興到衰。黛玉從絳珠仙草降落到凡間紅塵，就變成大觀園裏的一朵花。大觀園裏那些女孩子，都好像一朵一朵花兒一樣，都是會凋謝的，沒有永遠的。當然有些花是冬天開，有些是秋天開，多數花到了春天以後就開始凋落了。大觀園的護花使者，就是我們的怡紅公子賈寶玉。大家都記得，賈寶玉到太虛幻境的時候不是喝了仙酒、仙茶嗎？記得那是什麼？「萬艷同杯，千紅一窟」。其實那個的意思跟〈葬花吟〉根本就是對照起來的，所有這些花，也就是說，所有青春的女孩子，有一天也是「萬艷同悲，千紅一哭」。

在太虛幻境中的十二支紅樓夢曲，哀悼林黛玉的那首〈枉凝眉〉：「想眼中能有多少淚珠兒，怎禁得秋流到冬，春流到夏！」春夏秋冬一轉，最後是淚盡人亡。這個時候是暮春了，下了凡的絳珠仙草林黛玉，對自己性命的無常感已經很濃了。前一天晚上受了些委屈，夕陽暮沉看到花落的時候，就非常感慨，寫下一首自輓詩，非常有名的〈葬花吟〉，又叫〈葬花詞〉。太虛幻境裏紅樓夢十二支曲子，在某方面來說，也是十二首輓歌，在哀輓那些女孩子的命運，寶玉頭一次看的時候，完全不自覺的。到了林黛玉寫〈葬花詞〉，她已經非常 conscious，非常有自覺了，感到自己的生命無常。她不光是寫她自己，也寫所有最美的落花的命運。

《紅樓夢》中常有這種點醒意喻之筆，上一次寫到黛玉在梨香院聽的那些戲詞，突然想起了一些中國抒情詩裏的傷春悲秋的詞句，引發她對自己生命、對春天的惋惜。黛玉本來就多愁多病，她得了肺病，知道自己弱柳扶風，壽不長久，所以觸景生情，春天傷春，秋天悲秋。她寫的〈葬花詞〉是古詩體，庚辰本：**花謝花飛花滿天**，這個「**花滿天**」不太好，應該是「**飛滿天**」，看這整篇：

花謝花飛飛滿天，紅消香斷有誰憐？游絲軟繫飄春榭，落絮輕沾撲繡簾。講的是春天百花凋殘了。閨中女兒惜春暮，愁緒滿懷無釋處，手把花鋤出繡閨，忍踏落花來復去。柳絲榆莢自芳菲，不管桃飄與李飛。桃李明年能再發，明年閨中知有誰？三月香巢已壘成，樑間燕子太無情！明年花發雖可啄，卻不道人去樑空巢也傾。一年三百六十日，風刀霜劍嚴相逼，明媚鮮妍能幾時，一朝飄泊難尋覓。花開易見落難尋，階前悶殺葬花人。這個「悶」字不太好，程乙本應該是「愁殺葬花人」。獨倚花鋤淚暗灑，灑上空枝見血痕。杜鵑無語正黃昏，荷鋤歸去掩重門。青燈照壁人初睡，冷雨敲窗被未溫。怪奴底事倍傷神，半為憐春半惱春：憐春忽至惱忽去，至又無言去不聞。昨宵庭外悲歌發，知是花魂與鳥魂？花魂鳥魂總難留，鳥自無言花自羞。願奴脅下生雙翼，隨花飛到天盡頭。往下，你看啊！天盡頭，何處有香丘？未若錦囊收艷骨，一抔淨土掩風流。質本潔來還潔去，強於污淖陷渠溝。程乙本是「不教污淖陷渠溝」。爾今死去儂收葬，未卜儂身何日喪？儂今葬花人笑痴，他年葬儂知是誰？試看春殘花漸落，便是紅顏老死時。一朝春盡紅顏老，花落人亡兩不知！

〈葬花詞〉到了最後，四二九頁：願奴脅下生雙翼，隨花飛到天盡頭。下面一句：天盡頭，何處有香丘？絳珠仙草下凡以後，這個紅塵不是她的最後歸屬，這個紅塵都是塵埃滾滾，她沒有地方去。質本潔來還潔去，她是最要高潔、孤高自負的一個女孩子，她的靈魂裏面就是詩的靈魂，當然覺得紅塵裏頭一無是處，沒有歸屬的地方，即使飛到天盡頭，天盡頭，何處有香丘？到哪去找一個能夠安身的地方呢？未若錦囊收艷骨，一抔淨土掩風流。還不如把它埋起來，可能有一天，化作春泥更護花。質本潔來還潔去，可能還有這麼一個保持它原來的樣子，潔身自好的該回去的地方。看了〈葬花詞〉對照黛玉之死，很淒涼的。的確到最後的時候，賈母對她疼愛的心減了，她生病以後，沒人真的關心，尤其病得將死的那一回：「林黛玉焚稿斷痴情，薛寶釵出閨成大禮」，一邊是薛寶釵跟賈寶玉成婚，一邊是黛玉自知將死，焚稿斷痴情，她把自己的詩稿燒掉，就是埋掉一切，一抔淨土掩風流，她是詩魂，詩稿等於她自己，她把自己燒掉了。最後焚稿埋掉一切，質本潔來還潔去，不教污淖陷渠溝。爾今死去儂收葬，未卜儂身何日喪？黛玉寫這些驟然看來好像自憐自艾，其實不只，她已敏感地感受到自己的命運。《紅樓夢》常常伏筆千里，爾今死去儂收葬，未卜儂身何日喪？儂今葬花人笑痴，他年葬儂知是誰？最後那一刻的確非常淒涼，她病得快死了，張開眼睛一看，那邊鑼鼓喧天成人禮，這邊淒淒涼涼沒人來看她了，只有紫鵑一個人跟著她，她就跟紫鵑講了幾句話，很痛心。她叫紫鵑：妹妹！紫鵑本來只是個丫鬟，她把她當做親妹妹一樣，「妹妹，我這裏並沒親人。我的身子是乾淨的，你好歹叫他們送我回去。」意思是，我在賈府裏沒有親人，我這一身是乾淨的，你要把我送回去。她不肯葬在賈家，希望埋回家鄉去。試看春殘花漸落，便是紅顏老死時。一朝春盡紅顏老，花落人亡兩不知！這〈葬花詞〉寫花，也寫自己，由一己之悲擴大到世人之痛，看到花的凋零總有所感，看到美麗像花朵的女孩子漸漸枯萎，當然會疼惜，這是人生無可奈何的事。也就是我引的李後主〈相見歡〉裏邊：「林花謝了春紅，太匆匆，無奈朝來寒雨晚來風。　胭脂淚，留人醉，幾時重，自是人生長恨水長東。」這也是無可奈何的事。對照起來，後主也是以自己的亡國之痛，慢慢變成世人之悲，同樣的人生感悟，同樣的宇宙性的哀愁。

黛玉有慧根、有靈性，她這時已經冥冥中知道自己的命運，她寫出來了。寶玉還得慢慢來，雖然〈寄生草〉的「赤條條來去無牽掛」對他有所啟發，但他此刻還在紅塵中，聽到黛玉〈葬花詞〉，也不禁感同身受，又慟又痴。〈葬花詞〉不光是黛玉的自輓詩，也是輓一切美好短暫的東西，輓那些落花，也代表對所有短暫繁華的一種哀悼，對文明高峯將漸漸走下坡的哀悼。傷春悲秋的抒情詩傳統，到了這個時候，可能是個頂點，再往後，可能找不出一首這樣的詩。從湯顯祖的《牡丹亭》「原來姹紫嫣紅開遍，似這般都付與斷井頹垣」那個系列下來，到了〈葬花詞〉，又翻起一個高峯，這是抒情詩的傳統特別動人的一章，因為它又涉及了黛玉的一生，有一齣戲劇在裏頭，所以我們念起來，感受特別深刻。

【第二十八回】蔣玉菡情贈茜香羅　薛寶釵羞籠紅麝串

寶玉來尋黛玉，聽到了〈葬花詞〉。四三三頁：不想寶玉在山坡上聽見，先不過點頭感嘆；次後聽到「儂今葬花人笑痴，他年葬儂知是誰」，「一朝春盡紅顏老，花落人亡兩不知」等句，不覺慟倒山坡之上，懷裏兜的落花撒了一地。試想林黛玉的花顏月貌，將來亦到無可尋覓之時，寧不心碎腸斷！既黛玉終歸無可尋覓之時，推之於他人，如寶釵、香菱、襲人等，亦可到無可尋覓之時矣。寶釵等終歸無可尋覓之時，則自己又安在哉？且自身尚不知何在何往，則斯處、斯園、斯花、斯柳，又不知當屬誰姓矣！——因此一而二，二而三，反復推求了去，真不知此時此際欲為何等蠢物，杳無所知，逃大造，出塵網，使可解釋這段悲傷。正是：花影不離身左右，鳥聲只在耳東西。程乙本裏頭，沒有「真不知此時此際欲為何等蠢物，杳無所知，逃大造，出塵網」這幾句話。這個太過了！對寶玉太過 intellectualized，這個時候寶玉還不到那個程度，還沒到「逃大造，出塵網」了悟的程度。他聽了很悲戚，想到黛玉有一天沒有了，其他人也沒有了，這個園子可能就沒有了，他感受到的到這步為止。程乙本沒有往下的幾句，其實夠了。

黛玉誤以為寶玉不要見她，心中耿耿於懷，後來兩個人一解釋清楚，也就和好了。寶黛之間的感情，從小兒女的你試我一下，我試你一下，試出真情出來了。到了最後黛玉說：你這樣，我死了，我走了，你怎樣？寶玉講：你死了，我當和尚去！這下露出心聲了。看起來是一句氣話，最後一語成讖。到下面二十九回「痴情女情重愈斟情」的時候，兩個人真正變成互相的知己，親暱相處出情絲來了。本來不太自覺的兩個小兒女，慢慢變成一對自覺的小情人。一些小動作，像寶玉掉淚了，用新衣服來揩淚，黛玉把手帕悄悄一丟，這種小動作滿動人，不好寫的。很多小說都寫戀愛故事，戀愛故事最難寫得好，要寫得不肉麻、自然動人、恰如其分，其實是很不好寫的。寶玉跟黛玉因為前面有一個大前提在，他們是三生石畔靈河邊一段仙緣，所以無論怎麼都可以解釋說那是三生緣定，如果沒有這個大前提，就寫一對普通兒女談情說愛，難寫得好。

在這個神話架構之下，他們的愛情又往上提昇了，他們兩塊玉，一塊黛玉，一塊寶玉，兩塊玉互為知己，互為soulmate，互相心靈的交媾，不能以世俗兒女之情來衡量。但是因為這又是一本非常寫實的小說，它在寫實層面也相當動人，林姑娘那個小性子，寶玉那種會對女孩子做小低伏，寫得很好。這兩種層次都要記得，才能有比較完整的認識。像〈葬花詞〉只有寶玉聽了有所感觸，別人不懂的。只有寶玉最懂得黛玉，黛玉也最了解他。所以到了下面兩回的時候，寶玉自己跟襲人講，寶釵、史湘雲都勸他要去學些經濟之道，他把她們推出去，說姑娘們不要擾我安樂，說這些污染了你們的東西，只有林姑娘不講這些混賬話。其實，只有黛玉了解他，從來不勸他求功名。他不是那個世界的人，根本不是那個料，也無心於此，黛玉真的懂他。寶釵、史湘雲，還是世俗之見，對寶玉來講，她們還是拿儒家宗法社會、修身齊家治國平天下那一套標準，來衡量賈寶玉，那這個喜歡跟女孩子混，喜歡吃胭脂的怪男孩子，真的一無是處。可是別忘了，他是神瑛侍者下凡，不是個平凡的人。

小說很重要的，就是寫出 memorable characters，永遠不會忘記的人物。我們看了《紅樓夢》以後，王鳳姐、賈寶玉、林黛玉、薛寶釵、賈母、劉姥姥……這些人物栩栩如生，我們都會記得。《紅樓夢》並沒有一個大的所謂 plot 情節故事，它跟其他幾部不同，譬如《西遊記》，唐僧跟幾個徒弟到西天取經，要經過九九八十一個劫難，最後到了西天，一條路下去，清清楚楚。譬如《三國演義》，雖然很複雜，還是魏蜀吳三個國，最後被魏一統天下，有它的情節發展。《紅樓夢》是很奇怪的書，從頭到尾很複雜的故事，這個故事的主線是什麼？它隱在下面看不大見的。它是用許許多多的 scene，用小場景連串起來，場景與場景之間，有時候不一定互相有關聯。這一場跳到那一場，可是串起來又是一個很完整、很複雜、很全面的圖像。它借用了春夏秋冬的很多節氣、生日、喪禮、過年、元宵……這些節日，還有像祭祖、送花、餞花會之類所謂的rituals 儀式性細節來推展劇情。它的一個一個小的 scene 都寫得好，都很活。像前面那一回短短的薛寶釵拿扇子撲蝴蝶，聽了那兩丫頭說話，使了一個金蟬脫殼之計，場景非常 vivid，非常生動。寶釵撲蝴蝶跟黛玉的葬花，這兩個放在前後好像沒有什麼關聯的場景，寫得一樣動人，黛玉靠一首〈葬花詞〉把整個場景又托得更高。他這種形而上的、象徵性的、神話架構的東西，有時候又突然一降，降到非常俗氣非常現實的寫法，這一回就是一個例子。

賈府裏的公子哥兒賈寶玉、薛蟠，還有他們的朋友大將軍的公子馮紫英……有他們所謂的 social gatherings。從前的社交，常請一些歌伎、戲子來，唱戲的唱戲，唱歌的唱歌，陪酒的陪酒，這是明清時的社會習尚。《金瓶梅》這類明清的小說，都有這種場景。這種場景等於一種羣戲，一定有一羣人。羣戲也不好寫，每個人都要給他一個表演的機會，或者兩筆三筆帶到，也要給他們弄得很活。這一回是怎麼回事呢？馮紫英請了薛蟠，請了寶玉，還有一些唱曲的戲子伶人。那時候的戲班子，大部分都是純男性的，旦角也是男旦扮的，像湯顯祖家裏的家班子就是男扮，男孩子都是 teenagers，十幾歲就訓練出來唱戲了。到了清朝以後才有純女性班子，所以賈府才能去找了十二個女孩子來唱戲。馮紫英這一次請了唱戲的來，「還有許多唱曲兒的小廝並唱小旦的蔣玉菡」。唱曲子的男扮小戲子中有一個唱旦角的叫蔣玉菡，還請了錦香院的妓女雲兒。一羣人來了，有妓女，有伶人，還有個薛蟠。薛蟠外號叫呆霸王，在小說裏他是個 comic character 喜劇人物。曹雪芹這整個小說以悲劇收場，可是有很多小的場景是以喜劇的方式表現。寫薛蟠是其中一個，寫劉姥姥是另外一個。這一羣人大概知識程度都不很高，但也會吟詩作賦。這個妓女雲兒大概是高級妓女，在法國叫 courtesan，能夠跟那些公子哥兒來往，還能跟他們唱和的，不是等閒之輩。蔣玉菡更佳了，他原來是忠順王府王爺跟前得意的一個人。

明清很多王爺、貴族，自己有家班子的。曹家就有自己的班子，曹雪芹的祖父曹寅，還寫了一個有名的傳奇本子叫《續琵琶》。當時有家班子是一種 social status，社會地位的象徵，家裏有很好的戲班子，表示在社會上有地位，請客的時候，沒戲班子唱戲就差了一截。所以賈母請客的時候，請了薛姨媽、李嬸娘她們，叫那些小女孩來唱戲，說你們要加油，唱好一點，這些姨太太家裏頭都有戲班子的。其實這個蔣玉菡是忠順王府戲班子裏的一員，但他不是普通的戲子，有相當的教育程度。他們在一起飲酒作樂，要會唱曲子、吟首詩，表示風雅博學。在這種地方，《紅樓夢》常常得力於它的詩詞，詩詞也是很重要的一部分。按理說小說是散文，不是韻文，當然後來也有韻文小說，如《玉梨魂》就完全是用詩來寫的，《再生緣》也是用詩寫的。可是《紅樓夢》是散文的，但它詩詞歌賦的運用非常恰當，各種類型都有。它用的詩詞，不是隨便用的，都有個性。賈寶玉寫的那些詩，林黛玉的詩，薛寶釵的詩，都顯示他們的身分性格，哪怕唱個曲子，也不是隨便唱的。

寶玉在席上先唱了很有名的曲子〈紅豆詞〉：「滴不盡相思血淚拋紅豆，開不完春柳春花滿畫樓，睡不穩紗窗風雨黃昏後，忘不了新愁與舊愁，咽不下玉粒金蓴噎滿喉，玉粒金「蓴」有點怪，程乙本是金「波」，照不見菱花鏡裏形容瘦。照不見的「見」程乙本用「盡」字。展不開的眉頭，捱不明的更漏。呀！恰便似遮不住的青山隱隱，流不斷的綠水悠悠。」這是講一個女孩子在春閨裏閨怨的詩。寶玉對於女孩子的心思很細緻的，所以他能夠體會，而且有一定的境界，〈紅豆詞〉等於是寶玉在寫黛玉的心境。很多人都聽過〈紅豆詞〉，後來變成很有名的一首歌，是周小燕唱的，但聽過的人不見得知道它出自於《紅樓夢》。曹雪芹安排在這裏跟薛蟠的曲子一對照，就可以看出是多麼不同的兩個人。寶玉是神瑛侍者下凡，有他的靈性，對於女孩子是一種憐香惜玉的心。他是大觀園裏的護花使者，情榜中的第一名，他那種多情，那種疼惜，就是「則為你如花美眷，似水流年」的心境，他知道這些女孩子將來一個一個要嫁出去，要離開，所以對她們特別不捨。

薛蟠唱什麼呢？「兩個蒼蠅嗡嗡嗡，一個蚊子哼哼哼」，他說，這個叫做哼哼韻。輪到那個妓女雲兒，她想以女兒為題，要說出什麼女兒悲、女兒愁、女兒樂之類，雲兒便說道：「女兒悲，將來終身指靠誰？」薛蟠嘆道：「我的兒，有你薛大爺在，你怕什麼！」這時寫的薛蟠，活得不得了！雲兒繼續唱，大家說：別混她，別去攪她。雲兒又道：「女兒愁，媽媽打罵何時休！」這個媽媽，當然是老鴇了。薛蟠道：「前兒我見了你媽，還吩咐他不叫他打你呢。」薛蟠，這個呆霸王，他有他好玩的地方。雖然他很粗俗，雖然他闖禍，有時候盡是那種紈絝子弟驕奢淫逸的壞習性，但他有一點天真一點傻，所以也有他趣味的地方。《紅樓夢》不避俗，俗的東西一樣寫得好，所以你看雲兒唱的什麼呢？荳蔻開花三月三，一個蟲兒往裏鑽。鑽了半日不得進去，爬到花兒上打鞦韆。肉兒小心肝，我不開了你怎麼鑽？這就是妓女的口吻！薛蟠接下的那幾句話，更是俗得不得了。他講女兒悲，講不出來「登時急的眼睛鈴鐺一般」，好不容易，說了：「女兒悲，嫁了個男人是烏龜。」把眾人笑得不得了，他還有一套歪理：「一個女兒嫁了漢子，要當忘八，他怎麼不傷心呢？」眾人笑說：快點說！女兒愁，愁什麼呢？「繡房擦出個大馬猴。」你看，他的一切，都停留在動物階段，烏龜、馬猴，他把女孩子也看成動物，與寶玉對比起來，截然不同的境界。

曹雪芹寫一個人物，正面寫，側面寫，還對比著寫，他都經過深思熟慮，設計了這些場景，很活，很有趣，達到他 characterization 人物刻畫的目的。這一回還出現一個重要人物蔣玉菡，雖然他是一個 minor character 次要角色，可是對寶玉，對整本書，有重要的意義在。我說過，《紅樓夢》裏面，名字有玉的，斜玉邊不算，真正有玉的：林黛玉、蔣玉菡、妙玉，這幾個玉，對寶玉都有特殊的意義。小紅不是本來叫紅玉而改掉了嗎？因為她衝犯了寶玉的名字。這幾個呢？特別留下來這個玉字。蔣玉菡是個伶人，當然他的身分修養不會高，但那個時候即使像妓女、唱曲的，因為來往的人很多仕紳階級，能夠唱幾支曲，能夠吟幾首詩，是最基本的條件。所以像雲兒這樣的妓女，能夠到馮紫英家裏侍奉這些貴族公子哥兒，也不是平常的妓女，多少懂一點文墨。從前的中國士大夫階級、文人墨客，婚姻都是家庭安排的，沒有所謂的愛情，很多時候愛情都在妓女伶人身上尋找，當然也有很浪漫的，不過還是逢場作戲為多。逢場作戲也要會作戲，像薛蟠就不合格。蔣玉菡唱了幾句也很適合他的身分：「可喜你天生成百媚嬌，恰便似活神仙離碧霄。度青春，年正小；配鸞鳳，真也著。呀！看天河正高，聽譙樓鼓敲，剔銀燈同入鴛幃悄。」所以曹雪芹寫曲或不論寫什麼都是量身定做的，不會隨便寫，要麼是寫他的身分，要麼是講他的個性，要麼又指明他的命運。那些詩詞歌賦，都是有 functional，都有作用的。

蔣玉菡唱完了以後，要吟一句詩，這個詩必須是桌子上有的東西，他一看，有一枝桂花，他就念了：花氣襲人知晝暖（注意，這一句非常要緊）。薛蟠跳起來說：了不得！了不得！該罰，該罰。為什麼？你講到寶貝了！什麼寶貝？問寶玉。原來指的是「襲人」

兩個字。襲人是寶玉的丫鬟，不是隨便講的，蔣玉菡無意中講一句，定了她的一生。所以我講曹雪芹心思細密，一點點都不放過的。看起來好像就是平常應酬吟首詩唱個曲，不是！這裏就伏了一個後面的結局，決定襲人的命運。寶玉在太虛幻境的時候，不是看了襲人的冊詩：「堪羨優伶有福，誰知公子無緣。」優伶就講蔣玉菡，最後跟花襲人結成了夫婦。要等到第一百二十回，全書結尾的時候，曹雪芹畫龍點睛，是寫實架構裏面最後一個episode，再下面又變成寓言，又是神話結構了。寫實結構的最後一節是襲人跟蔣玉菡結婚，一本小說最後的所謂ending，一定是畫龍點睛，絕對不是隨便放在那個地方的。有時候，結局決定一本小說的成敗，小說的意義，往往在最後把主題引出來。薛蟠說襲人是寶貝，叫蔣玉菡問寶玉，寶玉不好意思。馮紫英和蔣玉菡等仍問，雲兒才說了出來，蔣玉菡馬上起身賠罪。過一下，蔣玉菡出去了，寶玉也跟出去，二人欣悅訂交，互贈表記。

蔣玉菡與寶玉的關係，不能看成普通的一段同性戀，或同性之間的情分，可能還有更高、更深的一層意義在裏頭。蔣玉菡的名字，第一個是玉，第二個是菡。菡萏是荷花、蓮花，在佛教傳統裏面，蓮花、荷花都是reincarnation再生的意思。他是玉荷花，再生的一個人。寶玉跟黛玉的那個「玉」字，是兩個人互相identified定下的一段仙緣，在塵世裏這段仙緣要完成，當黛玉淚盡人亡還了債的時候，寶玉最後是要成佛的。最後那一幕是了不得的一個場景，寶玉去考科舉，考了之後就出家了，他把功名留給了家裏，自己就走了，大家到處找，找不到他。有一天下大雪，賈政從外面回來，在船上突然間看到一個人，光了個頭，赤著腳，穿著大紅的披風像袈裟一樣，向他合十四拜，站起來，一僧一道，兩個神仙，兩個菩薩，把他接走了。賈政追不上，看見紅的袈裟慢慢消失在一大片白茫茫的雪地裏。那個景象不得了，寫得非常驚人的一個場景。寶玉的佛身離開塵世了，只剩下白茫茫的一片大地真乾淨。這塊青埂峯下的頑石，他的塵緣盡了，變成佛身走了，他的俗緣怎麼辦？他留下什麼給塵世呢？第一，他中了舉人，留給家裏一個功名，這是他們要的。賈政一天到晚逼他念書，逼他考功名，他在塵世十九年，還給家裏的是一個功名。第二，留給妻子寶釵的是什麼呢？書裏講他跟寶釵圓過一次房，那時候他已經失掉玉，根本整個人空掉了，可是他有這個義務，對賈府，對妻子，他留下一個兒子，大概名字中有個桂字，「蘭桂齊芳」，以後要靠賈蘭——李紈的兒子，靠賈桂——寶釵的兒子，把賈府再復興起來。寶釵戴了把金鎖，扛起了整個賈府的興衰，她要好好地撫養教育這個兒子。最後，在塵世他最牽掛的是誰？襲人嘛！他最早發生肉體關係的就是襲人，他的俗身老早給了襲人了。他在襲人身上有很重的俗緣，他要給她完成他世上的俗緣，一定要給她找個丈夫。誰呢？蔣玉菡。為什麼是蔣玉菡呢？第一，名字裏邊一個玉字，第二，寶玉跟他一見面，就有一種感情。四四四頁：二人站在廊檐下，蔣玉菡又陪不是。寶玉見他嫵媚溫柔，心中十分留戀，便緊緊的搭著他的手。一來就抓住他的手，對寶玉來講，男人都是泥巴，濁臭的，薛蟠就是啊！薛蟠大概是污泥做的，蔣玉菡這個男人就不一樣。寶玉跟秦鐘，跟蔣玉菡有特別關係，尤其蔣玉菡，玉跟玉在一起，有一種深刻的認同。當然有一半是喜歡他長得好，但長得好他不一定認同，書裏也有長得很俊俏的男人，他欣賞的是「嫵媚溫柔」這種女性的特質。寶玉說女兒是水作的，蔣玉菡身上就有這種特質。這可能跟一個時代的審美有關。不同的時代，有時候喜歡胖的，有時候喜歡瘦的，有時候喜歡偏

蔣玉菡

陽剛的，有時候喜歡偏陰柔的，每個時代都不一樣。到了現代，好像又有點回頭了，一些什麼「花美男」，日、韓劇還有臺灣的偶像劇明星，好像審美的觀念又印證《紅樓夢》時代了。

不管怎麼樣，至少寶玉對蔣玉菡是有一種感情的深刻認同的。到三十三回，因為蔣玉菡，寶玉被打得遍體鱗傷，他跟蔣玉菡那一段俗緣在一起的時候，是要受傷的，肉體上面是要挨打的。書裏暗示說，他跟他兩個人有關係，蔣玉菡從忠順王府逃出來了，官府就來找，說琪官（就是蔣玉菡）跟你們一個含玉的公子最近往來得很密切，他在外面置了產，公子一定知道。這一段呢，暗寫，沒有寫出來，要麼就是刪掉了，要麼就按下不表了。但是講他們兩個有密切來往，可見得他跟他之間有一段緣分。回到他們兩人初見這一回，見面就十分留戀，寶玉問：你們班上有一個馳名四方叫琪官的，我還無緣得見。**蔣玉菡笑道：「就是我的小名兒。」**寶玉欣喜之餘就解下隨身的一個玉玦扇墜子送給他，蔣玉菡剛好有一條汗巾，大紅的，誰給的呢？北靜王給的。北靜王在他們之間也扮演了一個角色（等於北靜王替他下了聘禮），那條紅色的汗巾是茜香國女國王所貢，非常名貴，北靜王賜給他，他解下來贈給寶玉，寶玉又把身上那條松花綠的回贈給他。一紅一綠，在《紅樓夢》裏常常是成對的，互相交換汗巾子的時候，等於互贈表記。但松花綠汗巾子是誰的？其實是襲人的，所以這個時候，賈寶玉已經在無形中替花襲人找到她的歸屬了，那個歸屬就是蔣玉菡。為什麼託這個人？因為他等於是寶玉俗身的化身。一方面寶玉跟蔣玉菡可能發生過肉體關係，寶玉跟花襲人也發生過肉體關係，賈寶玉的肉身一劈為二，一半在蔣玉菡身上，一半在花襲人身上，最後他們兩個人成婚的時候，也就是一紅一綠，兩條汗巾子又歸在一起。兩個人在俗世上，完成了賈寶玉的一段俗緣。

寶玉對他的妻子，對他的父親，對賈府，對他最牽掛的房中人，都有俗緣的安頓。尤其是襲人，如果隨隨便便的遣嫁，即使是上層的公子哥兒，寶玉也不放心。因為一般的男人都有門戶之見，對於丫鬟出身的襲人，不會像蔣玉菡這樣懂得憐香惜玉的。所以託給蔣玉菡，是寶玉親手下的聘禮。後來花襲人本來百般不願再嫁，她想忠於寶玉，不得已委委屈屈地嫁了（她並不知蔣玉菡是何許人），第二天早上一打開箱子，看見原來屬於她的那條松花綠汗巾，在蔣玉菡的箱子裏頭，她曉得這一切原來都是前定，原來寶玉暗暗地已經替她安排了歸屬。這本書，至此才得到圓滿的結果。

講《紅樓夢》，一般人都論到寶玉出家為止，以為寶玉出了家，好像佛家、道家最後勝利，得到圓滿。從佛家來講，寶玉解脫了，可是它又來這麼一個 episode，可能大有寓意。人世間有各種緣分，都需要圓滿的結束，這是中國人的哲學。西方的像希臘悲劇，都是很極端的，沒有回頭的。國破家亡，整個滅絕，那些希臘悲劇都是這麼個下場，很恐怖，很可怕的。所以 Aristotle 亞里斯多德說，看希臘悲劇是恐懼跟憐憫。《紅樓夢》看到最後一回，寶玉走了以後，讀者仍覺遺憾、悵然，他留下了這一段俗緣，我們心中還有點補償，這就是《紅樓夢》偉大的地方。它全面照顧，並沒有給任何一種的哲學思想或一種宗教來霸占，這才是中國式的人生。這本書儒釋道三種哲學互相為用，相輔相成，曹雪芹受這些哲學宗教的影響很深，但基本上，他是個小說家，完全是以小說的手法來呈現，用故事來闡述他比較深奧的人生看法。

再回到寫實的 episode，這一回最後又寫到寶釵了。曹雪芹寫薛寶釵也是各種方式來寫，寫她吃冷香丸，非常冷靜，非常理性，冷得有點無情。寫她的金鎖，很有象徵意義的，她要擔負很大的重擔。現在呢，元妃賜下一些禮物，不是巧合，可能也是有心的，所有人的禮物只有寶釵跟寶玉是同樣的東西，也同樣多，黛玉的沒有那麼多。可能這個時候賈家的媳婦在元妃的眼裏已經定了。元妃是聰明的人，她看寶玉身邊幾個人，哪個，哪個，怎麼樣子，一眼就看透了。她給寶釵較多的禮物，其中一樣就是紅麝串，寶釵就籠在膀子上面，寶玉想看看，寶釵就從手臂脫下來拿給他看，因為她胖，不容易褪下，寶玉在旁等著。這是第一次寫寶釵的身體，用 close up 很近的鏡頭特寫：**寶釵生的肌膚豐澤，容易褪不下來。寶玉在旁看著雪白一段酥臂，不覺動了羨慕之心，暗暗想道：「這個膀子要長在林妹妹身上，或者還得摸一摸，偏生長在他身上。」**林妹妹沒關係，摸摸她也不會生邪念，林黛玉最多嘟嘟嘴巴生生氣，就過了。寶釵可不是這麼容易相與的，她有一股正氣，很端莊的一個女孩子。可是端莊的女孩子，手膀也白白胖胖的，讓寶玉動了遐思，他在別人身上沒有的遐思，在她身上就有了。所以寶釵也不光是冷靜，也有相當的性感，有她可愛讓男人動心的地方。後來女孩子們一起玩抽花籤，寶釵抽了牡丹籤，籤詩寫的是：**任是無情也動人**，最後是她嫁給了寶玉。曹雪芹東點西點鋪陳，已經點出來了的，難得寫她的性感，也有意義在裏頭的。

賈寶玉寫的〈紅豆詞〉與蔣玉菡唱的曲子，其實是相對的境界。〈紅豆詞〉就是黛玉的心境，**滴不盡相思血淚**，永遠達不到的一段愛情，跟〈葬花詞〉同是一曲悲歌。蔣玉菡的這首歌，**剔銀燈同入鴛幃悄**，他最後是圓滿的，〈配鸞鳳〉暗示最後與花襲人的結合。詩詞都有它更深一層的意義。

好啦，正當寶玉看薛寶釵看得入神、遐思翩翩的時候，林黛玉來了。寶釵看見寶玉發痴的樣子原本轉身要走，見到黛玉，問她怎麼站在外頭吹風。黛玉說，我聽到天上有個呆雁叫了一聲，寶釵問呆雁在哪兒，黛玉指的是寶玉，一下子把手絹一丟，丟在寶玉臉上，嚇了他一跳。他們的三角關係，一直從各種的緊張表現出來，這個時候，黛玉心中對寶釵是相當耿耿於懷的。

【第二十九回】享福人福深還禱福　痴情女情重愈斟情

《紅樓夢》情節的進行，很多都是按照一些ritual儀式，比如：生日、喪葬、過年、元宵、祭祖……。這一回講賈府年初一到清虛觀打醮的事情。清虛觀屬道教，裏邊有個張道士，這個老道士的身分很不一樣，跟賈代善，也就是賈母的丈夫同個輩分。那個時候道教有一種規矩，很多有身分的人基於種種理由說要修道，自己不能真正去修，不像賈敬是真的撇下世俗離家去修，於是找一個道士做他替身，張道士就是做榮國公賈代善的替身，當然跟賈家的關係不比尋常。賈家到他的道觀做法事，當然就完全不一樣。

你看賈家打醮做法事的氣派，家裏的丫鬟傭人通通動員了，這可能是第一次把每一家每一房那些丫鬟的名字寫下來。賈母的丫鬟：鴛鴦、鸚鵡、琥珀、珍珠，聽起來都是很貴重的，賈母的丫鬟氣派大一點，鴛鴦是丫鬟頭。林黛玉的丫頭紫鵑、雪雁、春纖，寶釵的丫頭鶯兒、文杏，迎春的丫頭司棋、繡桔，探春的丫頭侍書、翠墨，惜春的丫頭入畫、彩屏……等等，都伴著主子通通去了。可想而知，這羣年輕女孩子，分乘幾車，嘰嘰呱呱、聲勢浩大。到了道觀，下來了，一個細節滿重要的。因為都是高貴的女眷，除了張道士，其他人包括道士都要迴避的。有一個剪蠟燭的小道士來不及躲，亂跑一通，一下子就撞到鳳姐的懷裏。鳳姐一揚手照臉一巴掌，把那個小道士打了個筋斗，還罵粗話。不過庚辰本這個「野牛肏的，胡朝那裏跑！」太粗了，不像鳳姐講的。程乙本我覺得恰如其分，罵一聲「小野雜種」，夠了！曹雪芹不是不用粗話，而是不合身分，薛蟠罵罵算了，鳳姐不會講這麼粗的話，所以我覺得這裏有點問題。

鳳姐打了一巴掌，那些傭人看到也起鬨了，圍著劈哩啪啦叫打。賈母聽見吵鬧，問是怎麼回事？賈珍就連忙出來問了，鳳姐上前攙著賈母說：「一個小道士兒，剪燈花的，沒躲出去，這會子混鑽呢。」賈母聽說，忙道：「快帶了那孩子來，別唬著他。小門小戶的孩子，都是嬌生慣養的，那裏見的這個勢派。倘或唬著他，倒怪可憐見的，他老子娘豈不疼的慌？」說說就叫賈珍把孩子帶進來了。那孩子還一手拿著蠟燭剪，跪在地下亂顫，發抖，嚇死了。賈母命賈珍拉起來，叫他別怕，問他幾歲了，那孩子嚇得說不出話來。賈母叫他出去，吩咐不要為難他，給他賞了錢。賈母就是賈母，這老太太不比尋常的。曹雪芹有好幾個地方寫賈母，到現在為止，我們看到賈母只是一個很會享福的老太太，這是一個面向，其實，在書裏面，除了賈政以外，很能代表儒家的人物是賈母，從賈母一句「可憐見的」就看出來了。陶淵明也寫過一封信給他兒子說，你要善待你的那些傭人，他們也是人家的兒子。這就是真正的儒家精神，推己及人，別人的小孩也是「人子」。王熙鳳這種地方就欠缺了，她心地不夠仁厚，少了一點惻隱之心，雖聰明有餘，機關算盡，能幹得不得了，也有風趣的一面，但後來不得善終。賈母雖逢抄家之難，最後是壽終正寢，八十幾歲是嘴角微笑過世的。一個小小的細節，就是寫賈母的為人，一筆一筆像工筆畫一樣，從各種角度來看這個人。尤其是寫王熙鳳，角度最周圓，把她的優點、缺點、性格、手腕都寫了出來。王熙鳳本來就有點勢利，她對劉姥姥那種高傲的態度，對傭人的嚴苛，這個時候寫出對小道士的疾言厲色，也襯托了賈母的仁厚。

曹雪芹常常在這種小節寫出人的活靈活現。譬如賈珍這個人，我們看到他像個紈綺子弟，可是別忘了他是寧國府的寧國公，他是繼承那個 title 的，因為賈敬不管事修道去了，世襲到賈珍身上，他要拿出架式來的。賈珍來到道觀忙前忙後，一看他的那些子姪竟躲到樓下乘涼去了，就叫兒子賈蓉出來，說：「你瞧瞧他，我這裏也還沒敢說熱，他倒乘涼去了！」揮手一個耳光，又叫傭人啐他兩下（吐口水在他的臉上），賈蓉也只好認了。那個時候中國的家庭，在宗法社會下，父親有絕對的權威。張道士本來還有點做作，不敢進來。賈母說他是榮國公的替身，是熟人，趕緊叫他進來。這個道士雖是出家人，也很世故的，見了寶玉，見了賈母，很懂得說奉承話。賈母就講寶玉本來都滿好的，就是他老子逼他念書逼得太厲害，把他逼出病來了。張道士說，外頭都在傳寶玉寫的字、作的詩，都好得很哪！下面接著說：「我看見哥兒的這個形容身段，言談舉動，怎麼就同當日國公爺一個稿子！」說著兩眼流下淚來。賈母一聽，就觸動心事了。張道士非常世故，他曉得賈母最疼的就是寶玉，他這麼一講寶玉像賈代善，賈母當然就聽進去了。別忘了，這些道士都靠賈府這種富貴人家捐香油錢，甚至捐整個廟的，他們到這裏來做法事，在賈母來說，也不過就等於是家裏頭做做，可是外面時相往來的各府，一聽賈府要做法事，都送禮來了，中國從前的那種禮尚往來，真是一板一眼，規矩很多。因為賈府此刻正盛，普通做個法事也這麼多人來送禮，後來賈府倒了，去找人家都不理，都拒而不見了。

張道士說道觀裏的道士，聽說了寶玉那塊玉，都想看一看。於是拿了個盤捧去給大家開開眼，看完拿回來以後，盤子裏擺滿小禮物，也有金、玉、寶石之類的隨身佩帶物。賈母說收出家人禮物不妥，寶玉說要退回去，張道士說這是他們一份心……正在相互推讓，看到裏邊有個金麒麟。賈母說好像誰身上也有這麼一個，寶釵說史大妹妹身上有一個，指史湘雲。大家說寶釵記性真好，黛玉就在旁邊放話了：「**他在別的上還有限，惟有這些人帶的東西上越發留心。**」有一個金鎖已經鬧得不可開交了，又跑出個金麒麟來，黛玉真是煩惱，她身上沒有這些金東西。寶玉聽見史湘雲有個金麒麟，就想伸手去拿，黛玉盯他兩眼，他不好意思收進懷裏，就說我拿了要給你的，黛玉說我不希罕。其實，寶玉拿了就是要給史湘雲的。

這個金麒麟後來也引出很多爭論來，到最後有這麼一個回目：「因麒麟伏白首雙星」，寶玉拿回金麒麟，掉到草叢裏給史湘雲撿著了。很多研究紅學的人懷疑，有這個回目，是不是曹雪芹原來的意思是寶玉最後跟史湘雲結婚。脂批有此一說：後來寶釵死了，寶玉流落了，湘雲也流落了，她原本嫁了一個滿好的王孫公子衛若蘭，可惜早逝，所以他們倆都流落了，最後史湘雲跟寶玉結婚。不過在太虛幻境的冊詩裏，沒有講到這一節，程乙本後四十回也沒有這一段。也有一個說法：史湘雲的丈夫衛若蘭，身上配的東西就是一個麒麟，所以應該指的是衛若蘭。這一點成為扯不清的公案了。

《紅樓夢》裏面有很多 inconsistencies，前後不一致，雖然他伏筆千里，很多東西老早伏好，有些大概因為抄本、續本的關係，有前後照應不到的地方。回目怎麼會跑出一個「因麒麟伏白首雙星」呢？我覺得那是史湘雲跟寶玉也有一段似有似無的情，兄妹之情多於情人。史湘雲很豪爽，兩個人談得來是真的，那種談得來有點兄妹的味道。寶玉跟黛玉、寶釵都是表兄妹，但跟她們兩個不像兄妹之情，跟史湘雲是的。史湘雲個性豪爽有男子氣，有時候喜歡扮男裝，挺可愛的一個女孩子。那個麒麟是戴在身上的小東西，曹雪芹很會運用微物，寫了金鎖、玉、麒麟、汗巾子這樣那樣好多的東西，這些東西也往往有象徵性。由於金麒麟黛玉又耿耿於懷了，寶玉也只好又去勸慰。她說，又是金玉良緣，又跑出個金麒麟，黛玉就是難受得不得了。寶玉沒辦法，就說乾脆把這塊玉砸碎，我也不要這塊玉了。這一鬧，鬧得不可開交了，兩個人這個時候還在試探，一直要到交心了，互相動了真情，一動真情就不可收拾了。尤其是黛玉那方面，她懂得了寶玉的心。寶玉那個心像好幾個蜂窩一樣，這裏藏一個，那裏藏一個，好多好多都可以容得下，他對很多人都可以生情的，可是真正的情是在黛玉身上，所以他一直在講，一直在解釋。這兩個人吵吵鬧鬧也寫得滿動人的。林黛玉香囊剪掉了，扇墜子也剪了，通通都剪掉，其實呢，剪不斷理還亂，黛玉想要剪斷這段情談何容易，兩個人到死纏綿，最後黛玉只能淚盡人亡，償還這段緣分。因為兩個人鬧得不可開交，賈母都來關心了，講他們兩個「小冤家」，一聽冤家二字，不是冤家不聚頭，兩個想想這冤家滿好，又互賠不是。兩個人鬧了又好，好了又吵，吵到賈母那邊去。

【第三十回】寶釵借扇機帶雙敲　齡官畫薔痴及局外

寶玉看黛玉為了兩個人爭吵，又哭又吐，激動得不得了，第二天當然又跑來賠不是了。黛玉就說不讓他進來，不許開門。紫鵑說這麼熱的天氣，晒壞了他怎麼辦？

後來讓他進來了，故意調侃，我以為寶二爺不上我們這門了，誰知又來了。寶玉笑道說：「你們把極小的事倒說大了。好好的，為什麼不來？我便死了，魂也要一日來一百遭。妹妹可大好了？」紫鵑道：「身上病好了，只是心裏氣不大好。」不管生的是什麼氣，他總是賠小心，這是寶玉最專長的地方。講著講著就說到她死了他當和尚去了，黛玉說，你有多少個姐姐妹妹，捨得當和尚去！寶玉聽黛玉不信他的話，忍不住流下淚來，用新衣裳的袖子來擦。這裏有意思：「林黛玉雖然哭著，卻一眼看見了，見他穿著簇新藕合紗衫，竟去拭淚，便一面自己拭著淚，一面回身將枕邊搭的一方綃帕子拿起來，向寶玉懷裏一摔，一語不發。」寫的好！這個地方不用講了，要和好了。怎麼辦呢？看他哭，她也哭了，拿了手帕丟給他，這手帕後來有極大的意思。他拿了這個手帕揩了淚，就跟她說：「我的五臟都碎了，你還只是哭。走罷，我同你往老太太跟前去。」林黛玉將手一摔道：

「誰同你拉拉扯扯的。一天大似一天的，還這麼涎皮賴臉的，連個道理也不知道。」這一句話沒講完，王熙鳳來了，說：好了，這下抓住了，兩個原來在賠不是呢！把他們一拽，拽到賈母那邊去。

這個 drama 有意思在這裏：到賈母那邊去了，兩個人呢剛剛哭完，坐下來了，有點不好意思。寶釵坐在那裏，看著他們兩個。之前呢，薛蟠生日演戲叫寶玉去，寶玉推託身體不舒服就不去了，來了以後看見寶釵，寶玉就向寶釵道歉了。說大哥哥生日，我沒去，也沒送禮，也沒磕頭。「大哥哥不知我病，倒像我懶，推故不去的。倘或明兒惱了，姐姐替我分辨分辨。」寶釵笑道：「這也多事。你便要去也不敢驚動，何況身上不好。弟兄們日日一處，要存這個心倒生分了。」寶玉又笑道：「姐姐知道體諒我就好了。」這個寶玉也多嘴，又問：「姐姐怎麼不看戲去？」寶釵這個女孩子不好惹的，寶釵道：「我怕熱，看了兩齣，熱的很。要走，客又不散。我少不得推身上不好，就來了。」這當然就是諷刺寶玉，撒謊了，講身上不好不來了。寶玉聽說，自己由不得臉上沒意思。給她碰了個軟釘子，沒意思，只得又搭訕笑道：「怪不得他們拿姐姐比楊妃，原來也體豐怯熱。」最後這一句，程乙本是：原也富胎些。這兩者有點差別，而且滿要緊的。「富胎」這兩個字也是指豐滿，但口氣上比「體豐怯熱」好。寶釵聽了這話，庚辰本寫：「不由的大怒，待要怎樣，又不好怎樣。」程乙本是：「寶釵聽說，登時紅了臉，待要發作，又不好怎麼樣；」這個地方，程乙本寫得合理。寶釵不會大怒，第一，寶姑娘多麼有涵養；第二，是在賈母面前，再怎麼她也要裝一下，她在賈母、王夫人面前都是非常乖順的，不會大怒，但是登時紅了臉，心裏面不舒服氣的。程乙本這兩句話簡潔。庚辰本說：「不由的大怒，待要怎樣，又不好怎樣。」這不是囉嗦嗎！庚辰本：「回思了一回，臉紅起來，便冷笑了兩聲。」程乙本就比較順一點：「寶釵聽說，登時紅了臉，待要發作，又不好怎麼樣；回思了一回，臉上越下不來。」越想越氣，想了氣了以後呢，就給她兩下了：「便冷笑了兩聲。」寶釵很少冷笑的，這下子也忍不住了。冷笑了兩聲，講了什麼呢？她說：「我倒像楊妃，只是沒一個好哥哥好兄弟可以作得楊國忠的！」寶釵當然不喜歡被比作楊貴妃，楊貴妃下場也不好，聲譽也不好，而且呢，可能講她胖，她也不高興。寶玉不會說話得罪寶姑娘，這麼挨了兩下。

兩人正在講的時候，一個小丫頭靚兒（庚辰本：靛兒）剛好扇子不見了，就跟寶釵笑道：「必是寶姑娘藏了我的。好姑娘，賞我罷。」寶釵就借扇機帶雙敲，指她道：「你要仔細！我和你頑過，你再疑我。和你素日嘻皮笑臉的那些姑娘們跟前，你該問他們去。」程乙本是這麼寫的，寶釵指著她厲聲說道：「你要仔細！你見我和誰玩過！有和你素日嘻皮笑臉的那些姑娘們，你該問他們去。」這個時候，寶釵講話很兇的，她不好罵寶玉，不好跟寶玉講，她藉著丫鬟可以的，聲音變了，厲聲了。寶姑娘很少失掉風度，這是其中之一。你要仔細，你見我和誰玩過，這是說，我不是隨隨便便跟你們這些小丫頭開玩笑的，有和你素日嘻皮笑臉的那些姑娘們，你該問他們去。程乙本這裏多了個「有」字，少了「跟前」，我覺得是好的。這整個節奏、語氣，像寶釵生氣的味道，而且氣得很呢！可她拐了個彎，如果她失掉風度，直接當著賈母面前罵寶玉就不好看了，而且她也不讓，曉得黛玉在旁邊很得意，藉著小丫頭來了，就指著她厲聲說話，你仔細了，哪個跟你有嘻皮笑臉頑過，你去問她們。指的是什麼？指的是黛玉她們那些平常講慣了開玩笑話的，你去問她們去。寶玉自知又把話說造次了，當著許多人，更比才在林黛玉跟前更不好意思，便急回身又同別人搭訕去了。

林黛玉聽了寶玉奚落寶釵，心中很得意，本來也要加進去，後來看看她生氣了就算了，改口說：「寶姐姐，你聽了兩齣什麼戲？」寶釵因見林黛玉面上有得意之態，一定是聽了寶玉方才奚落之言，遂了他的心願，忽又見問他這話，便笑道：「我看的是李逵罵了宋江，後來又賠不是。」寶釵也是厲害的，她們這兩個女孩子你來我往，你一槍，我一箭的，誰也不讓誰。這時候她講的戲，看過《水滸傳》的人都知道，李逵去罵宋江，講宋江，完了以後，又跑去負荊請罪，把自己的衣服脫了，自己捆了，拿了藤鞭子跑去向宋江請罪。後來也改成一齣戲叫做《負荊請罪》，滿有名的。寶玉便笑說：「姐姐通今博古，色色都知道，怎麼這一齣戲的名字也不知道，就說了這麼一串子。這叫《負荊請罪》。」寶玉不識相，還去教寶釵兩下。寶釵笑道：「原來這叫作《負荊請罪》！你們通今博古，才知道『負荊請罪』，我不知道什麼是『負荊請罪』！」這一講呢，寶玉和黛玉心中有病，聽了臉都紅了。寶玉整天就負荊請罪，這下子給寶釵逮住了。鳳姐當然很聰明，一察言觀色，看他們兩個臉都紅了，曉得不對勁，什麼負荊請罪她根本就不太懂，她就說，誰吃了生薑了？沒人吃生薑，怎麼臉辣辣的？這幾個人你來我往，很有意思的。寶釵跟鳳姐走了，黛玉跟寶玉說：「你也試著比我利害的人了。誰都像我心拙口笨的，由著人說呢。」當然林姑娘也不讓人說的，寶姑娘這下子也顯出了兩下子。曹雪芹寫人的個性，總在恰當的時候給他表現一下，多數時候都是林黛玉戳寶釵，東戳她一下，西戳她一下，她不是都忍著、受著，到了某個時候發作出來，更厲害！

接著又發生了一件事情，看似很小，卻要了一個人的命。怎麼回事啊？寶玉弄到沒趣了，就跑到王夫人房裏去，看王夫人在打盹。金釧兒在旁邊幫她捶腳，也在一沖一沖地打瞌睡。夏天嘛！當然慵懶。寶玉對女孩子都喜歡的，看金釧兒的樣子挺可愛，他又心癢難耐了，就把身邊荷包裏帶的香雪潤津丹塞一顆在她嘴裏，跟她開玩笑說：待太太醒了，我把你要來，到我怡紅院去，我們在一塊兒不是很好嗎？金釧兒睜開眼睛說：「你忙什麼！『金簪子掉在井裏頭，有你的只是有你的』。」意思是，以後反正我還是屬於你的。又說，我教你個法子，到東小院子去，去拿環哥兒跟彩雲。賈環很討人厭，沒有人喜歡他，只有王夫人的丫頭彩雲同情他。所以曹雪芹寫人總留餘地，像賈環那麼不可愛的人，也有一個紅顏知己護著他。金釧兒就叫寶玉抓他們兩個人去。寶玉笑道：「憑他怎麼去罷，我只守著你。」庚辰本這個話講得也不太恰當，程乙本是，寶玉笑道：「誰管他的事呢！咱們只說咱們的。」這個好多了！我只守著你，這種話好像不太合適在這時候講。哪曉得王夫人沒有睡著，聽了這個話翻起身來，打金釧兒兩個耳光子，又叫她母親把她領回去。在金釧兒不過是好玩，開玩笑而已，王夫人卻覺得這是教壞了寶玉。

從這個時候已經開始，到後來搜查大觀園，把晴雯攆出去，把芳官她們十二個小伶人通通趕走，這時候已經有提示了。王夫人看起來像心很軟而仁厚的人，但她覺得自己做什麼都是對的，做的都是守規矩很仁慈的事。有時候，守規矩的人，所謂仁慈的人，做出一些殘忍的事情更可怕，但她不認為如此。金釧兒這種事，按理講可以罵幾句警告一下，但王夫人馬上把她攆出去，罰得太重。金釧兒被趕走，後來跳井自殺，在某種意義來說，大觀園這些百花後來一個個趕走、凋零，是王夫人起頭的。到七十三回的時候，因為發現了一個繡著春宮畫的繡春囊，王夫人就覺得不得了了，伊甸園裏鑽出蛇來了，就把妖嬈的女孩子通通趕走，通通抄家，後來整個賈府一下子衰下去，從那裏直落急轉，金釧兒只是個起頭。寶玉一看金釧兒挨了打，嚇得快點跑掉了。他也不過是個小孩子，無意中做了一件頑皮的事，跟丫鬟們逗逗笑，完全沒有拿出爺們的架子來，他跟她們混在一起的。他等於是大觀園裏的護花使者，很多他護不了，她們一個一個被趕走了。

這時候正是五月初夏，薔薇花盛開，寶玉看到薔薇架下面，有人在哭泣，她手拿著頭上的簪子在地上畫字，寶玉想，難道也是個痴丫頭，跑來像顰兒一樣葬花不成？她若真葬花，就是東施效顰。他再一看，「**只見這女孩子眉蹙春山，眼顰秋水，面薄腰纖，裊裊婷婷，大有林黛玉之態。**」又一個林黛玉的化身來了。林黛玉的幾個化身，一個是晴雯，另一個是齡官，這個唱戲的女孩子很像她。齡官在十二個女孩裏面，是唱小旦的。晴雯、齡官跟林黛玉都很像，又不完全像。這一段寫齡官跟賈薔的愛情，短短的一段故事，把愛情的痴寫出來了。愛情故事不好寫，我們想想看，小說好多寫愛情，記住的真的不多。像曹雪芹這樣，寥寥幾筆，每個都寫得動人。之前有賈芸跟小紅，現在賈薔跟齡官。賈薔講起來是賈家的玄孫輩，也算是正宗的賈府的人，因為父母早就過世了，賈珍很喜歡他，等於收養了他，所以他跟賈蓉是兄弟。他長得也很好，跟賈蓉在一起的時候，有些人就傳些謠言，賈珍覺得不好聽，就讓他另外住，也讓他去上私塾。大家還記得學堂鬧事的那一回，他幫著秦鐘，因為是賈蓉的關係。這麼一個男孩子，跟唱戲的女孩子，發生了一段愛情。

這女孩子在畫字，寶玉就順著她一點一勾畫出來，是個「薔」字。女孩子的心思，寫來寫去寫個薔字，寶玉不解。在薔薇花架下面，一個像林黛玉的女孩子，反覆地在寫個薔字，那情景非常美。她一個人寫寫，畫完一個又畫一個，庚辰本說已經畫了有幾千個，哪會有幾千個？程乙本是幾十個，比較合理。畫來畫去還是個「薔」字，畫了幾十個「薔」，外面的不覺也看痴了。寶玉很懂得女孩子的心思的，他一看見這個女孩子，定有滿腹心事，在這裏暗暗地哭泣，又拿金簪子來畫薔字，又開始憐香惜玉起來了。寶玉想，「這女孩子一定有什麼話說不出來的大心事，才這樣個形景。外面既是這個形景，心裏不知怎麼熬煎。看他的模樣兒這般單薄，心裏那裏還擱的住熬煎。可恨我不能替你分些過來。」寶玉對女孩子就是這樣子的，那種恨不得替她痛苦的體貼，是他動人的地方。正在這時候，忽然下雨了，寶玉在薔薇架外面看，禁不住便說道：「不用寫了。你看下大雨，身上都濕了。」就叫她快點走。那女孩子聽說倒唬了一跳，抬頭一看，只見花外一個人叫他不要寫了，下大雨了。一則寶玉臉面俊秀；二則花葉繁茂，上下俱被枝葉隱住，剛露著半邊臉，那女孩子只當是個丫頭，再不想是寶玉，因笑道：「多謝姐姐提醒了我。難道姐姐在外頭有什麼遮雨的？」你看他痴到這個地步，自己淋了一身的雨都不覺得，去擔

齡官

心那個女孩子淋濕了。難怪寶玉最後成佛，他對人常常是 selfless，把自己忘掉的，對人的感情常常到了忘我的地步，可能他是這裏頭最不自私的一個人了。這個女孩子走了，後來他又看到齡官，才知道為什麼她要畫這個薔字，原來是跟賈薔的愛情。常常《紅樓夢》有一種小的 pictures，畫面都很美，這是其中之一。

寶玉回到怡紅院，他的那些丫頭們把門關起來，趁著雨大水漲，拿著野鴨子在玩水，他敲門都沒聽見。後來他敲得重的時候，襲人來開門，他一腳踢過去，正好踢到襲人的胸前肋骨。寶玉說：我從來沒打過人，第一次踢就踢到你了。襲人說：沒關係！沒關係！襲人當然也很要面子，她曉得一定不是踢她嘛！她說沒關係，是有意思的。前面講過，襲人是要擔負寶玉的肉身的，最後完成他肉身的一段俗緣，寶玉呢，為了蔣玉菡被打得一身傷，襲人應該在肉體上面要擔負著一些事，擔負所有的傷痕，她這一腳也不是白挨的。為什麼不選別人呢？一下子選中了襲人，而且踢得她吐血，踢得她內傷很重。這一串下來，仔細想一想，大概都有些含義在裏頭。書中很多時候寫襲人，除了林黛玉、薛寶釵這兩個第一女主角、第二女主角外，襲人是第三女主角，第四個，晴雯！薛寶釵跟襲人是一掛子的，林黛玉跟晴雯又是一掛子的，寫晴雯、寫襲人，間接也就寫了黛玉跟寶釵，她們的個性跟她們的命運。這兩組人，一組是感性的化身，像林黛玉、晴雯，還有剛剛的齡官，她們的核心價值在於情，而且個性率真，常常不容於世，當時的儒家宗法社會，注重的是秩序，整個 social order，不見容這些縱情而跨越儒家規範的人。最後賈母要把薛寶釵娶為媳婦的時候，有人跟賈母說，寶玉黛玉心中早就有情，賈母的反應是，這個我就不懂了，小兄妹親近是好的，不該有別種心，別種情。在她來講，娶媳婦不是因為愛情娶的，愛情不是首要條件，是看能不能撐得起這個家。她說，林黛玉的孤僻是她的好處，我不把她娶了當寶玉的媳婦，也就是因為孤高自傲的人，不容於儒家的宗法社會。不符合整個 social order 的人，像魏晉南北朝的竹林七賢，都不見容於這個社會，下場大部分不好，被砍頭的砍頭，隱居的隱居，儒家宗法社會不容這些縱情的人，黛玉如此，晴雯也是如此，下一回就要講晴雯的「撕扇子作千金一笑」。寶釵跟黛玉之間，有相當尖銳的衝突，兩個人唇槍舌劍的你一來我一往，這一幕若移到怡紅院裏，就是襲人跟晴雯，重演寶釵跟黛玉之間的那一番鬥爭。

【第三十一回】

撕扇子作千金一笑　因麒麟伏白首雙星

襲人被踢了一腳，吐血了！寶玉當然很著急，叫醫生來看，心情悶悶不樂。又逢端午節，寶玉去了王夫人那邊跟姐妹聚了一下子，因為才發生金釧兒的事，黛玉寶釵又較勁衝突，大家都淡淡的，一會兒就散掉了。四八四頁：林黛玉天性喜散不喜聚。他想的也有個道理，他說，「人有聚就有散，聚時歡喜，到散時豈不清冷？既清冷則生傷感，所以不如倒是不聚的好。比如那花開時令人愛慕，謝時則增惆悵，所以倒是不開的好。」故此人以為喜之時，他反以為悲。黛玉看得很清楚，再熱鬧也是暫時繁華，一下子就過了，她感覺天下沒有不散的筵席，聚在一起反而引起惆悵。寶玉不同：那寶玉的情性只願常聚，生怕一時散了添悲；那花只願常開，生怕一時謝了沒趣；只到筵散花謝，雖有萬種悲傷，也就無可如何了。因此，今日之筵，大家無興散了，林黛玉倒不覺得，倒是寶玉心中悶悶不樂，回至自己房中長吁短嘆。

寶玉回到怡紅院本來就有點悶悶不樂，晴雯上來服侍他換衣服，不小心一失手把扇子摔到地上，扇骨子一下子摔斷了。寶玉嘆說：「蠢才，蠢才！將來怎麼樣？明日你自己當家立事，難道也是這麼顧前不顧後的？」晴雯這個女孩子可不是容易相與的，也不肯服輸，個性剛烈得很。她就講了：「二爺近來氣大的很，行動就給臉子瞧。前兒連襲人都打了，今兒又來尋我們的不是。要踢要打憑爺去。就是跌了扇子，也是平常的事。先時連那麼樣的玻璃缸、瑪瑙碗不知弄壞了多少，也沒見個大氣兒，這會子一把扇子就這麼著了。何苦來！要嫌我們就打發我們，再挑好的使。好離好散的，倒不好？」也不過講了她一句，就扯出這麼一大串來，憑什麼啊？憑著寶玉的寵呀！

晴雯沒好氣，寶玉更氣了，說：「你不用忙，將來有散的日子！」襲人在那邊早已聽見，忙趕過來向寶玉道：「好好的，又怎麼了？可是我說的『一時我不到，就有事故兒』。」我不來，就發生什麼事情了。晴雯心裏已經很不服了，對襲人趁機發難。冷笑道：「姐姐既會說，就該早來，也省了爺生氣。自古以來，就是你一個人伏侍爺的，我們原沒伏侍過。因為你伏侍的好，昨日才挨窩心腳；我們不會伏侍的，到明兒還不知是個什麼罪呢！」嘴巴厲害的，完全不輸林黛玉。襲人一聽了這個話，又是惱，又是愧，本來想要說她幾句，又看看寶玉氣得這樣子了，自己忍了性子。推晴雯道：「好妹妹，你出去逛逛，原是我們的不是。」晴雯這下抓到她了！晴雯聽他說「我們」兩個字，自然是他和寶玉了，不覺又添了酸意。冷笑幾聲，道：「我倒不知道你們是誰，別教我替你們害臊了！便是你們鬼鬼祟祟幹的那事兒，也瞞不過我去，那裏就稱起『我們』來了。明公正道，連個姑娘還沒掙上去呢，也不過和我似的，那裏就稱上『我們』了！」「姑娘」在這裏是指寶玉偏房的意思。名公正道的姑娘還沒掙上去呢！其實，王夫人是已經許了襲人的，但是沒有明講，名分沒有明過。這個襲人又挨了一下，當然寶玉就越來越氣了。襲人忙拉了寶玉的手道：「他一個糊塗人，你和他分證什麼？」晴雯冷笑道：「我原是糊塗人，那裏配和我說話呢！」這下子襲人受不了，說道：「姑娘倒是和我拌嘴呢，是和二爺拌嘴呢？要是心裏惱我，你只和我說，不犯著當著二爺吵；要是惱二爺，不該這麼吵的萬人知道。我才也不過為了事，進來勸開了，大家保重。姑娘倒尋上我的晦氣。又不像是惱我，又不像是惱二爺，夾槍帶棒，終久是個什麼主意？我就不多說，讓你說去。」寶玉沒辦法了，就說要報告王夫人把晴雯打發出去，晴雯又堅持死也不肯出去，鬧得不可開交。襲人急了，跪下了，幾個丫頭也一起下跪求寶玉息怒。其實寶玉是一時氣頭上，他對晴雯原是很寵愛的。

晴雯哭著正想說話，黛玉來了，拍著襲人的肩，笑道：「好嫂子，你告訴我。必定是你兩個拌了嘴了。告訴妹妹，替你們和勸和勸。」黛玉有時候也開玩笑的，她當然知道襲人等於是寶玉的妾一樣的。黛玉走後，寶玉被薛蟠請去飲酒，晚上帶幾分酒意回來，看見有一個人在院子裏的椅子上乘涼，他就坐旁邊，以為是襲人，就問說你疼得好一點沒有？那人站起來就說，又來找我幹嘛？寶玉一看，原來是晴雯。寶玉把她拉到身邊說，你的性子越來越嬌了，你跌了扇子，我不過講了兩句話，你就那麼發起飆來了，襲人勸你，你又拉上她。晴雯就講，不要拉拉扯扯，我不配坐這裏。寶玉說你不配，為什麼又在這個地方睡著？寶玉很有耐性的。他又讓晴雯拿水果給他吃，晴雯說，我不要，我叫別人拿，等一下我打破了盤子，又要挨罵了。寶玉講了：「你愛打就打，這些東西原不過是借人所用，你愛這樣，我愛那樣，各自性情不同。比如那扇子原是扇的，你要撕著玩也可以使得，只是不可生氣時拿他出氣。就如杯盤，原是盛東西的，你喜聽那一聲響，就故意的碎了也可以使得，只是別在生氣時拿他出氣。這就是愛物了。」他一套歪理論，晴雯一聽就說，「既這麼說，你就拿了扇子來我撕。」寶玉給她，她嗤嗤嗤撕了幾下，說好聽得很，高興了，兩個人大笑。麝月跑來了，瞪晴雯一眼說，你這是蹧蹋東西，少作孽吧！寶玉跑過去，把麝月手上的扇子給搶過來給晴雯，晴雯嗤嗤兩下又撕掉了，麝月氣得要命，你怎麼拿我東西開玩笑！寶玉說：去打開那個扇子匣子，你去揀去，什麼好東西，有的是！麝月說，既然你要給她東西，把它搬出來，讓她撕，撕個夠為止。晴雯笑了，講我也累了，明天再說吧！寶玉說，古人講千金難買一笑，幾把扇子能值幾何！寶玉要逗她開心，撕扇子作千金一笑。

這一回特寫晴雯，在曹雪芹心中晴雯也占有相當的地位。在太虛幻境，寶玉第一次去翻那些冊子的時候，一翻開又副冊的第一個就是晴雯。的確，除了黛玉、寶釵、襲人以外，就是晴雯。這麼一個重要的人物，怎麼寫她？你再也想不到，曹雪片用個撕扇子來表現這個女孩子獨特的個性，它只是一個很小的 episode，但充分顯現她的「心比天高，身為下賤，風流靈巧招人怨」。晴雯很自負的，為什麼自負？第一，長得好。女孩子長得好，當然自負，但寶玉身邊沒有醜丫頭的，晴雯或許是特別漂亮，但到現在為止，我們不知道晴雯長得什麼樣子。如果是一個考慮不那麼周到的作者，形容的話馬上就寫出來了。曹雪芹不講，留了一手，一直留到最後，七十四回因為發現了繡春囊自己抄大觀園，要把晴雯趕走的時候，王夫人說，寶玉身邊和園子裏一羣狐狸精，通通要趕走。她想到了有一天經過怡紅院，看到一個人在罵小丫頭，豎起兩個眼睛，輕狂的樣子。從王夫人的眼中看到的，削肩，水蛇腰，眉眼有點像林妹妹。削肩，美人肩嘛！水蛇腰，形容得不能再好。蛇腰已經不得了，水蛇腰，蛇行在水上面的那種樣子，這麼一個女孩子，多麼 attractive，多麼地吸引人。眉眼間像林妹妹，林妹妹弱柳扶風，這個不是，性子很烈的。當然也是講她美，卻歸為蛇一樣的女人。由王夫人的眼裏來講她，留到那一刻，講出來最有效。如果先前寫出來了晴雯什麼樣子，王夫人再講，就沒有效果了。《紅樓夢》人物的刻畫，到了某一個階段，突然間放得很大，那個人物馬上就成了畫得很好的一幅圖了。或者像電影裏面，一點一點累積人物的印象，一下子來個 close up，近鏡頭，讓你把整個人物看清楚了。這種東西看起來容易，其實不容易，要在最恰當的時候，用最恰當的語言描寫出來。不管詩也好，小說也好，寫得好的那個地方，我們推敲半天想要再去換一換哪個詞，想不出來，表示已經寫到盡頭了。形容晴雯，不要多，水蛇腰，夠了！你再也不會忘記。如果說細腰，不夠的，蛇腰也不夠，加個水字，這就夠了，形容晴雯到頂了。

因為美，因為風流靈巧，難免恃寵而驕。晴雯的確是風流靈巧，不光是會撕扇子，她還會補孔雀裘，後面有一回，就寫「勇晴雯病補雀金裘」。寶玉有一件披風是俄羅斯進貢的孔雀毛金線繡起來的，不小心燒了一個洞沒人會補，晴雯的針線最巧，她原是賈母的丫鬟，賈母的針黹都讓她做的，所以晴雯是有兩下的，不是光會發脾氣。補裘的時候她正在病中，一晚沒睡替寶玉趕出來，因為第二天還要穿給賈母看，不能讓人知道這珍貴的衣裳燒了個洞。晴雯其實是非常護主，非常愛惜寶玉的。

寶玉跟晴雯也有一種彼此知道的了解，但不同於跟黛玉之間的相知相惜。像撕扇子這種奇怪的事，只有晴雯做得出來，這個女孩子對世俗東西不以為然，寶玉也有很奇怪的一套理論。撕扇子所代表的涵義是，物質的東西再珍貴，在他們眼裏不值一錢。黛玉也是這種個性，寶玉也是，所以他們都是一掛子的。他們率真的個性，不適於禮俗規範的社會，也就指向最後的敗亡。從某方面來說，晴雯等於是沒有受過教育的黛玉，不識字的黛玉。在撕扇子作千金一笑之前，也出現過一兩次說話的任性，不是很重要的場景。一次是在元宵的時候，她們在玩骰子賭錢，晴雯輸了跑進來拿錢，看到寶玉替麝月梳頭，她講了幾句酸話，跑掉了。她說：「交杯酒還沒喝，怎麼上頭了！」她講話的那種衝勁兒，也是跟黛玉很像的。黛玉跟晴雯有意無意間得罪了好多人，也引起了她們結同盟來反對，像寶釵、襲人，有意無意地在王夫人面前講了話，襲人是有意的。晴雯也是得罪了襲人，得罪了很多人，她的個性率直、剛烈，不容於世，雖然也有可愛的一面。曹雪芹寫她們，不是沒有缺點，有缺點的也很可愛，但可愛不一定能夠生存。從另外一方面講，寶釵、襲人很懂世故，很會取悅，但也不能苛責她們，她們也要生存，也要在這個社會秩序裏面找到自己的位置。各人有各人的角色，《紅樓夢》不加評論的，讓一個一個、一齣一齣的演出來。

這一回「撕扇子作千金一笑」，寫了晴雯的任性及寶玉對她的寵，她的命運關鍵也在這個地方。晴雯之死，黛玉之死，都是《紅樓夢》裏寫得最動人的場景，兩個人雖然很像，但結果又不一樣，她們抵不住外面的這些力量，放逐、病重、死亡。黛玉之死很淒涼，後面沒有人支撐她，所以她跟紫鵑說，我這裏並沒親人，我的身體乾淨的，好歹你送我回去。這是非常 bitter、非常怨恨的話了。晴雯死的時候也非常淒涼，她被趕出去的原因，是講她引誘寶玉。晴雯病得奄奄一息，寶玉偷偷去看她，她講我沒做壞事，沒有勾引你，早知道就這樣死了，擔這個虛名，還不如跟你兩個真在一塊兒。她最後對寶玉吐露真情，是很動人的一幕。她把長指甲咔擦咬斷，交給寶玉，雖然肉體沒有跟他，至少她身體的一部分留給寶玉做紀念。這些都是曹雪芹鋪陳好的，有前面的撕扇子作千金一笑，才有最後死的時候的那種剛烈，只有晴雯有這種個性，這一回已經寫出來了。

《紅樓夢》寫的好，賦予每個角色自己的個性，從頭發展到最後幾乎都是統一的，有些時候不統一，我覺得可能是版本問題，基本上，那個人講什麼話，做什麼事情，都有他一定的道理。晴雯跟黛玉寫成這個樣子，寶釵跟襲人寫成那個樣子，這兩組人，最大的差異是感性跟理性，小的地方又完全不同。再往下推，理性這一派的還有探春，感性這一派的還有柳五兒、芳官這些人。所以每個角色雖然是大的 category 類別，細分又有很多不同，這很多不同的地方合起來，襯出黛玉的型，襯出寶釵的型，這就是《紅樓夢》寫人物的複雜性。

後半回「因麒麟伏白首雙星」，寶玉不是到道觀裏，張道士要送給他一個金麒麟嗎？他聽說史湘雲也有一個金麒麟，就心動把它帶回來了，想等史湘雲來賈府時送給她。史湘雲也是一個在寶玉心中有特殊地位的人，對她的感情又與黛玉、寶釵、襲人、晴雯都不同。寶玉那個情的光譜長得很，他跟史湘雲有一點哥兒們的味道，真是兄妹之情，甚至兄弟之情，不是男女間的 romantic 浪漫感情。湘雲豁達、調皮，不拘禮俗，有點男孩子脾氣，她跟黛玉是兩個完全不同的型。她有時穿了男孩衣服，也滿好看，賈母沒看清楚，以為是寶玉來了。湘雲豪爽，喜歡嘰嘰呱呱講不停，有點饒舌，寶玉就講她，還是那麼會說話，不讓人。黛玉在旁邊冷笑，說「他不會說話，他的金麒麟會說話。」程乙本黛玉這句話是：「他不會說話，就配帶金麒麟了？」黛玉很介意湘雲有金麒麟，寶釵的金鎖片已經夠她受了，又跑出個金麒麟來。所以就酸她一句：「他不會說話，就配帶金麒麟了？」意思是配帶金麒麟的人，當然會說話了。「他的金麒麟會說話」有點不大妥當。小說也好，詩也好，按理講，一句都不能寫錯的，一句寫得不對，就會影響全盤，以曹雪芹的那種仔細，程乙本在語氣上好得多。

寶玉拿回了金麒麟，要向湘雲獻寶，伸手向懷裏取，不見了！他著急得很。誰想到這遺失的金麒麟，早先就被湘雲跟她的丫鬟翠縷，在薔薇架下撿到了。湘雲和丫鬟翠縷在花園裏逛，講出一番陰陽的大道理，天是陽，地是陰，日頭是陽，月亮是陰，翠縷說難道花啊、鳥啊也有陰陽嗎？怎麼沒有！葉子朝上的就是陽，朝下的就是陰。動物雄的就是陽，雌的就是陰，有公的就有母的。翠縷又問，人也有陰陽嗎？湘雲就說，這個傻丫頭，這種東西也來問，越講越接近男女的事情了，就封她的嘴。翠縷就說，我怎麼不知道，小姐是陽，丫鬟是陰，湘雲笑得要命，好好好，你講得對！正取笑間，翠縷看到草裏面金閃閃的，這下子分出陰陽來了。原來是一個金麒麟，比湘雲佩戴的又大又有紋彩，跟原來那個恰恰似一對。

這個回目「因麒麟伏白首雙星」，很多研究者據此推論最後賈寶玉跟史湘雲結了婚。可是它整個伏筆下來，並沒有這個跡象，而且太虛幻境的冊詩講湘雲命運的時候，也沒有提到這一筆，所以是個懸案。書中實際提到的就是後來湘雲嫁給了一個貴族公子衛若蘭，不幸得病早逝，湘雲很年輕就變成了寡婦。據脂硯齋批注，衛若蘭出現的時候身上戴了個麒麟，所以回目可能指的是衛若蘭。《紅樓夢》有些地方真的沒法解，前後的確有矛盾的地方，到底經過好多手抄，後四十回，有人說曹雪芹還沒有寫完，也有人說寫完了，還沒有親自刪潤修改，這是其中之一。不管怎麼樣，這個小節有意思的是小姐丫鬟論陰陽，還跑出一個跟湘雲的命運有關的東西，寫得很有趣。《紅樓夢》那麼一大本，我們看得下去，因為它的小節處處有趣，細節串起整本書，每個小節仔細看，它都是有意思的。

【第三十二回】訴肺腑心迷活寶玉　含恥辱情烈死金釧

史湘雲在賈府裏面，她一待不肯走的。拿史湘雲跟黛玉來比的話，史湘雲也是孤女，父母早亡，依靠叔叔嬸嬸生活。叔叔史侯雖然也是公侯之家，到底不是自己的父母，而且看起來嬸嬸不怎麼疼她。可是她生性豁達，不像林黛玉那麼多愁善感，她在賈府很高興，有那麼多的姐妹，又有寶玉一起，而且她跟襲人特別好。以前襲人服侍賈母的時候，因為史湘雲常常在賈母跟前，跟襲人處得好，這天到賈府就去怡紅院看襲人，送戒指給她。襲人說上一回湘雲遣人送來給賈府姑娘們的戒指，她已經得了一個了，是寶釵給的。你們看，寶釵在賈府裏頭，上上下下都搞定了。上對賈母，她非常地貼心，在王夫人面前，她又是親的外甥女。對下呢，她跟襲人變成了聯盟。有一回，她聽到襲人要賈寶玉念書求功名的一番話，剛好符合她的想法邏輯，把襲人也看做跟她一掛的。史湘雲也非常欽佩，把她當姐姐一樣，說：「我但凡有這麼個親姐姐，就是沒了父母，也是沒妨礙的。」說著，眼睛圈兒就紅了。寶玉道：「罷，罷，罷！不用提這個話。」史湘雲道：「提這個便怎麼？我知道你的心病，恐怕你的林妹妹聽見，又怪嗔我贊了寶姐姐。可是為這個不是？」襲人旁邊笑說，講得心直口快。可見得，寶釵、襲人、湘雲，都串成一串了。

黛玉在賈府相當孤立的，她跟寶玉一下子鬧起來，東剪西剪，扇套子也剪掉，打的穗子也剪掉，她不曉得扇套子是史湘雲繡的，剪掉了，史湘雲當然很不高興，說：「他既會剪，就叫他做。」她們幾個聯起來，稱讚寶釵，講黛玉的壞話，寶玉不要聽。正在這個時候，前面有客人來了，誰呢？賈雨村。這位典型的在官場裏熱中功名利祿，不擇手段往上爬的的人，寶玉最不喜歡，可是賈政要他去見客。他抱怨，一定要見我幹嘛。史湘雲一邊搖著扇子，笑道：「自然你能會賓接客，老爺才叫你出去呢。」寶玉很不高興地說：「那裏是老爺，都是他自己要請我去見的。」賈雨村要見賈寶玉，也是逢迎、拍馬屁，想討好，見見他們賈家的公子。湘雲笑道：「主雅客來勤，自然你有些警他的好處，他才只要會你。」寶玉道：「罷，罷，我也不敢稱雅，俗中又俗的一個俗人，並不願同這些人往來。」湘雲笑道：「還是這個情性不改。如今大了，你就不願讀書去考舉人進士的，也該常常的會會這些為官做宰的人們，談談講講些仕途經濟的學問，也好將來應酬世務，日後也有個朋友。沒見你成年家只在我們隊裏攪些什麼！」寶玉不喜歡談論仕途經濟這種東西。按理講，湘雲也不是這種人，聽起來好像是寶釵的口氣，後來寶釵也是這麼講的，可見得湘雲也受了寶釵的影響，對寶玉也這麼訓起話來了。你看看寶玉的反應：「姑娘請別的姐妹屋裏坐坐，我這裏仔細污了你知經濟學問的。」意思是：你走吧，別到我這裏來。他也不怕得罪她了，這下子寶玉牛脾氣來了，最不愛聽這種話，沒想到，像湘雲這麼一個女孩子，居然也講出這種話出來，所以，請吧！我這裏快玷污了你。襲人忙打圓場，她說：「雲姑娘快別說這話。上回也是寶姑娘也說過一回，他也不管人臉上過的去過不去，他就咳了一聲，拿起腳來走了。這裏寶姑娘的話也沒說完，見他走了，登時羞的臉通紅，說又不是，不說又不是。幸而是寶姑娘，那要是林姑娘，不知又鬧到怎麼樣，哭的怎麼樣呢。提起這個話來，真真的寶姑娘叫人敬重，自己訕了一會子去了。我倒過不去，只當他惱了。誰知過後還是照舊一樣，真真有涵養，心地寬大。誰知這一個反倒同他生分了。那林姑娘見你賭氣不理他，你得賠多少不是呢。」果然寶釵也講過這種話。兩個人都在講林黛玉壞話，說寶釵怎麼的涵養好，怎麼樣的心地寬大。寶玉怎麼說，這個很重要了。寶玉道：「林姑娘從來說過這些混賬話不曾？若他也說過這些混賬話，我早和他生分了。」襲人和湘雲都點頭笑道：「這原是混賬話。」寶玉為什麼喜歡林黛玉，因為黛玉了解他，是他的知音，是他的知心，他在黛玉面前什麼真心話都能講，他不怕，黛玉也不會指責他。

講這些話的時候，黛玉在外面偷聽到了。為什麼恰巧偷聽到了呢？黛玉曉得，湘雲到賈府來了，身上帶了個金麒麟，而且寶玉身上留了個麒麟給她，快點來刺探一下，這兩個人會不會做出什麼風流事情來。她在想，近日寶玉弄來的外傳野史，多半才子佳人都因小巧玩物上撮合，或有鴛鴦，或有鳳凰，或玉環金珮，或鮫帕鸞縧，皆由小物而遂終身。今忽見寶玉亦有麒麟，便恐借此生隙，同史湘雲也做出那些風流佳事來。因而悄悄走來，見機行事，以察二人之意。黛玉啊，小心眼。她聽看看，沒想到一聽聽到寶玉這番話，你看她什麼樣的反應：「林黛玉聽了這話，不覺又喜又驚，又悲又嘆。所喜者，果然自己眼力不錯，素日認他是個知己，果然是個知己。所驚者，他在人前一片私心稱揚於我，其親熱厚密，竟不避嫌疑。」那是真的，在這幾個女孩子面前，居然把黛玉說成知己一樣的，等於說心都給她了，完全不避嫌疑，就等於他的 confession，已經坦白了。對黛玉來說，這簡直是非常非常震動，曉得寶玉一心在她身上了。「所嘆者，你既為我之知己，自然我亦可為你之知己矣；既你我為知己，則又何必有金玉之論哉；既有金玉之論，亦該你我有之，則又何必來一寶釵哉！」怎麼會跑出個金鎖來呢？明明我們兩個人是一對，怎麼又跑出個寶釵來？「所悲者，父母早逝，雖有銘心刻骨之言，無人為我主張。」的確是，從前女孩子的婚姻，自己不好講的，一定是父母、兄長先開口，女孩子不能厚顏無恥說我要嫁給他，像尤三姐那樣自己說要嫁給某人，很少的，因為尤三姐出身卑微，豁出去不要緊，以黛玉這麼一個千金小姐，絕對說不出口。沒有人替她作主，所以後來紫鵑也非常著急，跟她說要趁早，怕她被耽誤掉了，趁著老太太還在的時候，你就要打定主意。黛玉心中也想到這一點：「況近日每覺神思恍惚，病已漸成，醫者更云氣弱血虧，恐致勞怯之症。你我雖為知己，但恐自不能久待；你縱為我知己，奈我薄命何！想到此間，不禁滾下淚來。待進去相見，自覺無味，便一面拭淚，一面抽身回去了。」勞怯之症，其實就是肺病，黛玉已經隱隱感覺到她的命薄，恐不久長，前思後想，悲從中來，想到寶玉居然講白了，他愛的人是林黛玉，一方面也非常地感動。但外面的情況跟處境都對她不利，她常常感受到自己的命運，詩詞間透露出來的心聲，通通指向不祥，心中常常有一種淒涼，想想也就傷心了，轉身走了。

下面這段，大家要仔細看：這裏寶玉忙忙的穿了衣裳出來，忽見林黛玉在前面慢慢的走著，似有拭淚之狀，便忙趕上來，笑道：「妹妹往那裏去？怎麼又哭了？又是誰得罪了你？」林黛玉回頭見是寶玉，便勉強笑道：「好好的，我何曾哭了。」寶玉笑道：「你瞧瞧，眼睛上的淚珠兒未乾，還撒謊呢。」一面說，一面禁不住抬起手來替他拭淚。他忘情了，看她流眼淚，他拿手要替她拭淚了。林黛玉忙向後退了幾步，說道：「你又要死了！作什麼這麼動手動腳的！」寶玉笑道：「說話忘了情，不覺的動了手，也就顧不的死活。」寶玉情不自禁，看到黛玉一哭，他心裏就緊張起來了，就要去安撫她。黛玉這個時候，其實心中已經有數了，曉得寶玉對她好，可是呢，她還是要講幾句。林黛玉道：「你死了倒不值什麼，只是丟下了什麼金，又是什麼麒麟，可怎麼樣呢？」還是耿耿於懷。一句話又把寶玉說急了，趕上來問道：「你還說這話，到底是咒我還是氣我呢？」林黛玉見問，方想起前日的事來，遂自悔自己又說造次了。寶玉已經向她發了毒誓，講了半天了。忙笑道：「你別著急，我原說錯了。這有什麼的，筋都暴起來，急的一臉汗。」一面說，一面禁不住近前伸手替他拭面上的汗。這個動作，頭一次。林姑娘動了真情了，替他揩汗了。寶玉瞅了半天，方說道「你放心」三個字。你就是不放心，每天這麼著，才弄了一身的病。「你放心」三個字，夠了！林黛玉聽了，怔了半天，方說道：「我有什麼不放心的？我不明白這話。你倒說說怎麼放心不放心？」她故意裝的，她當然懂「你放心」什麼意思，當然是故意的探他兩下。寶玉嘆了一口氣，問道：「你果不明白這話？難道我素日在你身上的心都用錯了？連你的意思若體貼不著，就難怪你天天為我生氣了。」林黛玉道：「果然我不明白放心不放心的話。」寶玉點頭嘆道：「好妹妹，你別哄我。果然不明白這話，不但我素日之意白用了，且連你素日待我之意也都辜負了。你皆因總是不放心的原故，才弄了一身病。但凡寬慰些，這病也不得一日重似一日。」寶玉也知道，黛玉身體一天天弱下去，也就是放不下心來，也就是對情的煎熬。寶玉看到了，也不曉得怎麼去安慰她，講勸半天，又在她面前海誓山盟，黛玉總是不放心，一直到這一刻，她心中才知道了。林黛玉聽了這話，如轟雷掣電，細細思之，竟比自己肺腑中掏出來的還覺懇切，竟有萬句言語，滿心要說，只是半個字也不能吐，卻怔怔的望著他。此時寶玉心中也有萬句言語，不知從那一句上說起，卻也怔怔的望著黛玉。兩個人怔了半天，林黛玉只咳了一聲，兩眼不覺滾下淚來，回身便要走。寶玉忙上前拉住，說道：「好妹妹，且略站住，我說一句話再走。」林黛玉一面拭淚，一面將手推開，說道：「有什麼可說的。你的話我早知道了！」口裏說著，卻頭也不回竟去了。

這一對young lovers，這一對有情人，到這個時候互相交心了，不用講了，我懂了，你也不必講了，這是兩個人，真正的情根互相生起來。那是個大熱天，寶玉站在大太陽下面發怔了，正好又沒帶扇子，襲人怕他熱，趕快送扇子出來，看到他和林黛玉在那裏講話，講了半天，林黛玉走了，站著不動，她就上來說，你也不帶扇子……。寶玉這時候根本沒聽見襲人跟他講什麼，出了神地一把拉住，說道：「好妹妹，我的這心事，從來也不敢說，今兒我大膽說出來，死也甘心！我為你也弄了一身的病在這裏，又不敢告訴人，只好掩著。只等你的病好了，只怕我的病才得好呢。睡裏夢裏也忘不了你！」這些話，全是心裏話，兩個人都得了心病，都得了相思病了。這下子襲人聽了這個話大吃一驚，看看五〇二頁這個地方，庚辰本是：「襲人聽了這話，嚇得魄消魂散，只叫『神天菩薩，坑死我了！』便推他道：『這是那裏的話！敢是中了邪？還不快去？』」這哪裏是襲人！襲人這個女孩子心機多麼的深沉，而且很低調很溫柔的一個人，不會菩薩老天這麼叫的。程乙本是這樣子寫的：「襲人聽了，驚疑不止」，又驚又疑這句話也滿好的，沒有說嚇得魂消魄散，沒到那個地步，「驚疑不止」，對了。「又是怕，又是急，又是臊」，聽了這話不好意思，心中又怕又急又臊，這就夠了，襲人的反應應該如此。所以「連忙推他道：『這是那裏的話？你是怎麼著了？還不快去嗎？』」這是襲人的口氣。她絕不會說，你中了邪了，還不快去？

《紅樓夢》厲害的地方，是什麼角色講什麼話，襲人講的話就是襲人講的，晴雯講的話就是晴雯講的，兩個人絕對不會錯掉、岔掉。有時候我做一個實驗，把《紅樓夢》隨便翻開一頁，只看對話，把那個人名遮起來，只看講話的語氣，就曉得是誰說的。我想這個就是《紅樓夢》之所以好的地方，那麼多characters，每個人講話有每個人的特性，不只是主角，就是次要角色，平兒吧，紫鵑吧，也都不一樣的。寫小說，每個角色的語氣很重要，一聽他講的話，就活了，這很要緊，也很難，何況有這麼多角色。越到後面會越佩服曹雪芹對人物的創造，你以為大觀園女孩子都寫盡了，又蹦出個尤三姐、尤二姐來，兩個姐妹的講話，完全不一樣。到最後了，忽又蹦出個夏金桂來，說話驚世駭俗。每個角色的語氣幾乎都與她的教育程度、身世背景、個性、命運連在一起。就算非常平凡的兩個人，一個是尤氏，一個是李紈，不大想得出她們的個性是什麼樣子的，但她們兩個人寫得中規中矩，尤氏講的話，就應該是尤氏講的，李紈講的話，就應該像李紈，那麼一個寡嫂，知道自己已經喪夫，一個循規蹈矩、槁木死灰的女人。在宗法社會裏，她們該講什麼話，很難寫的，反而像晴雯、鳳姐這種個性鮮明的，可以發揮，不過要寫得恰如其分，還是要看下筆的功夫。

這裏襲人講話的口氣，程乙本比較好。襲人見寶玉去後，什麼反應：「這裏襲人見他去了，自思方才之言，一定是因黛玉而起，如此看來，將來難免不才之事，令人可驚可畏。想到此間，也不覺怔怔的滴下淚來，心下暗度如何處治方免此醜禍。正裁疑間，忽有寶釵從那邊走來。寶釵來了，她說：「寶兄弟這會子穿了衣服，忙忙的那去了？我才看見走過去，倒要叫住問他呢。他如今說話越發沒了經緯，我故此沒叫他了，由他過去罷。」這是庚辰本，寶釵來了，問襲人是怎麼回事，那麼熱的天氣，大毒日頭下面，襲人你站這幹什麼？襲人也非常機警，「那邊兩個雀兒打架，倒也好玩，我就看住了。」她心裏想的，不講給寶釵聽。寶釵就講，寶玉剛剛過去，我沒有叫住他，他如今說話越發沒了經緯，意思是顛三倒四。我想，寶釵不會講這一句，這也不像寶釵的話。程乙本是這樣的：「寶兄弟才穿了衣服，忙忙的那裏去了？我要叫住問他呢，只是他慌慌張張的走過去，竟像沒理會我的，所以沒問。」這個是比較合理的寶釵的口氣和反應。大家最好去買一本程乙本來對照，不過現在的程乙本沒有注解，從前的桂冠出版社出的裏邊有很好的注解，可惜斷版了，二〇一六年七月，臺北時報文化已恢復出版。

接著，賈府裏出大事了。一個老婆子慌慌張張走來，跟襲人說，金釧兒跳井了。記得嗎？金釧兒就是講了幾句玩笑話，叫寶玉去東院抓彩雲跟賈環，王夫人聽見打了她一個耳光，把她趕出去。金釧兒也是很烈性的人，對她來說是奇恥大辱，就跳井死了。寶玉等於無形中害死了一個人，這個事情也是他擔負人間痛苦的其中一件，寶玉最後出家，也就是一件一件事情發生，累積起來，他感受到人世間的痛苦悲哀不得解脫。他當然沒想到這個事情那麼嚴重，以王夫人來說，宗法社會表面的禮數規矩一定要維持，其實講到賈府，很多比這嚴重的越軌的事情早已經發生，尤其在寧國府裏頭。王夫人這個人也滿有意思，看起來都講她很仁慈，很好心，但有時候做的一些她認為對的事情，卻變成殘忍。金釧兒就是一個例子。金釧兒跳井死了，當然王夫人也很難過，也很後悔，這時候寶釵就過來看王夫人了。來了以後，王夫人就跟她講金釧兒的事，她不好講當時實情，就藉故說把我東西弄壞了，氣頭上打了她幾下，攆她出去，我氣兩天消了也會再叫她上來，誰知氣性這麼大投井死了，心裏面真是難受。看寶釵怎麼說：「姨娘是慈善人，固然這麼想。據我看來，他並不是賭氣投井。多半他下去住著，或是在井跟前憨頑，失了腳掉下去的。他在上頭拘束慣了，這一出去，自然要到各處去頑頑逛逛，豈有這樣大氣的理！縱然有這樣大氣，也不過是個糊塗人，也不為可惜。」寶釵也不知道金釧兒被王夫人趕走的真正原因，她是個非常理性的人，從理性的觀點來看，金釧兒就這麼跳井死掉，是個糊塗人，怎麼這樣想不開呢？但是以金釧兒那種個性，一個好面子的女孩子被趕出去，這個侮辱受不了。寶玉的反應，當然是痛得不得了，一方面是由他引起的，另方面他素來愛惜這些女孩子的生命，對於金釧兒之死，他耿耿於懷，後來有一回他在金釧兒的忌日，撚土為香，去祭拜她，並且對她的妹妹玉釧兒特別好。這是寶玉對人的溫情，寶釵就不是，若說她很殘酷，可能也不是，她守那一套禮法、規矩，常常可以 rationalized，把一切通通合理化。

這部書寫到最後的時候，曹雪芹有一筆很有意思。寶玉出家了，走掉了，賈府全府哭得死去活來，王夫人當然傷心，尤其襲人哭得昏厥過去。寶釵當然也哭得很傷心了，要守活寡了，曹雪芹很有意思，一筆下去，「他端莊樣兒一點不失」。哭只管哭，那個架子還要撐在那裏，不像襲人一下子昏了過去。寶姑娘是最後撐大局的人，可能也需要那份理性，她有那麼大的責任，她不是沒有感情，她把感情規範約束在儒家那一大套道統之中，所以「任是無情也動人」。寶釵當然是很聰明的一個人，她在這種約束規則下還能夠雍容自如，她寫起詩有詩才，論起畫來頭頭是道，論起醫術也有一套，在這種場合裏邊，又看到了她對人世之間的那種態度。這是曹雪芹側寫、彎寫一個人物的一個例子。

這一回，看寶釵怎麼跟王夫人應對。王夫人說，金釧兒這個女孩子死了，我除了給她家裏銀子，還想給她幾套衣服當她的壽衣，讓她好好穿著走。中國人有這個習慣，死了以後要穿壽衣。可是現在來不及趕，現在只有林妹妹剛剛做好兩套新衣服，講好了是給她做生日的，這個衣服要拿來做壽衣，她三災五難的，怕她犯忌諱。寶釵馬上講說，我那裏有兩套可以拿去用。王夫人說，你不怕犯忌諱嗎？我不怕！這個時候，在王夫人最需要幫助、最需要安慰的時候，寶釵不露聲色地給她溫暖和支持，這麼貼心、懂事，想得那麼周到，在這個地方，寶釵已經鋪好了做賈府媳婦的路了。跟黛玉一比，王夫人對她還有各種的忌諱，對寶釵就沒有，這位貼心的外甥女兒，很恰當地、不露聲色地、不著痕跡地安慰了王夫人，如果金釧兒這樣死法，「也不過是個糊塗人」，替她的姨娘解脫她內心中的罪疚感。你說要不要這個人做媳婦？

【第三十三回】手足耽耽小動唇舌　不肖種種大承笞撻

寶玉這下子大禍臨頭了。金釧兒跳井的事賈政知道了，說：我們賈家一向寬柔待人，從來沒有對下人刻薄的，怎麼會發生這種事情，是不是我沒有管束好。賈璉鳳姐也正在為這件事情耿耿於心的時候，又來一件事。忠順王府派了一個下面的官要見賈政，忠順王是個皇室親王，當然來頭很大，但是賈政想，賈府跟那忠順王從不往來的，不免納悶，趕緊穿好衣服，出來見客。那個長史表面很客氣，其實語帶要脅，說來這裏求老大人一件事，我們王府裏面忠順王最喜歡的一個伶人叫琪官的跑掉了，聽說跟你們銜玉的那個公子來往密切，因為這是賈府，不好擅自來索取，王爺講：「若是別的戲了呢，一百個也罷了；只是這琪官隨機應答，謹慎老誠，甚合我老人家的心，竟斷斷少不得此人。」這個話等於說，這個人收留在什麼地方，快點拿出來。賈政聽了又驚又氣，立刻把寶玉喚來：「該死的奴才！你在家不讀書也罷了，怎麼又做出這些無法無天的事來！那琪官現是忠順王爺駕前承奉的人，你是何等草芥，無故引逗他出來，如今禍及於我。」跟戲子伶人來往，當時士大夫階級，都喜歡這一套，所以像馮紫英，他是神武將軍之家，可以把蔣玉菡弄去唱唱曲，這種事情公開的，沒有什麼大不了。要緊的是忠順王府得罪不起，親王家裏頭的人，你怎麼把他引逗出來？寶玉當然不敢承認，只能裝傻，裝不懂，他說：琪官是什麼，我不懂，還有什麼引逗的話，我也不懂。「賈政未及開言，只見那長史官冷笑道：『公子也不必掩飾。或隱藏在家，或知其下落，早說了出來，我們也少受些辛苦，豈不念公子之德？』」寶玉還是說實在不知，一定是謠傳亂講的。那長史官又冷笑兩聲說，已經抓到了，有證據了。證據在哪裏？在寶玉的腰上。他繫著茜香國的那個紅汗巾，是蔣玉菡給他的。那人一指說：琪官的汗巾子怎麼繫在你腰上了？寶玉一聽，轟了魂魄，糟了！這麼親密的事情人家也知道了，那不如說出來吧。

這一回就是講賈寶玉跟蔣玉菡還有來往，沒有明寫，不知是否被刪掉了。後來寶玉說：你們不知道嗎？蔣玉菡在離城二十里，有個地方叫紫檀堡，他在那邊置了房屋。長史說：曉得了，謝謝。走了，去抓人去了。寶玉知道這件事情，可見他們有來往，他也知道他住哪裏。蔣玉菡可能自己攢夠了錢，買了房子，跑出來了。在王府裏再大的寵，最多也不過是一個奴才。他出來以後，跟寶玉之間有所往來。好啦，這是一個大罪！賈政此時氣得目瞪口歪，嘴巴都歪掉了。這下子臉丟盡了，而且還得罪了王府，私藏戲子，這還了得！光這個就一大罪。正在這個時候，賈環帶著幾個小廝一陣亂跑，賈政說站住！要打賈環。賈環就跟他告狀了，說是死了個丫頭，井裏泡得好大，媽媽告訴我的（又是趙姨娘造謠），是因為賈寶玉逼奸金釧兒未遂，金釧兒跳井了。這下子，私藏伶人，逼奸母婢，兩罪併發，氣得賈政說：你們今天不要哪個來勸我，勸我的話，我頭髮剃掉，出家去！那賈政喘吁吁直挺挺坐在椅子上，滿面淚痕，一疊聲「拿寶玉！拿大棍！拿索子捆上！把各門都關上！有人傳信往裏頭去，立刻打死！」他一氣起來，要打死為止。這是個緊張場面，曹雪芹偏偏安排了個逗趣的小細節。要打了！寶玉緊張了，要求救了，快點去告訴老太太，告訴裏邊知道。偏偏找不到人，找到個老太婆，耳朵聾的。他講，快點去告訴王夫人，老爺要打我呢！快去，快去！要緊，要緊！那個聾子把「要緊，要緊！」聽成「跳井，跳井」，說人都死了，賞了錢了沒關係了。誰也找不著，這下子捱打了。

賈政積恨甚深，這個兒子從出生開始，抓周就去亂抓那些胭脂水粉，這是個好色之徒，沒有出息的。長大了又整天混在脂粉堆中，不好好念書，現在居然還引逗忠順王府的戲子出來，又把自己母親的丫鬟逼奸而死，你看看多少罪名，新仇舊恨一起勾上來。打死為止！叫小廝，叫傭人，死命打，懷疑打得不夠，一腳把小廝踢開，自己來打，再打，打得快沒氣了。在旁邊那些清客們，看看再打下去要出狀況了，趕快到裏邊去報信了。先是王夫人跑了出來，哭了一陣，擋了一下。下面那個場景，老太太知道了。五一二頁：正沒開交處，忽聽丫鬟來說：「老太太來了。」一句話未了，只聽窗外顫巍巍的聲氣說道：「先打死我，再打死他，豈不乾淨了！」顫巍巍這三個字用得好，顫巍巍的聲音，而且人還沒到聲音先來。你想想看，老太太氣喘喘地跑過來，聲音抖著進來。賈政見他母親來了，又急又痛，連忙迎接出來，只見賈母扶著丫頭，喘吁吁的走來。賈政上前躬身陪笑道：「大暑熱天，母親有何生氣親自走來？有話只該叫了兒子進去吩咐。」老太太這幾句話也很厲害的：賈母聽說，便止住步喘息一回，厲聲說道：「你原來是和我說話！我倒有話吩咐，只是可憐我一生沒養個好兒子，卻教我和誰說去！」老太太不簡單的！以後就看得出來了。這個老太太不是尋常老太太，能屈能伸，享盡了一切的福，到了沒有福享，最後抄家的時候，老太太馬上出來撐住全家，全賈府兵荒馬亂，還是賈母最後撐在那個地方，向天祈禱，那一回非常動人。老太太不光是吃喝玩樂，其實她聰明得不得了，她有時候裝糊塗，她自己講的，跟幾個孫子玩玩算了，很多事情在裝糊塗，鳳姐的那一套她根本就知道的。鳳姐這個人，賈母喜歡她，因為她會奉承，在跟前斑衣戲彩，取悅老祖宗。但賈母不會永遠裝糊塗，到了這次節骨眼的時候，她對賈政這幾句話講得很重。賈政聽了這話，馬上下跪。那個時候的禮法，母親講出這麼重的話來了，不管怎麼樣，先跪下，賈政聽這話不像，忙跪下含淚說道：「為兒的教訓兒子，也為的是光宗耀祖。母親這話，我做兒的如何禁得起？」賈母聽說，便啐了一口，說道：「我說一句話，你就禁不起，你那樣下死手的板子，難道寶玉就禁得起了？你說教訓兒子是光宗耀祖，當初你父親怎麼教訓你來！」把先人搬出來了，你在我面前還要說，教訓這個，教訓那個，你老子當初怎麼教訓你的，你跟我說說！這一下子，把賈政的氣勢全部壓住。這也看出當時宗法社會，怎麼樣的母子關係。賈母，到底是賈府最高的頭，領袖是她。雖然常常說從前中國的女性地位不怎麼樣，可是別忘了，中國母親的地位不一樣的。尤其生了兒子的母親，對宗嗣有貢獻的母親，在中國的家庭裏有崇高的地位。儒家是尊敬母親的，賈母就是非常典型的一位，大家都敬仰她，當然賈母也能以德服人，能夠服眾，她本來的地位也不是一般。

寶玉為了蔣玉菡挨打，之前講過蔣玉菡這個人，對賈寶玉有特殊的意義，在整個書的架構，最後蔣玉菡要替賈寶玉完成他塵世上的俗緣，蔣玉菡擔負了這麼一個任務。賈寶玉為了蔣玉菡，他的肉身被打得遍體鱗傷，這就是肉身的擔負，為了他最後的肉體在塵世上的俗緣。這牽扯到三個人，賈寶玉、花襲人，還有蔣玉菡。大家還記得嗎？花襲人為賈寶玉開門的時候，曾被寶玉一腳踢過去，踢得吐血。寶玉怎麼會打人？寶玉怎麼會傷人？而且怎麼會傷到最心愛的襲人？襲人擔負他肉體上的重量，所以要挨一腳。所以這一回，賈寶玉擔負了蔣玉菡與他之間肉體俗緣在世間的完成關係，所以賈寶玉也要挨一頓毒打。塵世間，肉身的這種擔負，有它的重量，有它的傷痛在，所以這個時候就被打了，打了以後呢，還打出一些名堂來。

【第三十四回】情中情因情感妹妹　錯裏錯以錯勸哥哥

因為寶玉挨了打，好多女孩子就都真情畢露了，難為第一個是寶釵。寶玉被打的一身是傷，寶姑娘來探望，她拿什麼來呢？拿藥來。寶釵什麼都懂的，藥也懂，醫理她也懂，她拿了一些丸藥來，向襲人說道：「晚上把這藥用酒研開，替他敷上，把那淤血的熱毒散開，可以就好了。」說畢，遞與襲人，又問道：「這會子可好些？」寶玉一面道謝說：「好了。」又讓坐。寶釵見他睜開眼說話，不像先時，心中也寬慰了好些，便點頭嘆道：「早聽人一句話，也不至今日。別說老太太、太太心疼，就是我們看著，心裏也疼。」剛說了半句又忙咽住，自悔說的話急了，不覺的就紅了臉，低下頭來。寶姑娘能夠動情到這個地步真不容易，寶釵都是很自制的，即使對寶玉有什麼意思，也是暗藏於心，不露於形色。這個時候真情畢露了，這地方寫得好：「自悔說的話急了，不覺的就紅了臉，低下頭來。」到底寶釵也不過是個十幾歲的女孩子，這時候不由自主地對寶玉也動了情，那一刻間，自己覺得不好意思了。所以說，寶釵對寶玉不是沒有真情，也有的，不過她是一個守禮的人，能夠做「發乎情、止乎禮」的表示。寶玉聽得這話如此親切稠密，大有深意，忽見他又咽住不往下說，紅了臉，低下頭只管弄衣帶，那一種嬌羞怯怯，非可形容得出者。這地方寫得好。寶玉看了寶姑娘弄那衣角不好意思，非可形容得出者。庚辰本下面一句話又不對了：不覺心中大暢，將疼痛早丟在九霄雲外。程乙本這一段是這樣子寫的：寶釵見他睜開眼說話，不像先時，心中也寬慰了些，便點頭嘆道：「早聽人一句話，也不至有今日！別說老太太、太太心疼，就是我們看著，心裏也——」沒話了，寫的好，就此打住。我也疼你這話不講出來，不講了。這就是曹雪芹的手法，講一半，這是寶釵的個性。剛說了半句，又忙咽住，不覺眼圈微紅，雙腮帶赤，低頭不語了。寶玉聽得這話如此親切，大有深意；忽見他又咽住，不往下說，紅了臉，低下頭，含著淚，只管弄衣帶，那一種軟怯嬌羞、輕憐痛惜之情，竟難以言語形容，這幾句寫得好！然後呢？越覺心中感動，將疼痛早已丟在九霄雲外去了。「越覺心中感動」，不是「不覺心中大暢」，身上痛得要死，還心中大暢？是感動將疼痛丟在九霄雲外去了。自己忘了痛，寶釵也這麼動了心了，寶玉心中想：「我不過捱了幾下打，他們一個個就有這些憐惜悲感之態露出，令人可玩可觀」，庚辰本這個「可玩可觀」，太輕浮了。程乙本是這樣：「我不過挨了幾下打，他們一個個就有這些憐惜之態，令人可親可敬。」這就好了。再往下，庚辰本：「假若我一時竟遭殃橫死」，這也不好，賈寶玉不會講這個話，「遭殃橫死」，用詞不當。程乙本：「假若我一時竟別有大故」，這就對了！萬一我出了什麼事故，「別有大故，他們還不知何等悲感呢！既是他們這樣，我便一時死了，得他們如此，一生事業，縱然盡付東流，也無足嘆惜了。」我們說賈寶玉是一個 hopelessly romantic 沒有救藥的浪漫派，女人的憐惜，女孩子的眼淚，得了這個，什麼都不要了。下面庚辰本又多了一句：「冥冥之中若不怡然自得，亦可謂糊塗鬼祟矣。」這句話實在是多餘的。

這是寶釵來探他，帶了丸藥給他，寶姑娘是很切實際的一個人，拿藥來給他療傷，這大概也是整本書裏，寶釵對寶玉動了真情的一次，唯一的一次，真的心疼他了。

接著，黛玉來了，情景又不一樣。五一九頁：「寶玉從夢中驚醒，睜眼一看，不是別人，卻是林黛玉。寶玉猶恐是夢，忙又將身子欠起來，向臉上細細一認，只見兩個眼睛腫的桃兒一般，滿面淚光，不是黛玉，卻是那個？」跟寶釵完全不同，黛玉哭得很厲害，兩個眼睛都腫起來了。「寶玉還欲看時，怎奈下半截疼痛難忍，支持不住，便『噯喲』一聲，仍就倒下，嘆了一聲，說道：『你又做什麼跑來！雖說太陽落下去，那地上的餘熱未散，走兩趟又要受了暑。我雖然捱了打，並不覺疼痛。我這個樣兒，只裝出來哄他們，好在外頭布散與老爺聽，其實是假的。你不可認真。』」自己疼成那個樣子了，還要拿話來哄著黛玉。寶玉這個人常常忘了我的，對別人的同情，對別人的憐惜，常常到忘我的境界。記得嗎？他在看齡官畫薔的時候，下大雨了，自己淋了一身濕，還關心那個女孩子一身濕，叫她快走，把自己忘掉了。他的那個情，最後對人世間是一種大悲，對芸芸眾生愁苦悲哀的悲愍，所以他最後成佛。寶玉本來就有這種佛根，所以他看到黛玉這樣子，先忘了自己的痛。「此時林黛玉雖不是嚎啕大哭，然越是這等無聲之泣，氣噎喉堵，更覺得利害。聽了寶玉這番話，心中雖然有萬句言詞，只是不能說得，半日，方抽抽噎噎的說道：『你從此可都改了罷！』寶玉聽說，便長嘆一聲，道：『你放心，別說這樣話。我便為這些人死了，也是情願的！』」為這些人死了他也甘心。正說著，鳳姐來了。林黛玉不好意思給她看到哭成這個樣子，就先走了。寶玉放心不下黛玉，很念著她，到了晚上打發襲人出去就叫晴雯去送手帕給黛玉。

王夫人叫襲人過去問寶玉的病情，襲人去了以後，說得這番話很要緊了。她講，寶玉為什麼挨打，他就是在脂粉堆裏混，混得不正正經經地念書求功名。王夫人當然心裏也明白，他們對寶玉都太溺愛，其實對兒子她當然也跟賈政一樣，希望他走向正途。趁這個時候，襲人跪到王夫人面前說：有些話我不知道該不該講。王夫人說你講。襲人就講了：「論理，我們二爺也須得老爺教訓兩頓，若老爺再不管，將來不知做出什麼事來呢。」

記得嗎？前面的時候，寶玉已經吐露了心聲，為了林黛玉一身的病出來了。那個時候襲人已經想好了，怎麼樣才能阻止這一場醜禍。襲人跟黛玉之間也有一種相當尖銳的關係，襲人她想到的，當然是她以後的歸屬，人總是有私，不管她怎麼對寶玉忠心，她自己最後的位置最多當一個妾，就算是寵妾好了，也不能跟正房相比，當時的宗法社會就是如此。只能夠當妾，那個正房是誰，就決定她一生的命運，所以她跟寶釵早就結了同盟。對黛玉，當然心裏要防她，第一，寶玉對黛玉那麼樣地痴心，言從計順地聽她的話。第二，黛玉這個人的個性當然很難纏，如果她當了寶玉的正房，襲人的日子不好過。到書的後面會看到，正當尤二姐被王熙鳳整得死去活來的時候，襲人就有一次突然間跑到黛玉那裏說：做人也不要那麼厲害。黛玉心中一動，從來沒聽到襲人背後講人的，就問，哪一個呢？襲人也不說別的，舉兩個手指，二奶奶！黛玉也是聰明絕頂的人，知道襲人講這話的動機在哪裏，就拋出這麼一句：這種家庭的事情很難講，不是東風壓倒西風，就是西風壓倒東風。這是名言了！連毛澤東都取用過。襲人一聽，倒抽一口冷氣，不是東風壓倒西風，就是西風壓倒東風，不是我壓倒你，就是你壓倒我，可見有鬥爭在裏頭。

襲人早早就防患於未然，這時候就在王夫人面前下藥，說老爺也應該管一管寶二爺。王夫人一聽，這個丫頭居然能夠講出這一番明理的話，不由得感性叫了一聲「**我的兒，虧了你也明白**」，因為講到她心裏頭去了。她說：你的話說得很明白，和我心裏想的一樣，不是我不想教訓他，因為我的大兒子珠兒早逝，就這麼一個寶貝，萬一出什麼事情，我已經五十多了，豈不是終身無靠？那個時候，五十幾歲大概算是很老了。襲人趁機就說，寶玉一直住在園子裏面不妥，雖然都是姐妹或表姐妹，但大家也漸漸地大了，他們在一起，總有男女之分，不方便了。倘若有心人看見，當做有心事，倒反說壞了，不如預先防著些。襲人又說，二爺的性格，就喜歡在我們隊裏邊鬧，我們粉身碎骨還是平常，萬一壞了二爺一生的聲名品行，豈不完了，那時候老爺太太也白疼了，白操了心，不如這會子防備著些妥當。太太事情又多，一時固然想不到，我們想不到便罷，既想到了，若不回明太太，這罪越重了。近來我為這事日夜懸心，又恐怕太太聽了生氣，所以總沒敢言語。

這番話講得多好，講到王夫人心坎子去了。所以王夫人說，我就把他交給你吧！幫我看著，交給你放心了。其實那個時候，王夫人已經要把襲人許配給寶玉，當他的妾侍，服侍他，保護他。在宗法社會，正室有社會地位的，她要掌家。真正服侍老爺是妾侍的工作。在王夫人看來，襲人是個很妥當的女孩子，能夠講出這一番大道理來，當然要託付她。所以呢，就從她自己的月例銀二十兩裏面，劃出二兩特別給襲人，那二兩銀子，跟周姨娘、趙姨娘她們的月俸一樣，可見得襲人的身分也是姨娘級的了。襲人真是厲害，趁著這個時候爬上去了。

寶玉挨打了，好多事情發生，一個是寶釵，一個黛玉，然後一個襲人。襲人用了心機，多少也關聯到後來的結果，最後果然如襲人所願，賈母、王夫人選了寶釵做媳婦，這也是襲人一天到晚懸在心上的一件事情。襲人為自己鋪路，跟她相對的是誰呢？晴雯！寶玉到晚上，叫晴雯到林姑娘那邊去看看，晴雯說，我就白眉赤眼的跑去，沒個理由。寶玉就講了，你帶點東西過去吧，把這兩條手帕給她。晴雯一看，這個手帕是舊的，說拿舊的給她，她又要惱了，林姑娘很多心的！寶玉說，她懂的，你拿給她去。晴雯去到黛玉那邊，說寶二爺讓我拿東西給你，拿什麼？拿手帕。黛玉說手帕留著他自己用吧！晴雯說是用過的。黛玉一聽就懂了。用過的手帕跟沒用過的是兩回事，用過的手帕，等於他的身體他的心，這是私傳信物。黛玉一聽，懂了！五二五頁：「這裏林黛玉體貼出手帕子的意思來，不覺神魂馳蕩：寶玉這番苦心，能領會我這番苦意，又令我可喜；我這番苦意，不知將來如何，又令我可悲」；又來了悲喜交集！「忽然好好的送兩塊舊帕子來，若不是領我深意，單看了這帕子，又令我可笑；再想令人私相傳遞與我，又可懼；我自己每每好哭，想來也無味，又令我可愧。如此左思右想，一時五內沸然炙起。黛玉由不得餘意綿纏，令掌燈，也想不起嫌疑避諱等事，便向案上研墨蘸筆，便向那兩塊舊帕上走筆寫道：眼空蓄淚淚空垂，暗洒閑拋卻為誰？尺幅鮫綃勞解贈，叫人焉得不傷悲！」這完全吐露她的心聲了，講明了，這是情詩。這是第一幅。

其二

抛珠滚玉只偷潸，鎮日無心鎮日閑；枕上袖邊難拂拭，任他點點與斑斑。

她住的是瀟湘館，旁邊都是斑竹，瀟湘妃子、娥皇女英，眼淚都滴在斑竹上面去了。

其三

彩線難收面上珠，湘江舊迹已模糊；窗前亦有千竿竹，不識香痕漬也無？

湘江，瀟湘妃子，這些詩講的是一個字：淚！

記得嗎？太虛幻境裏面，不是說她「想眼中能有多少淚珠兒，怎禁得秋流到冬，春流到夏！」她是來還淚的，所有的情都在淚裏。寶玉給了她這個手帕，她在上面寫了她自己的生命。「林黛玉還要往下寫時，覺得渾身火熱，面上作燒，走至鏡臺揭起錦袱一照，只見腮上通紅，自羨壓倒桃花，卻不知病由此萌，一時方上床睡去。猶拿著那帕子思索，不在話下。」病來了，一下子虛火上升，兩腮通紅。肺病是長期發燒的，這時候，黛玉已經漸漸地走向淚盡人亡。

寶玉挨打了以後，黛玉跟他的感情又深了一層，之前，兩個人已經交心了，此刻更進一層，等於有了信物。這本書到了後面的時候，黛玉又看到了這題詩的手帕，感慨萬千，想到她寫手帕的那種情思纏綿。到了最後，病中發覺寶玉跟寶釵成親了，「林黛玉焚稿斷痴情，薛寶釵出閨成大禮」那一回，黛玉不僅把自己的詩稿往火盆裏一丟，這兩條手帕也一起丟，本來還要扯掉撕掉那兩條手帕，撕不動，往火裏一丟，把她整個的情斬斷掉，焚燒掉。曹雪芹伏筆千里，這時候寫兩塊手帕，當黛玉臨終撕的時候，燒的時候，手帕的重量就來了。寶玉給她的情，自己的淚，刻骨銘心的這麼一個信物，最後燒掉，把自己的情燒掉，把自己整個人也燒掉了。

曹雪芹寫的這些小節，無論是手帕或其他什麼，到最後用上的時候都是很要緊的。這一回裏面有好幾個這類小節，每一個都很重要，動到整個架構。襲人的那番話很要緊，後來就引起王夫人大開殺戒，把那些大觀園裏的狐狸精通通趕掉。這個時候已經起疑了，已經受到襲人的話影響了。後來沒有讓寶玉跟林黛玉結婚，這時候也開始起了念頭。寶玉跟黛玉之間的感情，也是這一回完全吐露出來。

【第三十五回】白玉釧親嘗蓮葉羹　黃金鶯巧結梅花絡

寶玉還在臥病，黛玉竟日讀書，有很多心事的。五三一頁，這日，一進瀟湘館，「只見滿地下竹影參差，苔痕濃淡，不覺又想起《西廂記》中所云『幽僻處可有人行，點蒼苔白露泠泠』二句來。」黛玉認同杜麗娘、崔鶯鶯，《牡丹亭》和《西廂記》這兩個文學作品，在書裏也占有滿重要的地位。崔鶯鶯對張生這股痴情，當然也是林黛玉非常羨慕的，她就嘆息了。庚辰本是這樣的：「雙文，雙文，那是崔鶯鶯的號。誠為命薄人矣。然你雖命薄，尚有孀母弱弟；今日林黛玉之命薄，一併連孀母弱弟俱無。古人云『佳人命薄』，然我又非佳人，何命薄勝於雙文哉！」這段話又不像曹雪芹寫的。程乙本簡潔：「雙文雖然命薄，尚有孀母弱弟；今日我黛玉之薄命，一并連孀母弱弟俱無。」想到這裏，又欲滴下淚來。它不講「今日林黛玉之命薄」，而用「今日我黛玉之薄命」，講自己連名帶姓一起講這就不對，什麼古人云佳人命薄，然我又非佳人，何命薄勝於雙文哉。這些話都累贅得很，不像曹雪芹的乾淨俐落。

寶玉被打後，寶釵這邊也不平靜。三十四回底的五二七頁，寶釵跟薛蟠吵了一架，為什麼呢？大家都在講，到底是誰告的狀，害得寶玉打成這個樣子。襲人就講，金釧兒那事，一定是三爺，賈環告的狀。至於蔣玉菡這個呢，可能是薛大爺。薛蟠喜歡跟那些戲子來往，他們常常混在一起的。薛姨媽就罵他，你好好的就跟這些人混，混了又去告狀，害的寶玉被打。薛蟠氣得眼睛鼓起像銅鈴那麼大，嚷道：「將來寶玉活一日，我擔一日的口舌，不如大家死了清淨。」這個呆霸王，素行的確讓人起疑，但這次不是他。寶釵就上來勸：「你忍耐些兒罷。媽急的這個樣兒，你不說來勸媽，你還反鬧的這樣。別說是媽，便是旁人來勸你，也為你好，倒把你的性子勸上來了。」薛蟠說，你這會子說這個話，都是你說的。寶釵道：「你只怨我說，再不怨你顧前不顧後的形景。」好，薛蟠這下講出來了。他說，你只會怨我顧前不顧後，怎麼不怨寶玉外面招風惹草的，不要說別的，前一陣子，我跟琪官見了十幾次什麼也沒給我，怎麼他跟寶玉見了一次，就互相遞汗巾子了。寶釵說：好！抓住了，一定是你講的。就為這個打的，還要說呢！薛蟠道：「真真的氣死人了！賴我說的我不惱，我只為一個寶玉鬧的這樣天翻地覆的。」寶釵又堵他，誰鬧了來？你先持刀動杖的鬧起來，還說別人鬧。薛蟠講不過妹妹，怎麼辦呢？總要拿句話來堵她。他就講了，好妹妹，你不用跟我講，一定是你有把金鎖，不是和尚講了要拿玉來配嗎？你一定放在心裏了，所以為寶玉講話。對不對呢？這個話不好講的，講得寶釵哭起來了，這下子被薛蟠堵住了。薛蟠見妹子哭了，便知自己冒撞了，也知道自己理虧，講了這個話，得罪了薛寶釵。其實薛寶釵在家裏的地位比薛蟠還要高，平常薛蟠也相當佩服薛寶釵的。

第二天一早，寶釵就出園去她母親那邊，巧遇林黛玉。黛玉看她眼睛怎麼紅的，像是哭過了，就講了：「姐姐也自保重些兒。就是哭出兩缸眼淚來，也醫不好棒瘡！」又給了薛寶釵一句。寶釵裝作沒聽見，回到娘家，一坐下來就哭了。薛姨媽心疼她一大早又過來，「寶釵道：『我瞧瞧媽身上好不好。昨兒我去了，不知他可又過來鬧了沒有？』一面說，一面在他母親身旁坐了，由不得哭將起來。」被哥哥塞了那麼一句難聽的話，很委屈！薛蟠在外面聽見了，妹妹哭了，媽媽也哭了，趕快跑過來「對著寶釵，左一個揖，右一個揖，他說：『好妹妹，恕我這一次罷！原是我昨兒吃了酒，回來的晚了，路上撞客著了。來家未醒，不知胡說了什麼，連自己也不知道，怨不得你生氣。』」撞客講的是撞了鬼了！寶釵本來哭的，一聽又好笑了，就給他啐了一口：「你不用做這些像生兒。我知道你的心裏多嫌我們娘兒兩個，是要變著法兒叫我們離了你，你就心淨了。」曹雪芹在這個地方給薛蟠另一筆。想想，薛蟠是一個非常魯莽、霸道、粗俗不堪的人，按理講，他一無是處，可是在這個時候，他的一點人性，一下子出來了，他對他妹妹還是很尊敬、很維護的。看到妹妹哭起來，他也慌了。在他妹妹面前他這麼說了：「媽也不必生氣，妹妹也不用煩惱，從今以後我再不同他們一處吃酒閑逛如何？」寶釵笑道：「這不明白過來了！」薛姨媽道：「你要有這個橫勁，那龍也下蛋了。」薛蟠道：「我若再和他們一處逛，妹妹聽見了只管啐我，再叫我畜生，不是人，如何？何苦來，為我一個人，娘兒兩個天天操心！媽為我生氣還有可恕，若只管叫妹妹為我操心，我更不是人了。如今父親沒了，我不能多孝順媽多疼妹妹，反教娘生氣妹妹煩惱，真連個畜生也不如了。」口裏說著，眼睛裏禁不起也滾下淚來。這麼一個呆霸王，也會做這麼一齣戲，也會講得這麼動聽，他也是真心的。下面呢，他哄寶釵也滿有一套。寶釵說：你鬧夠了，這會子又招媽媽哭，薛蟠收淚說：「我何曾招媽哭來！罷，罷，罷，丟下這個別提了。叫香菱來倒茶妹妹吃。」叫他的妾倒茶來給妹妹喝。寶釵說：我不要喝茶。薛蟠道：「妹妹的項圈我瞧瞧，只怕該炸一炸去了。」他要把寶釵的那把金鎖，拿去炸炸新。寶釵道：「黃澄澄的又炸他作什麼？」薛蟠又道：「妹妹如今也該添補些衣裳了。要什麼顏色花樣，告訴我。」寶釵說我這些還沒穿遍，又做什麼？就不理他。所以這種地方，就是曹雪芹寫的有人性的地方。那麼不可愛的一個人，也讓他顯示了他唯一可救的一面。如果沒有這一點的話，薛蟠真是不可愛，專門闖禍，專門得罪人，專門侮辱人，只有在媽媽面前，尤其對寶釵，他是邪不勝正。寶姑娘是很正派的一個人，薛蟠知道那句話不能講的，在當時很犯忌的。呆霸王對這個妹妹其實也滿疼愛的，這一段充分地表現了薛蟠人性的一面。

寶玉被打，打出了黛玉、寶釵的真情，那麼多的女孩子個個來關懷他，這也就是寶玉想要的，賈母她們當然更心疼了，問他要吃什麼東西，給他做。他說，上次喝的那個有荷葉香的湯還要喝。這裏又寫到《紅樓夢》所代表的中國文化到了極點，極精緻的一種生活的型態了。賈府喝個湯，湯還要有模子的。模子用銀器打的，什麼荷花、蓮蓬、菱角好多好多，湯裏邊要什麼東西用這模子印上，等於我們現在的食譜，不過那是立體化的。賈府裏邊吃的、穿的、用的東西，就是當時的一種 style。就像法國路易十四的宮廷，也有過分精緻的風格，這種 rococo 的風格，就是要反映豐富和繁盛，《紅樓夢》的時代也是如此，對物質極盡地描繪。

這個時候已經可以看出，在賈府的競爭中寶釵逐漸跑到前面去，黛玉追不上了，我們好替她著急。在五三五頁這個地方，他們提起鳳姐會講話，所以賈母疼她，寶玉心中當然向著林黛玉，故意這麼講：林妹妹也很會講話，賈母也很疼她。賈母就說了：「提起姐妹，不是我當著姨太太的面奉承，千真萬真，從我們家四個女孩兒算起，全不如寶丫頭。」——這句話講得已經差不多了，已經定調了，賈母心中已經看中寶釵了。最後賈母選寶釵為孫媳婦，不是偶然。這個老太太很精明的，她都看在眼裏，她當然也有她的計算。寶釵是當時宗法社會儒家傳統下一個標準的媳婦，在儒家整個大系統裏，個人的感情不是放在第一位的，最要緊的是合乎禮法，理重於情。所以，這整本書其實也是情跟理之間的衝突。人的感情很複雜，不一定受理的約束，像寶玉、黛玉個人的性格，不一定為理所拘，當然就產生了很多悲劇，痛苦都這麼來的。西方也是如此，佛洛伊德很有名的一本書《文明及其不滿》（*Civilization and Its Discontents*），說我們的文明都是壓抑產生的，壓抑了多少多少的原欲，多少多少的 impulses 衝動，所以人總有一種不滿，常常在矛盾中。情與理的矛盾，從古到今從來沒有解決過，可能永遠不會解決。理性與情感的衝突，常常就是文學的由來。沒有衝突，就沒有文學了，文學完全就是寫這種人無法克制的、沒辦法解決的一些遺憾。

寶玉被打的另外一個原因，就是金釧兒跳井了，按理講金釧兒也不過是一個小丫鬟，寶玉跟她開開玩笑調皮嘛！十五六歲小女孩比較調皮一點，講那個話逗寶玉，逗他玩，結果惹了殺身大禍。禮這個東西，有時候可以殺人的。王夫人有她的立場，她要維持儒家那套規矩，所以金釧兒就犧牲掉了。當然對寶玉來講，很痛心的一件事，等於他間接害死了金釧兒，很內疚。他把這份內疚之情移到了金釧兒的妹妹玉釧兒身上去。這一段寫玉釧兒餵湯給他喝，不小心燙到了他的手，他燙了不要緊，生怕燙了玉釧兒，就安慰她。

玉釧兒說：燙到的是你自己，又不是燙了我，你怎麼來安慰我？這就是賈寶玉！他常常是忘我的，已經把自己這個我忘掉了，關懷著周圍所有的女孩子們。這種境界當然人家不懂。有幾個老婆子就這樣講，五四〇頁：「怪道有人說他家寶玉是外像好裏頭糊塗，中看不中吃的，果然有些呆氣。他自己燙了手，倒問人疼不疼，這可不是個呆子？」那一個又笑道：「我前一回來，聽見他家裏許多人抱怨，千真萬真的有些呆氣。大雨淋的水鷄似的，他反告訴別人『下雨了，快避雨去罷。』你說可笑不可笑？時常沒人在跟前，就自哭自笑的；看見燕子，就和燕子說話；河裏看見了魚，就和魚說話；見了星星月亮，不是長吁短嘆，就是咕咕噥噥的。且是連一點剛性也沒有，連那些毛丫頭的氣都受的。愛惜東西，連個線頭兒都是好的；遭塌起來，那怕值千值萬的都不管了。」

我們講寶玉，就講他痴、傻，常常我們所謂的聖人，也是痴、傻，中國的傳統如此。很多禪宗的高僧，都是痴、傻。外國也是，聖方濟 St. Francis 會跟鳥講話。在某方面來說，曹雪芹把賈寶玉寫成一個像痴傻的聖人一樣，一種 Saint，唯其要到痴傻的程度，才能夠包容這麼大的世界。如果我們倒過來想，賈寶玉是一個很精明、很漂亮的公子哥，這個人怎麼寫，我不知道了，反而寫不出什麼來了。曹雪芹創造這麼一個人，在某方面來說，《紅樓夢》可能可以發展成一部《佛陀傳》似的書，前傳的悉達多太子享盡榮華富貴，賈寶玉跟他也很相似，一直要經過很多很多生老病死苦，慢慢地看透了，最後出家得到解脫。曹雪芹當然很熟悉釋迦牟尼佛，以及悉達多太子的故事，他開始寫的時候，未必想把賈寶玉寫成悉達多太子，可是無形中他寫下來了，可能有它一定的道理。

這部書兩條線，一條講賈府興衰，一條講寶玉頑石歷劫。《西遊記》唐玄奘經過九九八十一劫，才能夠西天取到經，賈寶玉在塵世，也是要歷經一個個生離死別，從開始的時候，聽到秦可卿死亡，賈寶玉一口鮮血湧出，他第一次接觸到死亡的無常，對他是一種 shock，一種震撼。原來人的生命，人世間的繁華，那樣地脆弱，像秦可卿這麼一個人物，在賈家最盛的時候，一下子消失了，十幾歲的孩子還無法理解，無法接受。他要一步一步來，當身邊的人金釧兒、晴雯……一個個死去，最後黛玉死的時候，他再回到太虛幻境，曉得人的命運原來老早前定了。頑石歷劫這個神話架構的寓言，對整本書的意義非常重要，讀者跟他一起歷劫，每個人都各有所感，某方面也寫了我們自己。

《紅樓夢》寫這些人物，哪怕一個最小的人物，出現這麼一兩次的，曹雪芹三筆兩筆，也能一下子把他立起來。金釧兒只有幾句話，你心裏也有一個印象。妹妹玉釧兒非常 minor，提了之後也沒有她的角色了，可是她餵湯燙了寶玉手這一幕，你也不會忘記。在小的地方，三筆兩筆把一個小人物刻畫出來，不容易！這麼多的小人物，而且背景都相似，一羣小丫頭，要分一分，每個人給她一個臉譜，怎麼做到？

這一回又寫到另外一個小女孩，寶釵的丫頭鶯兒，也是一個 minor character，在書裏沒有位置，即使在寶釵旁邊也不太重要，只是她一個很親信的丫鬟而已，比起紫鵑，比起平兒，比起鴛鴦，鶯兒的地位還差了一大截，可是曹雪芹選了這個地方給她特寫，什麼呢？「黃金鶯巧結梅花絡」，讓她打絡子。鶯兒手很巧，寶釵讓她來給寶玉打絡子。如果我是個畫家的話，這一幕是很可愛的工筆畫。一個小丫鬟會用各種的顏色和花樣，什麼松花配桃紅，蔥綠配柳黃……真是五色繽紛。寶玉更是貼心的高興，因為寶釵跟黛玉不一樣，他對寶姐姐總有三分敬畏，看到白白胖胖的膀子，也不敢摸一把，寶姑娘有一種凜然的風度，不大有人敢去太親近她。寶玉挨打了以後，居然寶姑娘眼眶也紅了，又讓她自己貼身丫鬟來給他結絡子，寶釵對寶玉有情，這一回也見端倪了。

【第三十六回】
繡鴛鴦夢兆絳芸軒　識分定情悟梨香院

在這一回有兩件事非常重要，第一件是寶玉在夢裏吐露了心聲，寶釵恰巧在旁邊聽得清清楚楚。第二件是寶玉第一次了解到，每個人的因緣各有分定，不是他所能夠逆轉的，也不是大觀園每個女孩子都以他為中心的。

寶玉還在養病，寶釵來看他，他在睡覺，襲人坐在旁邊陪他，一邊手上拿著東西在繡。繡什麼呢？繡個兜肚。大家知道兜肚嗎？年畫裏面應該看過，從前的小孩戴個兜肚，防止著涼，小孩子戴的兜肚繡得很漂亮的。襲人對寶玉來講，有各種身分，是服侍他的丫鬟、侍妾，也扮演他的母親，她把寶玉當小孩一樣，還要繡一個兜肚給他，睡覺時兜在他的腹部上面，怕他著涼。她繡的是鴛鴦戲蓮的花樣，紅蓮、綠葉、五色鴛鴦。鴛鴦一對一對的，常常象徵愛情、夫妻，襲人繡這個，未必是有心，鴛鴦顏色漂亮常用做刺繡。寶釵看到了，問這麼大了還戴這個？襲人說就是要繡得好，不然他不戴，怕他著涼。

襲人有事暫時離開了，寶釵不自覺地坐到襲人的位子，看到繡花這麼漂亮，也拿著繡起來。寶釵雖然最後跟寶玉結成夫婦了，其實滿多缺憾的，她這個時候也在替他繡鴛鴦，某種意義她是接過襲人的東西。哪曉得繡著的時候，黛玉跟史湘雲來怡紅院，看到這一幕，寶玉睡在那裏，寶釵在旁邊做針線，黛玉一看就想取笑了，湘雲老早就被寶釵籠絡過去了，看到黛玉又要想說什麼，把她一拉拉走了。寶釵繡了幾瓣，突然間，五五〇頁：寶玉在夢中喊罵說：「和尚道士的話如何信得？什麼是金玉姻緣，我偏說是木石姻緣！」這句話露了他的心聲了。寶玉對寶釵雖然敬重，也對她很好，但他心中真正最心儀的還是黛玉，在夢裏不自覺地講了出來。你想寶釵聽了做何感想？曹雪芹也寫得很高明，寶姑娘不出聲，不講，這個時候要讓寶釵講出她心裏的話來，反而難寫了，她怎麼反應，讓讀者去猜。她就是不露聲色，也沒有說穿。寶釵到底心思深沉，如果反過來，是黛玉聽到屬意別人的話，可能站起來就走了，又回去哭了，寶釵當做沒聽見，襲人來了不提，以她來講，那是夢話，沒這回事，這就是寶姑娘，臨危不亂。連寶玉後來跟她結了婚又出家去，整個賈府哭得不得了，襲人哭得昏過去。寶釵也哭，卻不失端莊。所以她能夠撐得住，最後賈府的重任落在她身上。

接下來五五一頁，寶玉跟襲人東談西談，談到死亡這件事，他有一段奇談怪論：「人誰不死，只要死的好。那些個鬚眉濁物，只知道文死諫，武死戰，這二死是大丈夫死名死節。竟何如不死的好！必定有昏君他方諫，他只顧邀名，猛拼一死，將來棄君於何地！必定有刀兵他方戰，猛拼一死，他只顧圖汗馬之名，將來棄國於何地！所以這皆非正死。」文死諫、武死戰，這些寶玉不以為然。的確，中國古時候在朝廷上面，忠臣向皇帝進諫，不聽的話，一頭撞死。寶玉說這些人一死了以後，把皇帝放到哪去？武將只拚一勇，要邀功，在外面打仗打死了，那什麼人來保國？寶玉的看法，都是非常unconventional，非常反傳統的。五五二頁，他說：「可知那些死的都是沽名，並不知大義。比如我此時若果有造化，該死於此時的，趁你們在，我就死了，再能夠你們哭我的眼淚流成大河，把我的尸首漂起來，送到那鴉雀不到的幽僻之處，隨風化了，自此再不要托生為人，就是我死的得時了。」他的浪漫想法，希望得到的是天下所有的女兒淚，所有女孩子的眼淚都要給他，成了一條河。襲人看他瘋話出來了，忙說睏了，教他快別講了。

再看這一回後半。我說嘛，不可愛的人也有資格談戀愛，先前有賈芸跟小紅，現在是另外一對賈薔跟齡官。賈薔也是賈家的遠親，是賈家的孫輩，他的父母雙亡，賈珍把他帶到寧國府來。他長得不錯，也聰明伶俐，算是滿得寵的，給他一個職位，讓他去管大觀園一班小伶人。這些小伶人原是為了元妃省親要唱戲去蘇州買來的。元妃省親完了，這羣小女孩的任務也沒有了，她們就留在梨香院，自己練習。

曹雪芹大觀園裏這些人物，最上面這一層，寶玉、黛玉、三春，中間一層有那些丫鬟，再往下就是這些小伶人，芳官、齡官、荳官……等，每個人也寫得非常生動。齡官不是第一次出現，在前面因為她唱戲唱得好，元妃賞賜了她，她是唱小旦的，第二次出現就是寶玉看見她在畫薔。《紅樓夢》裏這些小伶人很有意思的，現在是齡官，後來會看到芳官、藕官，幾個小女孩，每個人有每個人的個性。從前大概都是家裏貧窮才送孩子去學戲，那時所謂的戲子，也有一種特殊的身分。一方面他們是娛樂場所不可缺少的一分子，所以常常能夠跟達官貴人、王公卿相這種人接觸，使得他們跟一般的普羅階級不一樣，在臺上唱戲的時候，像元妃都來看戲、獎賞他們，有一種躋身於上流社會的自我。可是另方面他們一下了臺，戲子就是戲子，在當時的社會地位是很低的，被人看不起，拿來當作玩物。這種唱戲的女孩子一定很聰明，聰明伶俐才能唱得好戲，心比天高，身為下賤，這種矛盾的心理，也造成他們個性上的獨特。齡官就是非常典型的一個。

還記得寶玉看到齡官在畫薔嗎？他那時不明白為什麼一直畫這個「薔」字，齡官眉眼間有點像林妹妹，看起來也很薄弱、敏感。寶玉身體好了一些了，就在園中到處走走，他走到了梨香院那邊，想起《牡丹亭》來了。《牡丹亭》這齣戲對《紅樓夢》有指引性的影響。不管是它的愛情神話，它裏邊的角色如杜麗娘，或是它的詞句「原來姹紫嫣紅開遍，似這般都付與斷井頹垣」，這種繁華跟衰敗的主題上的對照，對《紅樓夢》都有一種啟發性的作用。寶玉走到了梨香院，他知道齡官很會唱，就想要聽她唱一唱，他想這些女孩子會喜歡他，會買他的賬，一進來就坐到齡官旁邊，跟她說唱一段「裊晴絲」給我聽。裊晴絲是《牡丹亭》裏《遊園》的一個曲牌，叫做〈遶地遊〉，頭一句就是「裊晴絲，吹來閒庭院，搖漾春如線」，裊晴絲那個「裊」字，繚動的意思。晴絲有很多講法，有一個講法是說蜘蛛的絲，春天蛛絲結網，在某方面來說，就象徵著纏來纏去的情網。「裊晴絲，吹來閒庭院」，在《牡丹亭》裏，那個晴絲一勾，就勾住了杜麗娘的春心，遊園以後，她就做了一場春夢，那個裊晴絲就這麼勾過來。

寶玉要齡官唱這段，哪曉得他表錯了情，那個晴絲不是勾他，勾到另外一個人去了。五五二頁：「不想齡官見他坐下，忙抬身起來躲避，正色說道：『嗓子啞了。前兒娘娘傳進我們去，我還沒有唱呢。』」賈薔奉旨本來要齡官唱《牡丹亭》中《遊園》、《驚夢》兩折，齡官不肯，因為不對她的行當，她只肯唱《相約》、《相罵》，這是《釵釧記》中兩折，由六旦（花旦）扮演，齡官是小花旦不是閨門旦，所以不肯唱《牡丹亭》。這個女孩子，一聽她口氣，又是一個林黛玉，而且對賈寶玉不假顏色。這下寶玉大吃一驚：「寶玉見他坐正了，再一細看，原來就是那日薔薇花下劃『薔』字那一個。又見如此景況，從來未經過這番被人棄厭，自己便訕訕的紅了臉，只得出來了。」這恐怕是怡紅公子頭一遭被女孩子嫌棄，非常不爽，他想究竟怎麼回事，連我也嫌起來了。其他小女孩就說了，你等一等，等到薔二爺來，叫她唱她就唱了。寶玉一聽，還有這回事，就等在那邊看了。

這回短短的一個 scene，就講賈薔跟齡官這一段情，等於是另外一段寶黛之間的那種小兒女的感情，從另外一個視窗來讀。《紅樓夢》人物刻畫，很重要的一點，它不是 one-dimensional，不是單線進行，很多時候它用鏡像 mirror image 來表現複雜的多面，比如看黛玉也要看晴雯，晴雯就是另一個黛玉，齡官又是另外一個，整個有複雜性，但每個又不一樣。黛玉會去剪香囊，晴雯會撕扇子，一個剪一個撕，兩個人倒是像的，但又不太一樣。

過了一會兒，寶玉看見賈薔來了。他提了一個鳥籠，買了鳥來，這隻雀兒很靈的，籠裏邊有個戲牌子，牠會去叼戲牌，會表演。賈薔買雀兒本來要讓齡官開心的，別的幾個小女孩都高興的去逗雀兒玩了，只有齡官看了之後冷笑兩聲：賭氣仍睡去了。賈薔還只管陪笑，問他好不好。齡官道：「你們家把好好的人弄了來，關在這牢坑裏學這個勞什子還不算，你這會子又弄個雀兒來，也偏生幹這個。你分明是弄了他來打趣形容我們，還問我好不好。」這個女孩子難纏，她會想到那方面去，這也是她的心理問題。黛玉也常常有尖刻的攻擊性語言，要了解她的背景是個孤女，在賈府裏邊要自我防衛，沒有人撐她的腰，賈母也不大靠得住，她的自我防衛心很重。這個齡官也是，她覺得被買進來唱戲，來娛樂別人，很不以為然。這個女孩子氣性很高，她心中其實是很愛賈薔的，要不然整天畫薔幹什麼？女孩子的心事吐露不出來，就跟黛玉試寶玉一樣，戳你一下，看你痛不痛，痛就表示愛了，不痛就不夠愛，再戳戳看。賈薔就說，那把牠放了吧！放了給你免災。齡官又有一套說法了：「那雀兒雖不如人，他也有個老雀兒在窩裏，你拿了他來弄這個勞什子也忍得！」意思是，你把牠弄了來，又放牠飛出去，這都沒人理了。等於說，你把我弄進來，現在放我出去，我也是孤兒飄零，誰來理我呢？你看看，我又病得這個樣子，又咳嗽又吐血。又一個肺病，又一個病美人。賈薔馬上說，我昨天問了大夫，我再替你去請吧！「說著，便要請去。齡官又叫『站住，這會子大毒日頭地下，你賭氣子去請了來我也不瞧。』」她心裏愛他，捨不得他大太陽下又跑去請醫生。小兒女之間那種傳情，那種味道，又是另外一個賈寶玉跟林黛玉，所以也就輝映了寶黛之間這種的場景。齡官也就是另一個小型的黛玉，黛玉的化身還有好幾個，如柳五兒這些，一連串起來，這些女孩子的命運大概都不會太好，後來齡官也從大觀園被放逐出去了。

賈薔

這一段賈薔跟齡官短短的情節，按理講不好寫，寶黛的愛情前面寫得這麼多了，又寫一個跟他們相似的，要寫得有趣、不重複，就難了。所以曹雪芹先設計她畫薔，不用言語的低頭一直在畫，畫到下雨了都不覺得，你看看情已痴到什麼地步。前面鋪好了，到這個時候寫出齡官對賈薔，讓你相信了，相信她真的是心中愛他，從另外一個扭曲的方式表現出來。設想這種細節，虧他想得出，又弄了個會叼戲牌的雀兒來，齡官說把我們養在鳥籠裏邊一樣，她覺得自己是鳥籠裏被關住的一個人。這一段寫得中規中矩，短短的愛情故事，兩個 page 就寫完了，給人的印象卻很深。

那好好的岔出來寫這個幹什麼？我想還是一個情字，這個情字害死人，「**情根一點是無生債**」，這是《牡丹亭》裏邊的，情根一生就是還不完的債，藉此再點題，製造相似於寶黛之間愛情的另外一個 scene，另外兩個角色。對寶玉來講，又是給他一個衝擊，「識分定情悟梨香院」，寶玉痴痴地回到怡紅院去，傻掉了！看到這一幕，原來他昨晚跟襲人說「我要所有世上女兒的眼淚都給我」這話講錯了，難怪賈政講他是「管窺蠡測」。「**昨夜說你們的眼淚單葬我，這就錯了。我竟不能全得了。從此後只是各人各得眼淚罷了。**」這下才曉得原來所有的情分都是前定，至少齡官的眼淚不會流給他，寶玉覺得滿遺憾的。

【第三十七回】秋爽齋偶結海棠社 蘅蕪苑夜擬菊花題

從這一回開始到四十一、二回，是大觀園裏的高潮，寫賈府之盛，寫大觀園之盛。大觀園經過了春夏，葬過花了，吟過〈葬花詞〉了，現在第一個秋天來了。這個秋天秋高氣爽，大觀園正是極盛的時候，「秋爽齋偶結海棠社，蘅蕪苑夜擬菊花題」，他們在秋天的時候想到了結社吟詩。

詩在《紅樓夢》占有很重要的角色，第一，《紅樓夢》也像一本epic史詩，那麼大的篇幅寫各種情，像一本描述情的史詩。第二，《紅樓夢》完全繼承了中國的唐詩、宋詞、元曲、傳奇，抒情詩的傳統一直延續下來。第三，詩又常拿來做為每個角色的心聲，像寶釵、黛玉、探春、寶玉，他們寫的那些詩，是他們的內心世界，他們情感和精神的表現。詩都不是隨便作的，不管是〈葬花詞〉也好，〈紅豆詞〉也好，或是下面的菊花詩〈白海棠〉，通通有點題的功用。曹雪芹本人有詩才，能夠寫出這麼多不同風格，按照每個人的個性、身分、才氣而且又合乎他內心世界的詩，真不容易。《紅樓夢》在文體上也是集大成，除了散文，詩詞歌賦通通用上，雅的俗的各種形式，以他天才的手法揉合起來，呈現新的面目。有時候我們看傳統小說覺得很麻煩，突然來一首詩，詩對整個小說的敘述又有點礙眼，《紅樓夢》不是的，它安排一個場景，在大觀園裏吟詩、作詩，等於是一幅生動的，有畫面、有人物、有聲音的人間仙境圖。大觀園是塵世上的太虛幻境，在某方面也是這羣少年男女最快樂的日子，他們在一起作詩、吟詩，這一刻忘掉了紅塵中種種的不快。

開始的時候誰起的頭呢？「秋爽齋偶結海棠社」，秋爽齋，三姑娘探春住的，探春懂事能幹識大體，雖是庶出，靠自己在賈府爭得一席之地。她也有詩才的，她住的秋爽齋，後來劉姥姥去看的時候，都是文房四寶，她在學問方面有一定的修養。另方面她理家的才幹完全不輸王熙鳳，她的正直、不假以顏色，連王熙鳳都要讓她幾分。當然，王熙鳳曉得，在這個家族裏頭，嫂子再怎麼兇，對小姑總要讓幾分，這是中國人的禮法，如果嫂子跟小姑吵架，那就是嫂子不懂事，有句老話，「大姑大如婆，小姑如閻羅」，嫂子對大姑小姑原要敬三分的。不過，王熙鳳是一個特別厲害的嫂子，探春能頂住她，可見得三姑娘也有一套。看看五五七頁這封信就知道了，充分顯出三姑娘的雅興和文采，海棠社是她起社的。庚辰本跟程乙本的這封信，有幾個地方不太一樣：開頭「娣探謹奉」，娣這個字不常用，是妹妹的意思，程乙本直接用妹字，「妹探謹啟」。這封信寫她有雅興要建立一個詩社，中間這兩句：「竊同叨栖處於泉石之間，而兼慕薛林之技」，程乙本是這樣子的：「幸叨陪泉石之間，兼慕薛林雅調。」談寫詩用技術來形容我覺得不好，「兼慕薛林雅調」這個就對了。最後一行，庚辰本：「若蒙棹雪而來，娣則掃花以待，此謹奉。」這個娣字，改成妹字。程乙本是這樣的：「若蒙造雪而來，敢請掃花以俟。謹啟。」「敢請」兩個字用得好。結束時，「謹啟」兩個字就夠了。這封信一方面看出探春的才，同時鏗鏘有聲，看出她的志。她說：「孰謂蓮社之雄才，獨許鬚眉；直以東山之雅會，讓余脂粉。」這幾句顯示出了她有這種不讓鬚眉的胸懷。後來看到賈府衰弱下去，她曾說，可惜我不是個男人，是個女孩子，又是庶出的，如果是個男人的話，可能會幫著賈政，把這個家撐起來。

探春是介乎於感性與理性之間的人，她的理性有時比寶釵更冷一點，但她既可以持家，也有雅興召集大家成立詩社，有點豪門之後、大將之風的味道。有意思的是，跟在這封信後面，寶玉同時收到了賈芸奉承他的信。因為園子裏面樹木花草他管的，他就送了兩盆白海棠給寶玉。怡紅院裏有很多海棠，白海棠應該是很漂亮的，送花給寶玉是美事，可是看看他這封信，一起頭：「父親大人萬福金安。」再跟探春的信函一比，大家就看穿了這兩個人了。曹雪芹真是會捉弄人，讓賈芸送兩盆花就夠了，給他弄出這麼一個柬來，出他的洋相。當然賈芸沒有受過很好的教育，是個窮親戚，一封信都寫不通，而且也看出來，大叫父親大人萬福金安，攀著寶玉當乾爹，分明在拍馬屁。兩個一比，一雅一俗。就像賈寶玉跟薛蟠一比，一雅一俗。曹雪芹下筆，哪怕一封信，一首歌，都有它的作用。如果寫了賈芸送兩盆白海棠來就沒了，那就缺掉一大塊，看不到這兩封信一雅一俗的對照。

探春發起詩社，大觀園那幾個女孩子都來了，迎春、惜春，然後李紈、寶玉，黛玉、寶釵都非常興奮。他們說今天做個詩社，剛好送來兩盆白海棠，就叫海棠詩社吧！作

賈芸

什麼詩呢？就海棠詩好了。有人說還沒有看到海棠啊，在怡紅院，找人搬過來吧！有人說作海棠詩哪裏要看真的海棠，吟的不就是心中的花、心中的海棠嗎？作詩還有講究的，要限韻、限時，點一炷香來計算時間，韻腳必須是幾個字：門字、盆字、魂字、昏字，這個韻當場抽籤的。

當時中國的文學傳統，詩常常是互相酬和的，大家在一起作詩作詞，以詩傳情，那種情當然不僅是愛情、友情，很重要的是 media 一個媒介，傳送個人的感情，也是社交上面 social convention。很多文人常常聚在一起，訂一個題目，或者有所感，大家寫下來，這東西就變成後世很重要的文學作品。《紅樓夢》的這些女孩子跟寶玉他們，也是繼續了這個傳統，可能當時女性這種場合較少，但也有，清朝一些女詩人、女詞人互相唱和也有的，《紅樓夢》很多方面繼續這個文人傳統。

一炷香快點完了，大家很勤著書寫，寶玉看黛玉還在走來走去無所謂，急得不得了，說你還不快點寫。最後一刻，黛玉一揮而就。黛玉的詩才，其實是最高的，可是評下來屈居第二。誰來評呢？李紈來評，李紈對詩詞不見得很有修養，不過因為她是大嫂子，地位上當然要尊重她。李紈這個角色在《紅樓夢》裏是難寫的，比起其他突出的人，她太平穩、太平淡，完全沒有什麼特別的地方。她一舉一動、一言一行，中規中矩，她是一個寡嫂，在賈府，鳳姐得寵，鳳姐有先生，她丈夫賈珠早逝，她當然很清楚，非常有分寸，從不多言，講話非常合理合適，這次她作為詩的 judge 評判員，她怎麼評呢？

黛玉的詩，一起頭就是「半卷湘簾半掩門，碾冰為土玉為盆。」寶玉立刻先喝彩起來，他當然捧黛玉，大家也講起得與眾不同。可是第一次詩的比賽，李紈選的是寶釵第一，她說：「若論風流別致，自是這首；」講黛玉那一首。「若論含蓄渾厚，終讓蘅稿。」探春道：「這評的有理，瀟湘妃子當居第二。」

看看寶釵這首詩：「珍重芳姿晝掩門，自攜手甕灌苔盆。胭脂洗出秋階影，冰雪招來露砌魂。淡極始知花更艷，愁多焉得玉無痕。欲償白帝憑清潔，不語婷婷日又昏。」評語是含蓄渾厚。看看頭一句，「珍重芳姿晝掩門」，珍重兩個字就夠了，珍重芳姿就是寶釵的風格。黛玉是「半卷湘簾」，完全不同的境界。寶釵是雍容的，很端莊的，「淡極始知花更艷」，這是冷香丸的清淡，淡極，她的 style，她從不是很過分的，所以說她「任是無情也動人」。為什麼李紈這樣評她？李紈本人就是儒家系統培養出來的，儒家的價值觀她做得很好，寶釵的詩風就合乎她的價值。探春也在旁邊講應該這一首，探春也是這一路的，寶釵的這首詩，合乎她們的胃口。

黛玉的這首詩的確風流別致。「半卷湘簾半掩門，碾冰為土玉為盆。」半卷湘簾跟珍重芳姿完全兩回事，她隱在那個地方，不讓你看到的，這兩個美人如果畫出來不一樣的。林黛玉的內心，不管怎麼樣，她總是要隱藏了一半。「偷來梨蕊三分白，借得梅花一縷魂。」她都是別有意境的。「月窟仙人縫縞袂，秋閨怨女拭啼痕。嬌羞默默同誰訴，倦倚西風夜已昏。」黛玉跟寶釵，一個是黃昏，一個到夜晚去了。兩個人的詩風不一樣，風流別致與含蓄渾厚，李紈、探春都覺得應該是寶釵，難怪後來賈府選定了寶釵為繼承人。詩為心聲，詩風也就反映人的個性，決定以後的命運。

賈府的興衰，也就是大觀園的春夏秋冬，從三十七回到四十回，賈府的聲勢一直是往上揚的，越來越熱鬧，他們結了海棠社，作詩吟賦，度他們最快樂、最青春的年華。當然這個中間，有幾個人她們的關係常常很尖銳的，第一對當然就是寶釵跟黛玉之間，她們是競爭的關係，後來才慢慢地和解。她們的縮影，就是襲人跟晴雯，也是針鋒相對。

五六六頁這個地方，寶玉有一天折了新開的桂花枝，插了瓶，叫丫頭秋紋拿著，送去給賈母和王夫人。賈母當然很高興了，孫子這麼孝順。到了王夫人那裏更高興了，臉上有光，而且趙姨娘也剛好在旁。秋紋沾光得了賞錢和太太年輕時的衣服。秋紋得意得不得了，跑回來在晴雯、襲人面前講。晴雯就說，你還得意，這是人家選剩下才給你，要是我寧願不要。她是講早就先給襲人了。還記得上幾回吧，襲人在王夫人面前下了很大的功夫，已經得了王夫人每月特撥的二兩銀子，等於得到王夫人的默許，讓她作寶玉的妾了。當然晴雯心中酸溜溜的，秋紋就說，得了這個也是好彩頭，哪怕給這個屋子裏的狗，我也喜歡的。大家就取笑，早先的「**可不是給了那西洋花點子哈巴兒了**」，講的就是襲人了嘛！這些丫鬟之間，你來我往，寫得有意思。後來呢，她們說了，怡紅院不是拿了一對瓶子送花給王夫人跟賈母嗎，另外還有一個瑪瑙碟子，裝了荔枝送給探春，去拿回來吧！晴雯就說，到王夫人房裏拿瓶子是吧，那個給我去拿，為什麼？要搶啊！這是個巧宗兒，說不定王夫人看著我很勤謹，也從她銀子裏面劃二兩來給我呢！她故意說給襲人聽，我知道的，你不要搗鬼。晴雯知道襲人這個時候已經在王夫人面前得寵了。她們這幾個女孩子，也不是那麼容易和平相處的，所以一直有一種 tension，某種緊張在那裏。

海棠詩社做成了，趁送東西之便告知了史湘雲，史湘雲著急得不得了，說做了詩社還不請我，馬上逼著要把她接來。史湘雲也很有詩才，一下子作了兩首，寫得也挺好，大家很讚賞，她一時性子來了，說她要請客！秋天賞菊花，請客吃螃蟹。到了晚上，她就把這個事情跟寶釵商量了。寶釵說，你雖然請個小客，也是要錢的，你是向這裏要呢，還是回家向叔叔他們要？其實史湘雲的處境滿艱難的，她自己父母已經過世了，靠叔叔嬸嬸生活，叔叔雖然是侯爺，嬸嬸對她並不是很好的。湘雲是個很天真的女孩子，她說要請客並沒想過這點，現在不免躊躇起來了。怎麼辦？身上也沒錢，又誇下海口，要把賈母她們都請來。寶釵說，這樣吧，我們當鋪裏有一個伙計，他家田裏出的很好的肥螃蟹，前兒送了幾斤來，我跟哥哥說再要個幾簍，再往鋪子裏取上幾罈好酒來，就請大家吃螃蟹吧！寶釵家裏開當鋪的，從前開當鋪很有錢的，她還講一句：我是為你好喔！你千萬別多心。一下子，史湘雲就感動了。

寶釵懂人情世故，你看，這裏收一個人，那裏收一個人，把她們的心通通攏住了，而且不著痕跡，在很恰當的時候，史湘雲、花襲人，甚至賈母、王夫人通通跟她連成一線了。她的人緣那麼好，每一步都那麼得體，整本書裏，寶釵沒有講過一句不得體的話，即使罵人，也是不著痕跡的不讓人難堪。她就替史湘雲籌畫了，做得又漂亮又不得罪人，她說：「我是一片真心為你的話。你千萬別多心，想著我小看了你，咱們兩個就白好了。你若不多心，我就好叫他們辦去的。」湘雲當然感動，都替她著想嘛！湘雲說：「好姐姐，你這樣說，倒多心待我了。憑他怎麼糊塗，連個好歹也不知，還成個人了？我若不把姐姐當作親姐姐一樣看，上回那些家常話煩難事也不肯盡情告訴你了。」寶釵完全有大姐之風，後來連她的勁敵黛玉也收過來了，寶姑娘的手腕很高明。這下子兩個人就商量了，一邊賞菊花吃螃蟹，吃完以後還要吟詩，因為詩社已經起了嘛！想想看，秋高氣爽，這個秋天還是賈府極盛的時候，大觀園裏的菊花，不得了的一大片，這一羣女孩子持螯賞花，還作詩吟賦，這種生活也是中國貴族生活到頂的時候。

乾隆時代富庶，生活中的文化也已經熟到頂了，《紅樓夢》裏描寫的吃的、穿的、住的、用的、喝的茶，玩的物，已經是 overdeveloped，過分的。乾隆時代的那些藝術品，陶瓷、景泰藍、精雕細琢的椅子、桌子，巴洛克式的裝飾，是一個文明到了極盛的時候才有的，從賈府及時行樂的生活通通表現出來。曹雪芹不自覺地留下了一幅十八世紀中國貴族生活極細緻的工筆畫，真的要找一部代表乾隆時代盛況的文學作品，就是《紅樓夢》了。我曾經說過《紅樓夢》是我們中國文化的「天鵝之歌」，這個時候一過，到了十九世紀往下滑的非常快，文明到頂的富庶一下子過了。

這一回吟菊花詩，曹雪芹真想得出來，弄出個菊譜，有虛有實，十二個題目，從憶菊、訪菊、種菊、對菊、供菊、咏菊、畫菊、問菊、簪菊，到菊影、菊夢、殘菊，通通列了出來，大家比賽作詩。這個秋天風雅熱鬧，再過一個秋天，就不對了，再往下走，到七十三回以後，就是一片肅殺，賈府的聲勢往下滑了，中秋夜的時候，淒涼冷清就來了。

【第三十八回】林瀟湘魁奪菊花詩　薛蘅蕪諷和螃蟹咏

史湘雲與寶釵籌畫好，要開個蟹宴，她這麼一喊，賈母、王夫人、王熙鳳……上上下下的人都來參加了。史湘雲那麼興致勃勃，她們當然非常高興，都來到園子裏邊來，一起吃螃蟹、賞菊。吃一個螃蟹，可以寫得那麼熱鬧，上面那些夫人小姐們按序入座，下面幾桌這一群丫鬟在吃螃蟹，姑娘們都穿得很漂亮，連那些丫鬟也是綾羅綢緞的，這是幅美人圖。吃螃蟹這種主題很難寫的，螃蟹膏腴肉鮮，幾句話就說完了，可是曹雪芹能寫出那麼多名堂來，你看看，什麼鴛鴦跟王熙鳳兩個打趣，琥珀跟平兒逗樂，每一個scene都弄得鮮活鮮活的。吃個螃蟹，會感覺到他們的笑語縈耳，好像聞到那些薑、醋、溫熱的酒的味道，這種細節，一個都不放過。吃個螃蟹寫半天，難怪後來劉姥姥進大觀園，一聽說他們吃那麼多螃蟹，她就算起來了，原來吃一頓螃蟹，要用掉莊稼人一年的生活花費。賈府盛時的那種奢侈，正是乾隆時代盛世的生活享受，從吃一頓螃蟹也能看得出來。

螃蟹吃完，就開始作詩了。吟海棠詩的冠軍是薛寶釵，可想而知，林黛玉一定不服的，這一次菊花詩當然要大展其才。她選了三個題目，這首〈問菊〉，我覺得最能夠表現黛玉的個性：「欲訊秋情眾莫知，喃喃負手叩東籬。孤標傲世偕誰隱，一樣花開為底遲？圃露庭霜何寂寞，鴻歸蛩病可相思？休言舉世無談者，最後一句，庚辰本是解語何妨片語時。程乙本是解語何妨話片時。」我覺得程乙本「解語何妨話片時」比較好。

〈問菊〉，黛玉問菊花，「孤標傲世偕誰隱，一樣花開為底遲？」菊花開得很晚，秋天才開，大部分的花春天就開了，偏偏你不隨俗，不隨眾，要做傲霜枝，等到秋天已經下霜的時候才開。黛玉在無意間，就是講她自己，她的個性，一方面像〈葬花詞〉那樣，多愁善感，另一方面非常孤傲，不向世俗屈服。當然也因為這種孤標傲世的個性，不隨俗，也就不能和人、容眾，所以賈府後來沒有選她當媳婦。

黛玉這首菊花詩講她自己，下面還有那兩首也寫得挺好的。

〈菊夢〉：籬畔秋酣一覺清，和雲伴月不分明。登仙非慕莊生蝶，憶舊還尋陶令盟。睡去依依隨雁斷，驚回故故惱蛩鳴。醒時幽怨同誰訴，衰草寒烟無限情。還有一首〈咏菊〉：無賴詩魔昏曉侵，繞籬敧石自沉音。毫端蘊秀臨霜寫，口齒噙香對月吟。滿紙自憐題素怨，片言誰解訴秋心。一從陶令平章後，千古高風說到今。

這三首下來，跟其他一比，的確瀟湘妃子的詩才比其他人高出一截。李紈頭一次評寶釵第一，這一次黛玉奪魁。黛玉本人就是個詩魂，構成她靈魂的很重要一部分就是詩，她有詩才，有詩的境界，也有詩人的孤傲和寂寞，是個真正的詩人。寶釵有詩才，但寫詩對她來說是偶爾為之，她靈魂中不見得有多少詩的成分，儒家那一套占有她大部分的心靈，雖然她對畫也很通，詩也很通，那不過是作為一個閨秀應有的修養而已，不像黛玉靈魂中就存有詩的特質。她寫〈葬花吟〉，寫菊花詩，都是講自己的命運和個性，她的感性真正認同詩，甚至生命倚仗詩，所以這兩個人基本上不同。

菊花詩吟完了，幾個人又寫起螃蟹的詩來了，吃螃蟹也可以寫幾首詩。這就是中國文人以詩做為 communication 互相的交流。中國以前的文人很多唱和的，因為詩比較含蓄，不把話講白，文人間的相知、對答、應酬，有時候都可以用詩，詩在中國式生活中占有重要的地位。從前，我們的碗上面有詩，筷子上面也有詩，到處都是，看大觀園裏題了多少詩，《紅樓夢》寫他們賦菊花詩的時候，也是整本書的高潮，這些女孩子每個人都能夠展才，每個人都能夠寫詩，恐怕也是她們在大觀園最快樂的時候。下一回呢，非常有名，有一個非常特殊的人物出現了，劉姥姥到大觀園來了，從劉姥姥的眼光，我們將再一次更加深入認識大觀園。

【第三十九回】村姥姥是信口開合 情哥哥偏尋根究底

蟹宴開完了，王熙鳳遣平兒來要些剩下的螃蟹拿回屋裏享用。這裏有意思的是，曹雪芹用了很重要的一個技巧，借了一個場景，借了旁人的口，來評論人物。《紅樓夢》有這麼多人物，這麼多丫鬟，一個一個去寫他們，很麻煩的，而且看了可能根本沒有印象。這一回借了李紈的口來講這些丫鬟，給她們一個評論。講鴛鴦，講平兒，講彩雲，講襲人，講每個人有她們的特點、優點。譬如平兒，李紈說：即使鳳姐像楚霸王，也要這個平兒在旁邊來輔助她，是吧？所以，這一節把這些人物一個一個都點到了。我們說，賢襲人、俏平兒，她們的個性，這麼一點就點出來了。回頭想想，曹雪芹在適當的時候，突顯每個人物的個性，平兒就是平兒，襲人就是襲人，鴛鴦當然是丫頭王，與眾不同。從李紈看這些丫頭，每個人都點評得非常自然，在這個時候對話裏講講，也不是故意的，也不是特意的，就把幾個人的個性和處境，通通講過來了。

上次講有一個特殊人物來了。劉姥姥進大觀園，我念中學的時候，幾十年前了，課本裏面都選到這一節，大部分人都知道的，所以「劉姥姥進大觀園」就變成一句俗話，等於是鄉巴佬進城，看到城裏面光怪陸離的東西。

劉姥姥在書裏的角色功用不止於此。這回她第二次來，拿了一些瓜果、野菜過來，原本就要離開了，可是他們去跟王夫人講，王夫人說難為她，留她住一晚吧！賈母說，這樣一個積古的老人來，要把她留下來說說話。王熙鳳非常乖滑的，劉姥姥第一次來的時候，王熙鳳想這個鄉下老太婆，不把她當一回事，給她二十兩銀子還要說，這原是要給丫頭做衣服的，你先拿去吧！這時候一看賈母、王夫人都喜歡她，馬上變了態度。劉姥姥也懂得揀一些賈母愛聽的東西講，她講幾個故事，其中有一個是說村裏有位九十幾歲的老奶奶，本來有一個孫子，頭一個孫子不幸夭折了，老天爺開眼，又讓他家生了第二個孫子，長得非常好，白得好像粉團一樣，現在也十多歲了。

劉姥姥當然知道賈府的身世，寶玉的哥哥賈珠早逝，生了他來，賈母一聽暗合她了，王夫人聽了也寬慰。劉姥姥帶來的鄉下自己種的新鮮瓜菜，等於把鄉村農地泥土上長出的生命帶進了大觀園。大觀園裏那些奶奶、小姐、少爺們，裹的綾羅綢緞，吃的山珍海味，都是一些已經發展的過分了的東西，失去了原來的天然，譬如「茄鮝」那一道菜，一個茄子要十幾隻雞來料理它，講究得太超過了，劉姥姥這個時候把原汁原味的茄子帶進來，等於把鄉間自然的生命帶進來了。其次，她逗樂了賈母、王夫人，還有這些女孩子們，帶來那麼大一片歡笑。後來賈府衰了，她三進大觀園的時候，把王熙鳳的女兒巧姐兒救走了。在我看來，劉姥姥就像民俗中的土地婆，在人家需要人幫助的時候，突然間出現來幫一把。她跟巧姐兒之間，好像有一種很神祕的連結，這也是曹雪芹很重要的伏筆之一。

令人訝異的，《紅樓夢》整本書寫的是貴族階級，怎麼寫一個鄉下老太婆寫得這麼鮮活？所以，天才作家無所不能，像劉姥姥這個人物，也不好寫，寫個鄉下老太太，你要模仿她的語言，模仿她的神態，弄得很自然。而且呢，曹雪芹對她的態度不是在笑她鄉巴佬，其實劉姥姥很聰明的，她跑來，哄了這幾個老太太笑，她心裏明白得很，把他們哄得那麼開心，最後拿了一大堆銀子、一大堆衣服走。她並不是一個愚蠢的老太婆，她心裏面有數的。要怎麼樣刻畫這樣一個人，這就是曹雪芹的本事。

到下一回，是《紅樓夢》的高潮之一，更要從劉姥姥的角度，重新看一次大觀園。大家都記得元妃省親，從元妃的角度，我們看到了大觀園的繁華、尊榮、尊貴，鄉下人劉姥姥的角度當然很不一樣，這一點，曹雪芹用得非常好。小說很重要的是 point of view，視角不同，整個的風格、意義、主題，就不一樣。大觀園剛落成的時候，賈政帶了一羣清客和寶玉，等於領我們走了一趟大觀園，那是比較客觀的描寫，中間也有賈寶玉的主觀感受，他在各處做了很多詩詞。這一次劉姥姥進來了，從劉姥姥的眼睛來看，什麼東西都是誇大的，所以她用的語言也是誇大的，她看的時候，真是人間仙境了。她看到省親別墅，跪下來說玉皇寶殿，對她來說，真是玉皇寶殿，是個神仙住的地方。劉姥姥進了瀟湘館，進了蘅蕪苑，她的感受，讓我們 refresh 一次，重新對大觀園有一番新的印象。這就是曹雪芹厲害的地方，他前面很久沒有講到大觀園了，已經知道的他不講了，新發生的，等劉姥姥來的時候，又給它一個 close up 近鏡頭，誇大地來看大觀園。後來，賈府衰敗以後，寶玉再進大觀園，聽到瀟湘館鬼哭，那又是一種淒涼景象。所以大觀園的興衰是《紅樓夢》的主題之一，從各種角度，背面的、側面的來講興和衰。劉姥姥進來的時候，是極盛之時，我們聽到的是一片笑聲，看到的是一片繁華。

下一回，劉姥姥遊大觀園要進入更熱鬧的高峯。通過劉姥姥的眼睛看大觀園，好像一個小孩子第一次進到迪士尼樂園一樣，到處都非常新奇的。從另一層面說，我們通通變成劉姥姥，通過書進大觀園。大觀園也就是曹雪芹心中的人間仙境，一個理想的國度，這個國度，由於劉姥姥進來，用不同的眼光再掃一遍以後，我們對大觀園又有了新的看法，新的 perspective。我們一般人都沒經過像賈府的那種生活，我們等於跟在劉姥姥後頭進去看大觀園，這裏那裏仔細看，所以大觀園寫完了以後，我們也有一個整體的 overall picture，知道大觀園的全景了。曹雪芹三番四次用各種角度描寫，這很重要的。如果換一個作家，可能他忍不住，搶先把那麼不得了的一個園子，主觀的寫了一大堆，那樣的寫法，也許反而讓我們腦子裏糊塗一片，也失去身歷其境的樂趣。

【第四十回】史太君兩宴大觀園　金鴛鴦三宣牙牌令

大觀園裏上上下下，對於一個鄉下老太婆到這裏來，覺得很好奇，說她是一個女清客，等於是來陪他們玩的，這個很特殊啊！見賈母的時候，正好李紈叫丫頭捧了一大盤新採的菊花，讓賈母揀了簪在頭上，王熙鳳作弄劉姥姥，給她一下子橫七豎八插得滿頭花。劉姥姥不以為意，還湊趣說：「今兒老風流才好。」可以想像劉姥姥滿頭花，在這一羣少爺小姐中間耍她的寶，是怎麼一幅情景。

《紅樓夢》最後是個悲劇，悲劇是它的調子，講的到底是人生無常、繁華易盡。曹雪芹寫悲的地方，當然很悲，但他寫到喜劇的地方，也寫得興致勃勃，寫這一回就是。劉姥姥插了一頭的花，讓他們帶著去遊大觀園了，第一個就到瀟湘館，林黛玉的地方。林姑娘的香閨這麼高雅，插了一頭花的鄉下老太婆到這裏，不覺得有點格格不入嗎？我講這種 overrefined 已經過分地高雅的地方，正需要這個劉姥姥不管三七二十一，一身的泥巴進去再說。她把這種原始的生命帶進了大觀園，好像外面吹進去的一陣新鮮的風。她到了那裏，看到了黛玉的書房，滿桌子的書，劉姥姥就問這是哪位哥兒的書房？賈母就講了，這是我外孫女兒的屋子。老太太一來，就看到黛玉那個窗子的紗舊了，她就吩咐王熙鳳，把窗紗換掉吧！怎麼換？在這個地方看出了賈母的品味可不平常。王熙鳳說我們庫裏面，還有那些蟬翼紗拿來換吧。蟬翼紗，聽起來很好聽，蟬的翅膀不是半透明的嘛，那種紗很薄、半透明、很漂亮的。賈母說，你這是沒見過世面，這哪叫蟬翼紗，叫軟烟羅。賈母笑道：「那個軟烟羅只有四樣顏色：一樣雨過天晴，一樣秋香色，一樣松綠的，一樣就是銀紅的，若是做了帳子，糊了窗屜，遠遠的看著，就似烟霧一樣，所以叫作『軟烟羅』。那銀紅的又叫作『霞影紗』。如今上用的府紗也沒有這樣軟厚輕密的了。」聽聽，賈府用的是軟烟羅、霞影紗，他們吃的穿的用的都到頂了。賈母說這窗外的竹子已經是綠的了，用綠紗糊上反而不配，要銀紅色的，賈母這麼一配，非常漂亮。這個老太太，有她一定的修養和品味的。

劉姥姥跟賈母講，你是享福的人。賈母說：「悶了時和這些孫子孫女兒頑笑一回就完了。」她的態度，真是個會享福的人。過貧窮的日子當然很艱難，富貴的日子也要會過，一個人能夠受富貴也不容易。光有錢，不會過日子也不行。賈母會過日子，她是享盡福氣的這麼一個老太太，非常典型的能夠受富貴，也能耐貧窮。後來賈家敗了的時候，王熙鳳簡直是呼天搶地，整個賈府七顛八倒的，就剩這個老太太撐住。在那種萬難的時候，老太太出來了，顯現她作為整個賈家的頭的擔當。她把自己的私房錢拿出來，每個每個分派出去，完全一清二楚。她就講了，前幾年你們自己官做得不錯，我就懶得理了，現在到了這個地步，我得幫一幫。所以賈母絕不是一個普通人。

曹雪芹總在特定的一刻，把一個人物的個性一下子放大出來，讓我們看見更深刻、更完整的面向，那個角色也就圓潤起來了。甚至於像薛蟠這種人，那麼粗俗霸道，也有那麼一刻，對妹妹寶釵很慚愧，那一刻間也有他的人性。在曹雪芹的眼中很少對人做絕對的批判，即使對人批判，也非常 subtle，非常含蓄的在某個地方顯現出來。像賈母這樣子的人，如果以階級鬥爭來講，這個老太太可說是資產階級到頂的，封建思想到頂的，曹雪芹沒有特別強調什麼，寫平常的生活，如實而自然。劉姥姥呢，她是普羅階級，辛苦生存的人，曹雪芹對她也不特別強調什麼，就是如實寫出。鄉下老太太就鄉下老太太的樣子，富貴老太太就富貴老太太的樣子，兩個都寫得很好，兩個都很真實。兩個對比起來，就湊成這麼有意思的一回。

在瀟湘館替林黛玉把窗簾換了，賈母又交代把料子拿出來給她們做衣服，也給劉姥姥兩匹，然後他們到探春那裏，要吃飯了。賈母在的場合吃飯很多規矩的，尤氏、王熙鳳這些做孫媳婦的都得站在那裏伺候，食物送到劉姥姥那邊，六一七頁：「賈母這邊說聲『請』，劉姥姥便站起身來，高聲說道：『老劉，老劉，食量大似牛，吃一個老母猪不抬頭。』自己卻鼓著腮不語。」看看下面這個場景：「眾人先是發怔，後來一聽，上上下下都哈哈的大笑起來。史湘雲撐不住，一口飯都噴了出來；林黛玉笑岔了氣，伏著桌子噯喲；寶玉早滾到賈母懷裏，賈母笑的摟著寶玉叫『心肝』；王夫人笑的用手指著鳳姐兒，只說不出話來；」她曉得鳳姐後面搗鬼的，所以指著鳳姐說不出話來。「薛姨媽也撐不住，口裏茶噴了探春一裙子；探春手裏的飯碗都合在迎春身上；惜春離了坐位，拉著他奶母叫揉一揉腸子。地下的無一個不彎腰屈背，也有躲出去蹲著笑去的，也有忍著笑上來替他姐妹換衣裳的，獨有鳳姐鴛鴦二人撐著，還只管讓劉姥姥。」鳳姐事先安排，故意拿了一雙沉甸甸的老年四楞象牙鑲金的筷子給劉姥姥用，劉姥姥拿起那個筷子來，「只覺不聽使，又說道：『這裏的鷄兒也俊，下的這蛋也小巧，怪俊的。我且肏攮一個。』」原來是故意給她鴿子蛋。「我且肏攮一個」，程乙本是「我且得一個兒」。肏攮太粗，劉姥姥是個乖滑的老太婆，在賈母面前，不致講粗口。劉姥姥拿那個筷子，夾不住，一下子掉下來了。劉姥姥嘆道：「一兩銀子，也沒聽見響聲兒就沒了。」又是鳳姐先告訴她，那蛋一兩銀子一個。

我想不出寫笑的場景，還有哪一個場景，寫得活到這個地步，每一個人的反應不一樣，而且非常生動，這就是曹雪芹對 scene 的營造，也不過是吃餐飯而已，他就能弄得一片笑聲，熱鬧非凡。這個鄉下老太太，不光是帶了茄子、豇豆進來，也帶給他們歡樂，讓他們真的忘掉了所有的禮俗，飯也噴出來了，茶也弄出來了，這些姑娘們平常多麼的拘謹，劉姥姥讓她們暫時忘掉了所有的規矩，帶給她們真正的歡樂，真是個土地婆帶進大觀園最原始的笑聲。

吃完飯了，劉姥姥又被帶著到探春的屋子去。探春是怎樣的一個女孩子，看看她那封邀請成立海棠社的帖子，就知道是非常文雅也滿有學問的人。她是庶出的女兒，憑著個人的特質和努力，爭取在家中的地位，從她的屋子，也能看出一二。六一九頁：「鳳姐兒等來至探春房中，只見他娘兒們正說笑。探春素喜闊朗，這三間屋子並不曾隔斷。當地放著一張花梨大理石大案，案上磊著各種名人法帖，並數十方寶硯，各色筆筒，筆海內插的筆如樹林一般。那一邊設著斗大的一個汝窯花囊，插著滿滿的一囊水晶球兒的白菊。西墻上當中掛著一大幅米襄陽『烟雨圖』，左右掛著一副對聯，乃是顏魯公墨迹，其詞云：烟霞閑骨格 泉石野生涯。」你看看，再往下：「案上設著大鼎。左邊紫檀架上放著一個大觀窯的大盤，盤內盛著數十個嬌黃玲瓏大佛手。右邊洋漆架上懸著一個白玉比目磬，旁邊掛著小錘。」探春的布置，一看就知道不是庸俗脂粉，是非常高雅的一個人。她房裏掛的是米襄陽（米芾）的畫，顏魯公的字，她的瓷器是汝窯，都是最珍貴、最高雅的東西，這是探春，三姑娘，自視甚高品味也很高，很自尊的一個女孩子。

再往下呢，就到了蘅蕪苑寶釵那裏去，又是一番景象。蘅蕪苑的外面很青翠，種了好些植物，六二一頁：「及進了房屋，雪洞一般，一色玩器全無，案上只有一個土定瓶中供著數枝菊花，並兩部書、茶奩茶杯而已。床上只吊著青紗帳幔，衾褥也十分樸素。」你看看寶釵，身上是冷香丸，住的地方雪洞一樣。當然她是個冰雪聰明、冷靜理性的女孩子，但是呢，居住臥房也很冷的，對富貴人家來講，素得有一點過分。薛姨媽說過，寶釵從小不愛花花草草、玩物擺設之類，賈母說，這個不好，姑娘家應該要替她陳設起來。雪洞一般什麼都不要的屋子，這也是暗示了她雖然嫁給了寶玉，最後她是守活寡的。曹雪芹又一次從住的地方，來側寫她們的個性和命運，且是從劉姥姥的眼光看見的景象。

從蘅蕪苑回來，又要吃飯了，真正是一種別出心裁的宴席。每個人面前有一個小几案，各人愛吃的東西都做出來了，就知道有多麼講究。賈母一看，這是什麼？蟹肉，太膩了！鵝肉，鵝油這麼捲著，也太膩了。他們就給她吃個茄子，叫茄鯗，要多少個鷄油、鷄瓜來料理它，劉姥姥一聽，我的佛祖，要這麼多隻鷄來配它，難怪茄子的味道都沒有了。她想真正要吃茄子，還不如她鄉下帶來的那個，真的還有茄子味，經過十幾隻鷄這麼製過，已經變味了，不是茄子了。中國最精緻的生活，到了《紅樓夢》的時候已經到頂了，什麼都過分的精製，這就是賈府的生活形態。跟劉姥姥對照起來，形成很強烈的對照。

賈母興致好，吃飯的時候還要行酒令的，這是他們生活的樂趣之一。行酒令講究押韻，從詩、詞、曲這些引用出來。每個人都要講，講了之後要喝杯酒。「金鴛鴦三宣牙牌令」，牙牌就是我們現在說的骨牌，現在還用來推牌九。一副牌它有三張，一拿來就得講出名堂，詩、詞或是一些俗語。劉姥姥一聽是這玩意兒，就要溜了。六二三頁：「劉姥姥只叫，『饒了我罷！』鴛鴦道：『再多言的罰一壺。』」鴛鴦當令官，是賈母最信任的大丫頭。賈母是賈府的頭，鴛鴦是丫鬟的頭。賈母有氣派，鴛鴦也有當大丫頭的那種氣派。這個時候鴛鴦拿出牌，有了一副，她就講了：「左邊是張天。」天牌是什麼？上面六點，下面六點，就是天牌。「賈母道：頭上有青天。」這個不錯！「鴛鴦道：當中是個『五與六』。」五與六什麼？上面有五點，一個梅花樣的，下面是六點，其實他們叫做斧頭。「賈母道：六橋梅花香徹骨。鴛鴦道：剩得一張六與么。賈母道：一輪紅日出雲霄。鴛鴦道：湊成便是個蓬頭鬼。賈母道：這鬼抱住鍾馗腿。」所以老太太也不簡單，出口成章。行令每個人都要玩，湊個熱鬧。輪到黛玉了，六二四頁，鴛鴦又抽到一個天牌，鴛鴦講了，「左邊一個天」，黛玉道：「良辰美景奈何天」。寶釵聽了，回頭看她。為什麼回頭看她？「良辰美景奈何天」是《牡丹亭》裏面的話，《牡丹亭》、《西廂記》當時對閨閣來講都是禁書。記得嗎？是茗烟悄悄地把這些本子拿進大觀園給寶玉看，寶玉給黛玉看，黛玉一看原來戲上面有那麼好的詞，就記住了，這個時候順口講了出來。這個小節很要緊的，看看寶釵怎麼馴服黛玉：「寶釵聽了，回頭看著他。黛玉只顧怕罰，也不理論。鴛鴦道：『中間錦屏顏色俏。』黛玉道：『紗窗也沒有紅娘報。』」《西廂記》的句子又來了。「鴛鴦道：剩了二六八點齊」，上面二點，下面六點，我們叫八點。「黛玉道：『雙瞻玉座引朝儀。』鴛鴦道：『湊成籃子好採花。』黛玉道：『仙杖香挑芍藥花。』」都通過了。看看！賈母也好，黛玉也好，寶釵也好，甚至於薛姨媽也好，都是非常有修養的，她們是貴族階級，酒令都出口成章的。

接著輪到劉姥姥了，「鴛鴦笑道：左邊『四四』是個人。」是張人牌。「劉姥姥聽了，想了半日，說道：是個莊家人罷。」大家就笑了。賈母說，有你的，就這麼講！劉姥姥說：「我們莊家人，不過是現成的本色，眾位別笑。」鴛鴦道：「中間『三四』綠配紅。」三點四點是個七點，劉姥姥道：「大火燒了毛毛蟲。」這個也非常 witty，要押韻的，也不是隨便講的。「鴛鴦道：右邊『么四』真好看。」劉姥姥道：「一個蘿蔔一頭蒜。」完全講她的本色。「鴛鴦笑道：湊成便是一枝花。」劉姥姥兩隻手比著，說道：「花兒落了結個大倭瓜。」眾人大笑起來。你看，她把她那些泥土裏邊長的東西，通通帶進來了。

行酒令，行得這麼熱鬧，這就是盛，這就是繁華。曹雪芹寫《紅樓夢》很多場面是他見過的，所以想得起來這些，行酒令、作詩，那個時候曹家的生活，跟這個很相近，當然，寫書可能誇大一點。曹家做了六十年的江寧織造，那是個肥缺，康熙南巡，接駕四次，家裏頭要有多大的排場。我想《紅樓夢》對曹雪芹來說也是一本「往事追憶錄」，想著從前的舊繁華，他寫得興致勃勃。這種回憶，明朝的張岱，宋朝的孟元老都寫過，寫得如在目前，因為感情注進去了。現在讀者看了可能說賈府那麼奢侈，他寫的時候不會有那種批判，因為是如實寫來，經過這種生活的。整部《紅樓夢》，沒有說哪個對，哪個錯，通通包容，人生就是這麼一幅有喜有悲、有歡樂有哀傷拼起來的圖畫。有賈母這樣享盡福的老太太，也有劉姥姥這樣的鄉下老太太，他都是採取包容的態度。倒是後來的人，尤其是在中國大陸讀這個東西，從放大階級觀念，把從前的封建生活拿來批鬥，我想曹雪芹心中完全沒有這些。他的態度跟張岱、孟元老他們相似，經過了自己的繁華之後，把它複製出來。法國 Marcel Proust 普魯斯特有名的小說《往事追憶錄》（也譯做《追憶似水年華》），也是把他的過去，第一次大戰以前法國貴族社會的繁華寫出來；托爾斯泰寫《戰爭與和平》也是這樣吧！托爾斯泰本身就是貴族，他把過去看到的戰爭與和平，整個俄國的興衰，他的家族的興衰，互相串聯起來。《紅樓夢》更不簡單，它不僅是歷史性的，更往上提一層是宇宙性的、哲學的、宗教的那種情懷，所以它的高度、寬度都不同，而基本上因為經歷了許多自己的滄桑，有一種對人生、對人的悲憫，態度與胸懷不同於一般。

XLB0043
白先勇細說紅樓夢（上冊）

作　　者 — 白先勇
內圖繪者 — [清] 改琦
封面題字 — 董陽孜
文稿整理及執行主編 — 項秋萍（特約）
系列主編 — 鍾岳明
執行編輯 — 陶蕃震（特約）、張啟淵
美術指導 — 張治倫
封面及美術設計 — 張治倫工作室 林姿婷 魏振庭
執行企劃 — 劉凱瑛

董 事 長 — 趙政岷
出 版 者 — 時報文化出版企業股份有限公司
108019台北市和平西路三段二四〇號四樓
發行專線 — (02)2306-6842
讀者服務專線 — 0800-231-705
(02)2304-7103
讀者服務傳真 — (02)2304-6858
郵撥 — 一九三四四七二四時報文化出版公司
信箱 — 一〇八九九臺北華江橋郵局第九九信箱

時報悅讀網 — http://www.readingtimes.com.tw
法律顧問 — 理律法律事務所 陳長文律師、李念祖律師
印　　刷 — 和楹印刷有限公司
初版一刷 — 二〇一六年七月一日
二版一刷 — 二〇一八年三月十六日
二版三刷 — 二〇二三年七月二十五日
平裝本定價 — 新台幣四〇〇元
精裝本定價 — 新台幣七三〇元

時報文化出版公司成立於一九七五年，
並於一九九九年股票上櫃公開發行，於二〇〇八年脫離中時集團非屬旺中，
以「尊重智慧與創意的文化事業」為信念。
（缺頁或破損的書，請寄回更換）

本書由財團法人趙廷箴文教基金會贊助出版
ISBN 978-957-13-6669-2（上冊平裝）
ISBN 978-957-13-6673-9（上冊精裝）
Printed in Taiwan

白先勇細說紅樓夢 / 白先勇著.
-- 初版. -- 臺北市 : 時報文化,
2016.07
冊 ; 公分
ISBN 978-957-13-6669-2(上冊 : 平裝). --
ISBN 978-957-13-6670-8(中冊 : 平裝). --
ISBN 978-957-13-6671-5(下冊 : 平裝). --
ISBN 978-957-13-6672-2(全套 : 平裝). --
ISBN 978-957-13-6673-9(上冊 : 精裝). --
ISBN 978-957-13-6674-6(中冊 : 精裝). --
ISBN 978-957-13-6675-3(下冊 : 精裝). --
ISBN 978-957-13-7374-4(全套 : 精裝)

1.紅學 2.研究考訂

847.49　105009952